KB261492

비평의 거울

한원균

1964년에 태어나 경희대 국어국문학과를 졸업하고 같은 대학교 대학원에서 석, 박사 학위를 받았다. 현재 국립청주과학대학 문예창작과 조교수로 있다. 1994년 서울신문 신춘문예에 문학평론 「성적 기표에 대한 메타비평적 접근법의 한 예」가 당선되어 등단했다. 저서로는 『일굼의 문학』(1998), 『고은 시의 미학』(2001)이 있다.

청동거울 문화점검 ⓰

비평의 거울

2002년 1월 25일 1판 1쇄 인쇄 / 2002년 1월 30일 1판 1쇄 발행

지은이 한원균 / 펴낸이 임은주
펴낸곳 도서출판 청동거울 / 출판등록 1998년 5월 14일 제13-532호
주소 (135-080) 서울 강남구 역삼동 832-52 상봉빌딩 301호 / 전화 02)564-1091~2
팩스 02)569-9889 / 전자우편 cheong21@freechal.com

편집장 조태림 / 편집 조은정 / 북디자인 우성남 / 영업관리 정재훈

값 12,000원

잘못된 책은 바꾸어 드립니다.
지은이와의 협의에 의해 인지를 붙이지 않습니다.
무단 전재 및 무단 복제를 금합니다.
ⓒ 2002 한원균

Copyright ⓒ 2002 Han, Won Gyun
All right reserved.
First published in Korea in 2002
by CHEONGDONGKEOWOOL Publishing Co.
Printed in Korea.

ISBN 89-88286-60-X

비평의 거울

한원균 문학평론집

청동거을

비평의 거울 찾기

　최근 소설을 한 편 읽었다. 김형경의 장편『사랑을 선택하는 특별한 기준』인데, 이 소설을 읽으면서 내내 한가지 상념에서 벗어나기 어려웠다. 이런 글을 나는 쓸 수 있을까 하는 생각이다. 소설이 아니라, 비평문으로? 자신에 대한 철저한 분석과 해부, 먼 시간의 갈피 속에 숨겨졌던 일을 낱낱이 기억해내는 힘겨움 속에는 단순히 문학적 감동이라고만 말하기에는 부족한 '무엇'을 담고 있었다. 작가와 서술자는 대개 다를 수 있다는 교과서의 말은 별 의미가 없어 토인다. 그렇게 읽고 싶지도 않았다. 그냥 편하게 작품에 몰두하고 싶었다. 작가 김형경을 잘 아느냐는 질문은 별 의미가 없어 보인다. 다만, 그녀의 다른 소설 어딘가에 등장했던 말, 명민한 자의식과 감수성 때문에 오히려 괴로웠다는 진술이 떠오르기도 했다. 주인공 세진의 맨얼글을 보는 일은 숙연한 느낌을 갖게 한다. 소설을 읽으면서 나는 차라리 경건해지기로 했다. 어쩌면 이토록 정직할 수 있을까 해서 나는 자주 책을 놓았다. 동시에 나는 왜 비평가가 되었을까 하는 질문이 떠올라 읽기를 자주 멈추어야 했던 것도 사실이다. 그래서 부끄럽다. 비평을 하면서 더 부끄러운 일은, 작가나 시인만큼 고뇌하지 않았다는 사실을, 작품을 읽으면서 깨달을 때이다. 그런 일은 자주 있다.

　왜 비평가가 되었을까 하는 질문에 요즘은 자주 부딪힌다. 이런 질문을 배제한 채, 외부로부터 주어진 환경에 자신을 맹목적으로 순치시켜 가는 생활이 계속되는 한, 그 부끄러움에서 벗어나기 어려울 것 같다. 이번이 마지막이 되어야 한다는 생각이 간절하다. 주어진 질문에 답하는 비평이 아닌, 질문을 만들어서 찾아가는 비평가가 되길 바래 본다. 아, 얼마나 우스꽝스러운 고백인가. 하지만 이런 물음을 외면하고서 좋은 글을 쓰기는 힘들다는 것을 나는 안다.

세계를 분석적이고 논리적으로 이해한다는 것이 비평가에게 주어진 숙명쯤으로 인식되는 지점에서 자주 망설여지고, 더 나아가기가 어렵다는 생각이 든다. 삶의 구체성에 대한 모종의 결핍, 혹은 깊이에 대한 갈증이 가로막기 때문이다. 그럴 때는 소설을 읽거나 시를 쓰고 싶은 충동 때문에 며칠을 보내기도 한다. 비평론을 강의할 때 자주 창 밖의 풍경이나, 바람에 쓸리는 나뭇잎 소리에 신경이 옮아가는 것을 나는 선명하게 의식한다.

언어의 부재, 혹은 사물의 이면까지 유연하게 바라보는 사유의 결핍 등이 최근 내 비평의 문제이다. 그래서 물기가 사라진 우물의 바닥으로 내려가 조금씩 젖기를 기다리기로 했다. 더 깊이 내 안을 바라보고, 타자의 시선을 수용하고, 책 속에서 고뇌하는 시간을 가져야 한다는 믿음이 강해진다. 그러면 조금씩 우물이 채워지리라. 이번의 책은 내 바닥난 우물을 그대로 보여주는 것이다. 힘들고 어려웠지만, 정직해지리라는 생각으로 용기를 낸다. 화려한 수식으로 포장하고 싶지도 않다. 있는 그대로의 모습 속에서 고개를 숙이고 그냥 마냥 걷기로 했다.

세계를 주조하는 형태에 대해서, 그 언어의 사용에 대해서, 장르의 운명에 대해서 앞으로 오래 고민할 것 같은 예감이 든다. 비평적 자의식은 때로는 역사적인 울림이나, 정치적 관점에서 형성되기도 했다는 점은 누구나 안다. 하지만 가장 실존적 영역에서 비평 행위가 지향하는 바가 무엇인가를 깊이 있게 전해 준 글을 아직 읽지 못했다. 우리 시대 비평가들은 이 점에 대해서 왜 모두 침묵하고 싶은 걸까. 답이 없는 걸까. 아니면 질문의 수준이 낮은 걸까. 이런 물음이, 비평적 자의식의 부재로 요약되는 최근 비평의 지형도를 바꾸어 놓기에는 역부족이라는 사실도 안다. 주변의 넋두리로 이 이야기가 공중 분해될 가능성은 얼마든지 있다. 하지만 권력에 대한 비판은 언제나 주변에서 비롯된다는 것도 잘 안다. 여전히 짊어지고 가야 할 이 주변의 언어로부터 내가 한발짝도 벗어나기 어려운 것처럼.

이번 평론집을 통해서 평론가로서 나의 거울은 무엇인지 많이 생각해 볼 수 있었다. 그러면서도 작품 하나하나가 낯설게 읽히는 경험도 새로웠다. 어쩌면 이제야 조금씩 삶에 눈 떠 가는 과정에 들어선 것은 아닐까 하고 조심스럽게 생각해 본다. 학생들과 만나서 토론하고, 그들의 시선으로부터 삶을 하나씩 알아 가는 것도 즐거운 일이다. 이번 책은 그들과 만난 시간의 기록으로 보아도 무방하다. 그들에게 촌스럽지만 아름다운, 그래도 여전히 가치 있는 일이 무엇인가를 생각하게 할 수 있다는 점이 기쁘고 소중했다. 최근 몇몇 시인, 비평가 제씨들을 만나면서 용기와 힘을 얻은 것에도 감사한다. 그들과의 토론은 앞으로 지속되겠지만 무엇보다도 서로를 비추는 투명성을 확인했다는 사실이 고무적이다.

첫번째 평론집에 이어 여전히 나는 비판적 모더니즘이 이 시대의 문학적 과제가 되어야 한다고 생각한다. 우리 시대의 비평은 현실주의의 문학적 구현 양태에 대해서 자각적일 필요가 있다. 현란함 속에 묻혀 버린 가치, '진지함', '진정성', '우리들의 노래', '타인의 얼굴', '그들의 삶', 이런 것들이 비평적 관심 속에서 재생되기를 꿈꾸어 본다. 이념적으로 존재하되, 이론적인 외화(外化)를 통해 자신의 얼굴이 드러나는 비평, 그런 지평에 다가설 수 있을까. 모더니즘의 주관성에 비판적 시선이 틈입된 정신의 영역, 그 들판을 향해 앞으로 더욱 치열해지리라고 다짐해 본다.

어려운 환경에서도 책을 만들어 주신 청동거울 식구들께 깊이 감사드린다.

2002년 2월
용강리 연구실에서
한원균

【차 례】

3. 서정의 논리

1. 비평과 자의식

시와 타자성

나는 다른 사람이에요. 나는 나인 걸 견딜 수 없어요.
—김정란, 「여자의 말: 세기말, 혼자 여는 문」

즉자성이란 어떤 타자를 위해서만 있는 대상의 존재 양식이다.
—헤겔, 『정신현상학』

1

자기 자신을 관찰하는 과정이 생략된 글쓰기가 과연 가능할까. 모든 글쓰기의 출발은 자신을 객관화하고자 하는 욕망으로부터 출발한다고 볼 때 자신의 맨얼굴, 자신의 또 다른 자신을 맞서우는 일은 근대적 글쓰기의 원형이면서, 보편적인 현상이기도 하다. 특히 한 편의 시에서 발견되는 주체 혹은 화자의 목소리가 시인 자신의 그것과 빚어내는 균열과 파열은 오히려 시가 존재하는 원리이기까지 하다는 점은 주지의 사실이다.

시 속에서 타인의 얼굴을 그리는 일, 혹은 그 타인을 통해 자기 인식의 길로 들어서려는 욕망은 어쩌면 가장 진술하면서도 진부한 방법이기도 하지만, 1990년대 한국시문학의 중요한 골격을 이루었다는 것은 부인하기 어렵다. 정치적 상상력이 약화되거나 무화된 지점에서 '성적 주체', '타자', '타자성', 혹은 '욕망의 문제' 등기 세기말의 한국문단에 지배적인 담론으로 작용했다는 사실은 몇 가지 의미를 지닌다.

우선, 시적 상상력의 저변을 확대했다는 점이다. 서정 장르의 특성을 감안한다 해도 시인들의 꿈꾸기 영역이 확산되거나 다양하게 변주되는 모습을 목도할 수 있었다. 가장 내밀한 욕망으로부터 현실 문제에 이르기까지 시적 관심이 그 외연을 넓혔다는 사실은 중요하다. 이 경우에도 내면의 또 다른 목소리의 중요성은 사라지지 않는다. 이는 다음의 문제, 즉 여성적 화자의 등장 혹은 여성화자로부터 파생되는 여성성, 여성적 삶에 대한 목소리가 강화되는 현상을 낳게 된다. 여성의 목소리가 주목받는 것은 지배적인 남성 중심의 담론으로부터 차별화를 기하고, 나아가서는 이 땅 위에 여성으로 존재하는 것의 의미 묻기까지 매우 깊이 있는 시도가 돋보였다는 점 때문일 것이다. 그러나 이럴 때 여성으로부터 발화되는 성적 담론이 일종의 사회적 관음증의 역할을 톡톡히 해내고 있다는 사실 역시 간과될 수 없다. 이럴 경우 상품성의 문제, 예술성이란 이름으로 포장된 상업주의라는 비판으로부터 자유로울 수 없다.

내면의 절대화, 욕망의 우위라는 시적 경향의 공분모를 문제삼을 때 '타인' 혹은 '타자' 란 무엇인가라는 물음은 자연스럽다. 타자는 가장 소박한 의미에서 자신의 다른 목소리나 타인 혹은 사물을 폭넓게 이르는 말이지만, 주체 구성의 문제를 다룰 때, 의식이 형성되거나 정립된 자아로 나아가는 과정에서 필연적으로 만나게 되는 '계기'라는 말로 이해되기도 한다. 타자, 혹은 타자성이란 이 경우 매우 정교한 구분이 필요한 개념이지만, 주로 타자의 존재, 존재 일반보다는 구체적으로 존재하는 '존재자'라는 의미와 연관된다.

시쓰기의 본질은 부조리에 대한 인식으로부터 출발하는 것이 아닐까. 몸과 정신, 욕망과 규범, 혹은 나와 타인 사이에 발생하는 불일치를 가장 예민하게 수용하는 방식이나 존재가 시쓰기이며, 시인이 아닐까. 문학 행위가 반윤리적 상상력을 기초로 이루어진다면, 제일 먼저 문제 되는 것은 나 아닌 나, 내 속의 타자와 벌이는 치열한 상호작용일 것이다. 결정지워진 방향을 목적론적으로 진행한다는 비판으로부터 부자유스럽기는 해도, 헤겔은 한 개인의 의식 속에서 벌어지는 이 같은 움직임을 승인운동, 인정투쟁이라고 명명한 바 있다. 문제는 이성적 주체가 자기 자신을 스스로 정립해 간다는 철학적 의미보다는 현대의 삶 속에서 주체가 느끼는 고립감, 소외 의식, 혹은 '지금, 여기'에 존재한다는 것에 대한 혼란, 자멸감, 균열과 함몰에 대한 불안감 등이 어떻게 문학작품 속에 표현되어 있으며, 이것을 어떤 관점에서 바라보느냐 하는 것이다. 1990년대 중반 이후 한국문학계를 뜨겁게 달구었던 포스트모더니즘 논의는 이론의 정합성에 대한 요구만 높았지, 성숙한 문화를 형성하는 데 필요한 진지한 반성과 토론을 유도해 가는 성찰적인 힘의 부재로 인하여 앙상한 문학 권력만을 생산하는 데 바쳐졌을 뿐이다.

　욕망하는 주체가 욕망하는 것은 대상이나, 타인이라기보다는 욕망 행위 자체라는 바르트의 명제는 여전히 유효한가. 혹은 어쩌면 그런 욕망 행위는 인간을 점점 더 깊은 좌절과 고립감 속에서 헤어나지 못하게 하는 것은 아닐까. '타인의 존재'는 주체의 절대적 무력감으로부터 인식된다는 레비나스의 주장은 왜 환멸적인지. 그렇다면 우리는 무엇을 지향해야 하는가. 나 아닌 타인, 내 안의 나를 통해, 이 세계로부터 벗어날 수 있는 일이 근본적으로 차단되어 있다는 인식에 도달하는 것은 과연 어떤 의미를 지니는가.

　이런 다양한 층위의 질문은 어쩌면 질문 자체로서 가치 있는 일일지도 모른다. 답을 하는 것이 아니라, 질문 양식으로만 의미 있는 것. 한편으로 이런 질문을 알게 모르게 자신의 체액 속으로 수용하고 있는 작품들을 은밀히 엿보는 것만이 유일한 대안이 되는 것은 아닐까. 타자성에 대한 인식이 한편의 작품 속에서, 혹은 여러 시인들 속에서 영

원한 주제가 될 수 있다면 그것은 또한 아무런 말도 하지 않는 것과 같
은 것은 아닌지. 영혼의 길항, 분열과 자의식, 찢김과 당김의 혼돈을
유효성의 여부로 가름하는 것은 타당한지. 이런 질문들을 한번에 제기
하는 것이 이 글의 의도였음을 숨기고 싶지 않다. 다만 내 안의 타자를
통해 타인과의 진정한 관계를 지향하는 일이 우리에게는 보다 뜻 깊은
일이라는 전제는 분명히 밝히고 싶다. 이것이 변화된 시대의 윤리를
수용하는 문학 상상력의 힘이 되기를, 여전히, 기대하기 때문이다.

2

> 저녁은 어스름하고 어스름한 그 속, 칼금 그어낸
> 불빛들 눈 맵다
> 이 눈 매운 시각, 잠시 눈 깜빡이는
> 흰 속살을 내놓고 처연히 누워 있는
> 파 한 대의 시간 속
> 샛푸른 파 잎, 뻣뻣한 가랑이 사이로
> 오, 보이는구나
> 속 고갱이에 단단히 맺힌 꽃망울
> 투명한 막에 싸여 아직 세상 바람 쐬지 않은
> 저 아릿한 덩어리
> 오, 있었구나 바로 그 속에, 내 속에
> 숨어 있었구나

—이나명, 「제8요일—파꽃」 부분

　몸은 자신을 이해하기 위한 타자이다. 자기 인식에 대한 갈망은 먼저

자신의 육체, 혹은 성적인 주체로서의 자신을 발견하는 일이다. 1990년대 한국시의 화두로 떠오른 성적인 자기 이해는 사회적인 관계에 대한 이해를 포함하는 것이지만, 여성의 경우 일상의 미세한 틈, 사물의 존재 양상을 자신의 삶에 유비하는 방법을 통해 실존에 대한 질문으로 만들어 가고 있다. '파 한 대'를 다듬으면서 시인이 발견한 것은 "투명한 막에 싸여 아직 세상 바람 쐬지 않은" "아릿한 덩어리"이다. 그것은 아직 삶의 현장에, 현실의 어려움 속에 투기되기 이전의 존재를 지칭한다기보다는 시인의 내면, 아직 발화되기 이전이나 혹은 상처받기 이전의 영혼에 대한 발견이라고 볼 수 있다. 순수한 영혼의 존재란 실상 불가능할지도 모른다는 불안감에 침윤된 흔적을 지울 수는 없지만, 시인의 다른 시에 보이는 구절, "상처가 아름답다고 누가 말했다/더 아름다운 건 없니?/그건 너, 바로 너/땅 위에서 헤매고 있는 너, 라고 누가 말했다"(「제8요일—개미에게」)라는 진술에서 보이듯, 시인은 지금 자신을 이해하기 위한 가장 본질적인 방법을 자신의 육체성, 몸의 존재로부터 찾고자 한다. 경험과 기억이 가두어지는 곳에 몸의 길이 열리고 있음을 시인은 보여주고 있다. 이 같은 모습은 한 신인의 다음과 같은 작품에서 매우 도발적으로 확인된다.

여름학기
여성학 종강한 뒤,

화장실 바닥에
거울 놓고
양 다리 활짝 열었다.

선분홍

꽃잎 한 점 보였다

이럴 수가!
오, 모르게 꽃이었다니

아랫배 깊숙이
구근 한덩이
이렇게 숨겨져 있었구나

하얀 크리넥스
입입으로 피워낸 꽃잎처럼

철따라
점점(點點)이 피꽃 게우며,

울컥 불컥
목젖 헹구며,

나
물오른
한줄기 꽃대였다네.

— 진수미, 「바기날 플라워」 전문

　여성의 자기 이해가 몸의 존재로부터 기인하고 있음을 잘 보여주는 작품이다. '여성학 강의'를 실존의 자기 이해로 전환하고자 하는 실천적인 노력을 감각적으로 포착하고 있는 이 작품의 매력은 가장 작은 부분, 미세한 영역에 대한 관심과 이를 선명한 이미지의 대립으로 드러내는 데 있다. 말하고자 하는 욕망, 몸의 존재 방식에 대한 담론화를 유도하고 있다는 점에서 이 작품의 의미가 놓인다.

'몸은 여성의 타자'라는 명제는 몸을 통해 생명의 기원, 시원(始原)에 대한 물음이 가능하다는 의미이기도 하다. 수태 능력을 지닌 여성으로서 생명에 대한 관심은 자신의 기억과 생명이 발생한 곳에 대한 형상화 욕망으로 이어진다.

유산의 기억을 잊지 못하고 있는 시인에게 어머니의 존재란 생명의 기원, 자신이 머물다 떠나 온 자리이기도 하다. 「둥근 기억들의 저녁」은 자신이 지녀 온 "둥글고 따뜻하던 양수의 기억"을 "복숭아 열매가 둥글게 자라는 건 열매가 갖고 있는 기억"이라고 하여, 생명 일반으로 확장하는 인식의 힘을 아름답게 형상화하고 있다. 그것은 '어머니'로부터 나로 이어지는 삶에 대한 기록이면서 동시에 여성의 내면을 이루는 생명적 본질에 대한 천착이기 때문이다.

　(……)

　아홉자식의 어머니는 연중 아홉달 사리돈을 씹는다. 형상기억합금 소재의 브래지어를 빨다가 나도 문득 아랫도리가 아팠던 적이 있다. 비틀어짜 말려도 원상태로 돌아오는 둥근 가슴에 대한 기억…… 유산의 겨울 이후 파드득, 나의 그곳을 헤치며 날아가는 새는 어디에 머물다 해마다 다시 깃들여오는 걸까

　〔…중략…〕"거꾸로 들어 두 시간이나 길을 찾더구나 네 길이 내 몸 속엔 없는 줄 알았다" 둥글고 따뜻하던 양수의 기억, 나는 좀더 머물고 싶었는지 모른다

―김선우, 「둥근 기억들의 저녁」 부분

타자에 대한 이해가 여성의 경우 몸의 존재, 감각의 논리 속에 놓여 있음을 발견하는 일은 기존의 삶에 대한 반성, 윤리와 관습으로 포장된 억압적인 문화, 강제의 논리를 전복적으로 드러내고자 하는 데 그 본질적인 의미가 있다. 반윤리적인 상상력이 사회적 관계 양식에 깃들어 있는 허위 의식을 폭로하는 데 있다면 자신의 내면을 타자화하고, 타자화된 존재를 통해 더욱 깊은 자기 이해의 길을 걷고자 하는 시인에게 반윤리적인 꿈꾸기란 어쩌면 실존의 방식일지도 모른다. 홀로 있음의 고통, 절대적인 고독, 뼈아픈 외로움조차 시인에게는 말하기의 방법일 뿐이다. 가령 난해해 보이는 다음 작품을 보자.

　　해질녘부터 그를 따라온 그의 그림자
　　드디어
　　한마디
　　벗어놓은 그의 신발에게

　　─덩어리가 필요해

─박상순, 「〈정육점〉의 귀가」 전문

　이 작품은 서술구조와 의미구조의 두 가지 층위에 주목해야 한다. 먼저 이 시의 서술구조를 보면 '그의 그림자'가 '그의 신발'에게 '덩어리가 필요해'라고 말하는 모양을 취하고 있다. 하지만 이 같은 표층구조의 이면에는 실체이면서 행위 주체자인 '나'와 삶의 현실이 빠져 있다는 진술이 숨어 있다. 즉 '부재 의식'이 강하게 자리잡고 있는 것이다. '나의 그림자'가 '나의 신발'에게 말하는 방식이 아니라, '그'의 행위로 치환함으로써 이 상황을 바라보고 있는 숨어 있는 시선을 강하게 암시하고 있다. 이는 소외와 고독을 탈자기화하여 그려내고자 하는 의도에서 비롯된 기법이다. 타자에 대한 인식이 이 작품의 경우 매우 기법적인 방식으로 수용되고 있지만 최근 한국시에서 이 같은 현상은 자주 발견되는 것이 사실이다.

　의미 있는 가치가 부재하다고 믿는 주체가 삶을 견디는 방식으로는 두 가지가 가능할 것이다. 하나는 철저한 외면과 무관심이고, 다른 하나는 내적인 초월과 자기 극복에 대한 노력일 것이다. 가령, 1980년대의 삶이 가져다 준 것은 희미한 기억과 식어 버린 열정의 잔해들뿐이라고 말할 수 있을까. 임동확의 『벽을 문으로』라는 시집의 작품들은 알게 모르게 이런 문제와 관련이 있다. 그가 이렇게 말한 대목에 눈길이 간다.

> 여전히 내게 희망이 우세하다는 건
> 추억은 결코 힘이 세지 못하고
> 그저 쓸데없이 상처받고 버림받아도
> 저만치 돌아갈 수 있는
> 마음의 통로가 남아 있기 때문.
>
> ―임동확, 「마음의 집―心經 21」 부분

　'마음의 통로'라는, 흔히 들었지만 명료하지 못한 표현, 혹은 의미가 최근 작품들에서 산견(散見)된다는 점에 주목할 필요가 있다. 내면적 초월이 지향하는 바가 무엇인지 물을 때, 시가 가져다 주는 감동의 폭은 매우 협소해지고 만다. 내 속에 존재하는 타인의 얼굴로서 '마음' 혹은 '나'라는 화두 만들기는 일면 의미심장해 보이지만, 궁극적으로 서정 양식이 지닌 본질적인 속성 가운데 하나가 자신을 세계의 중심에 두고 사유하는 방식이라는 점을 감안할 때 그리 새롭지 않다. 그렇다면 소재의 한계, 치열한 고민의 부재가 만들어낸 형식 논리로서 '마음' 이라는 애매한 용어가 남발하는지도 모를 일이다.

내 속에 존재하는 타인의 얼굴은 어쩌면 시가 지닌 가장 기본적인 요인 가운데 하나일 뿐일지 모른다. 세기말의 한국문학을 뒤흔든 주관화, 내면적 진실의 절대화 경향이 한국적 상황의 특수성을 반영했다는 평가를 수용할 수 있다 해도, 여전히 나를 혼돈과 방황으로 유인하거나 그로 인해 삶은 매혹적인 것이라는 결론으로 이끌게 하는 그 '타자'로 인해 시는 쓰여졌고, 앞으로도 그럴 것이다. 그렇다면 지금까지 무엇을 말한 것이고, 앞으로는 어떻게 말해야 하는가.

3

이제는 내 안의 나, 나의 다른 얼굴을 현실적 맥락으로부터 재구성할 필요가 있다. 모든 주체의 의식, 주체의 사유방식은 기본적으로 구성된 것, 법과 제도, 행정과 지배라는 메커니즘으로부터 자유롭지 못한 것이 사실이지만, 이제는 타자와 타자성의 영역을 타인이나 현실 문화의 영역으로 넓혀 고찰할 필요가 있다. 문제는 내 안에서 어떻게 초월하느냐가 아니라, 나와 타인이 어떻게 만나고 관계 맺을 것인가, 혹은 나를 바라보는 타인의 존재는 무엇인가라는 물음에 답해야 할 것이다.

한 편의 시 속에서 지울 수 없는 흔적으로 남아 있는 나의 맨얼굴, 다른 표정을 무화시킬 수 없다는 사실은 시가 존재하는 한 계속될 것이지만, 이젠 타인, 자기 밖의 세계에 대한 관심과 비판이 필요한 시점에 이른 것이다. 환경 문제와 분단 극복의 방향, 민족과 혈연의 문제 등은 한국시가 떠안고 고민해야 할 패러다임으로 분명하게 등장했다는 점이 강조되어야 한다. 그러므로 문제는 '나인 걸 견딜 수 없어' 하기보다는 왜 다시 '그들 속'의 '나'이어야 하는지, 왜 '우리'여야 하는지를 짚어 보는 데 있다.

소설의 과제와 승인운동

1

개괄적으로 말한다면, 한국근대문학의 역사는 '중심 모색'의 역사라고 말할 수 있다. 한국문학이 자기 시대의 중심모순에 대한 정치, 사회적 인식 아래 이루어졌다고 말하는 것은 과장이 아니다. 개항 이후 한국사회는 제국주의의 극복과 근대화라는 상충된 가치 체계를 어떻게 조율, 수용하느냐 하는 중요한 문제에 봉착했었다. 일본을 통한 근대화 과정이 식민지 지배와 타율적 문화구조를 산출하는 결과를 초래하고 말았다는 점은 주지의 사실이다. 제국주의라는 강압적 질서 아래서 민족주의를 강조하는 일이 심정적 차원에서 우위에 선 것도 사실이다. 카프를 중심으로 이루어지던 과학적 세계관에 대한 '문단적 자의식'의 형성이 일제 강점기 문학에서 제외될 수 없는 이유가 여기 있다. 1930년대 모더니즘 문학 운동 역시 문학의 방향 모색과 관련지어 생각할 수 있다. 물론 카프 문학의 위기에 맞추어 사상기 부재한 자리에 대한 문단적 갈증이 작용한 것은 사실이지만, 서구이론에 대한 피상적 이해와 현실감각 결여로 인해 진정한 모더니즘 문학으로 성장하지 못한 한계를 생각할 때, 1930년대 문학의 방향 모색은 깊이를 갖지 못한 것으로 판단할 수 있다.

해방 이후 오늘에 이르기까지 한국문학은 정치적 상황과 긴밀히 연결되었다. 세계문학이라는 추상적 단위를 한국문학이라는 개별적 단위에 맞세울 경우, 한국문학의 특수한 한계를 세계문학으로 확대시키기 어려운 이유는 한국문학이 갖는 정치적 상상력의 밀도에서 찾을 수 있을 것이다. 물론 문학 행위는 인간 문제에 대한 고찰이라는 점에서 기본적으로 사회성과 정치성을 갖는다고 할 수 있다. 그러나 1970, 80년대 한국문학의 경우 정치적 환경과 영향은 문학 행위의 가장 핵심에 놓였고, 상상력의 근간을 이루기도 했다. 한국의 시인, 작가들의 경우 자신의 실존적 고통과 아픔을 사회적인 차원으로 연결시키기가 상대적으로 용이했던 것은 당시의 정치적 환경의 열악함에서 비롯된다. '불행 의식'이 유신정권과 군사독재 정권으로 이어지는 기간 동안 한국문학의 중요한 창작 방법론이 되었다는 점은 아이러니다. 정치, 사회의 모순이 작가들에게는 행운으로 작용했다고 볼 수 있기 때문이다. 한국문학이 '보편적 차원'의 인간 이해의 문학으로 쉽게 이행하기 어려운 원인은 여기에 있다.[1] 이 같은 관점은, 한국문학이 자신의 시대가 제기하는 문제와 너무나 강하게 유착된 나머지 문학 상상력의 자유를 제한당하고, 뿐만 아니라 한국문학의 주변성 극복이라는 해묵은 과제에 매달리고 있다는 비판을 유발할 가능성도 있다. 그러나 한국문학은

---

1) 여기서 보편적 차원이란, 문학이 산출된 사회, 문화적 환경의 개별성을 보지(保持)하면서도 실존적 인간의 '특수한 삶'이 결합된 양식, 혹은 내용을 이르는 말이지만, 종종 제1세계의 삶, 서구적 삶을 의미할 때도 있을 것이다. 그럴 경우 '한국문학이 세계문학으로 인정될 수 있는가'라는 질문은 '한국문학은 세계인이 공감하는 문학이 될 수 있는가'라는 다소 지엽적인 문제로 이해될 가능성도 있다. 이 글에서는 위에 든 두 가지 경우를 모두 전제하기로 한다. 그렇더라도 논지의 흐름에는 방해되지 않을 것이라는 판단에서이다.

여전히 서구문학을 가운데 두고 그 변두리만을 형성하는 것인가라는 회의적인 물음을 완전히 청산할 수 없는 현실을 직시해야 한다. 한국 문학의 시대적인 의미와 한계에 대한 질문은 바로 한국문학이 짊어지고 온 문제들, 가령 제국주의 극복 문제, 노동과 삶의 문제, 분단과 통일의 문제 등을 어떻게 인간 보편의 문제로 이행시킬 것인가라는 질문으로 이해될 필요가 있다. 바로 21세기 한국문학이 당면한 문제는 여전히 해결되지 못한 이와 같은 과제에 어떻게 접근해야 하는가라는 점에 모아져야 할 것이다. 1990년대 소설이 여성화자와 주인공을 통한 여성적 삶의 의미 묻기에 집중된 현상 역시 1990년대적인 중심 모색의 근간을 형성한 것으로 이해된다. '억압된 것들의 복원'이라는 포괄적인 의미로 1990년대 문학 담론을 이해할 경우 페미니즘 문학의 위상도 정립될 것이기 때문이다. 20세기 한국문학이란 사실 근대문학을 이르는 말이라 할 때, 한국의 근대문학은 매우 파행적인 삶과 질곡의 역사와 함께 걸어왔다고 볼 수 있다. 이 같은 어려움이 갖는 의미는 무엇이고, 21세기를 맞이하는 길목에서 한국문학, 특히 소설은 어떤 문제에 관심을 가져야 하는지 생각해 보기로 하겠다.

2

한국근대문학, 특히 소설의 역사를 '중심 모색'의 역사라고 한다면, 보편적인 관심을 가질 만한 문제를 제기하고 소설적 관심을 표명하는 일이 강조되었음을 뜻한다. 이때 보편적인 문제란, 개인적인 영역보다는 공동체의 영역이 비교 우위를 점유한다고 믿는 가치를 의미한다. 따라서 소설의 주인공에게 주어진 과제는 자신의 세계관을 자신이 속한 삶을 통해 관철해 나가는 것이었다. 소설 장르 자체의 성격이 대립과 갈등을 내재적인 것으로 갖고 있지만, 한국근대소설의 경우 이와 같은 대결 양상은 작가들에게 있어서 매우 자각적인 것이었다. 1990년 대 소설의 주요한 경향 가운데 하나인 사소설화 혹은 내면적 가치의 절대화에 주목하면서 '소설의 운명'을 논의한 다음의 글은 매우 중요한 시사점을 던져 주고 있다.

> 역사는 과연 끝장난 것일까. 구소련이 붕괴되었을 때, 이런 물음이 정치사상측에서 제기되었음은 썩 그럴 법한 일인데, 왜냐하면 정치사상사에서 다루는 것이 인류사의 방향성(운명)인 까닭이다. 이와 관련이 있는 예술형식이 소설이라 믿어 온 쪽에서 보면, 시민사회의 종언과 역사의 종언이 함께 걸리는 것이 아니겠는가.[2]

여기서 역사란 근대적인 삶의 형식이 발현되어 가는 과정을 말하는 것이다. 이 경우 자본주의와 사회주의의 양식은 모두 근대적인 삶의 범주에 속하는 것이다. 사회 구성체의 이행 과정이 절대봉건주의에서 자본제적 시민사회로 이행해 갔다고 믿는 쪽에서 보면 근대화의 과정은 필연적으로 발전적 계기를 내포하는 것이다. 그렇다면 시민사회의 발전과 소설의 발생 과정은 매우 깊은 상관관계를 갖고 있는데, 사회주의의 붕괴가 더 이상 역사의 진행이라고 볼 수 없는 상황이라면, 시민사회의 발전 과정에 구조적 상동성을 갖는 소설도 이젠 더 이상 설 자리를 잃은 것은 아닌가라는 질문이 가능하다는 것이다. 여기서 김윤식은 소설이란 상호승인의 인정투쟁이 이루어지는 장(場)이라고 설명하고 있다. 인정투쟁이란 타인보다 우월한 존재가 되고자 하는 우월

---

2) 김윤식, 「역사의 종언과 소설의 운명」(『문학동네』, 1996. 여름). 필자는 이미 김윤식의 이 칼럼을 분석한 바 있다.
한원균, 「문학의 육체성에 대하여」(『일굼의 문학』, 청동거울, 1998). 여기서는 이 글을 부분적으로 다시 인용했음을 밝힌다.

욕망과 타인과 대등한 존재가 되고자 하는 대등 욕당의 다른 표현이라
는 것이다. 나아가서 대등 욕망이란 결국 타자를 경쟁자로 보면서 이
를 넘어서고자 하는 것이므로 실상 그것은 우월 욕망이 되고 만다는
것이다. 이와 같은 승인 욕망의 무한 과정이 역사의 전 과정에서 일어
나는데, 만약 '대등 욕망도 우월 욕망도 없는 장면'이 나타난다면 어떻
게 될 것인가. 김윤식은 바로 역사의 종말을 선언한 일본의 후쿠야마
와 일본을 방문하고 돌아와 방문기를 쓴 코제프의 주장을 소개하면서
이렇게 말한다.

> 코제프의 주장에 따르면, 일본 사무라이의 생존 방식이야말로 헤겔의
> 저 주인과 노예의 변증법의 끈을 끊었다는 것이다. '죽음을 건' 투쟁도
> 하지 않았고 그렇다고 노예도 되지 않았다는 것. 대등 욕망이나 우월 욕
> 망을 벗어나면 응당 동물이 되어야 마땅함(니체)에도 불구하고, 사무라
> 이식 인간은 동물 아닌 그 나름의 '삶'을 유지했다는 것. 그리하여 역사
> 이후 인간의 존재 방식에 이르렀다는 것이 코제프의 논지이다.

일본사회의 특징을 서양의 한 철학자는 인정투쟁이 사라져 버린 사
회라고 말했다는 것이다. 역사가 인정투쟁의 산물이라면 일본사회는
그것이 사라져 버린 사회, 역사 이후의 사회라는 것이다. 물론 이 같은
진단은 매우 피상적이고 현실과 동떨어진 것이었음을 우리는 이미 경
험적으로 알고 있다. 이 주장의 타당성을 떠나서 우리가 주목할 것은
'역사 이후의 삶'을 살아가고 있는 사회의 한 특성을 '주인과 노예의
변증법이 사라져 버린 지점'이라고 명명하고 있는 대목이다. 다시 말
해 '말기의 인간'이란 주인—노예의 변증법이 사라진 지점, 승인 욕망
이 사라진 지점, 시민사회든 사회주의 사회든 모든 역사가 종언을 고
한 지점에서 나타나는 인간 유형이라는 것이다.

여기서 20세기 한국소설의 문제를 설명하고, 21세기를 전망하는 중요한 계기가 마련된다. 과거의 소설이 바로 인정투쟁을 통한 보편적 삶의 영역 확대를 시도했다면, 1990년대에 등장한 일련의 소설들은 바로 이 같은 인정투쟁을 상실하거나 방기하고 있다고 설명할 수 있다. 여전히 현실에 풀어야 할 문제는 산적해 있고, 개인들의 삶 속에서는 끊임없이 인정투쟁이 존재하고 있는데, 소설에서 유독 인정투쟁이 사라진다면 그것은 거짓이거나 문제를 바로 보지 않으려는 속셈의 드러냄이 아니겠는가 하는 점이다. 한국사회는 여전히 역사가 존재하는 사회, 아직도 근대적인 삶의 양식이 '기획'의 차원에서 고려되고 있는 사회, 일찍이 마르크스주의자들의 언급대로 임노동과 자본의 대립관계를 한국사회에 맞는 모델로 구조화하지 못한 사회가 아닌가. 그렇다고 자본주의를 넘어서는 대안이 통용되기도 힘든 현실이 아닌가. 그야말로 '절대적 밖은 없다'라는 비관적 전망만을 가슴속에 묻어 두고 살아가야 하는 사회가 아닌가. 조세희의 '뫼비우스의 띠'로 상징화된 질문이 여전히 유효성을 지니는 것은 아닌가. 여기에 이르면 21세기 한국소설의 과제와 운명은 보다 선명해질 수 있다. 21세기의 과제는 당연하게도 20세기 혹은 1990년대 한국소설의 문제점과 일치하고 있다는 판단이 가능한 것은 이 때문이다.

3

1990년대 초반 동구권 사회주의가 몰락하고 소련연방이 해체될 즈음 한국사회는 매우 심각한 무기력증에 빠지게 되었다. 1980년대 진보주의 문학운동권과 사회운동이 전반적인 침체기로 접어들고 '중산층 보수주의'로 통칭할 수 있는 현상들이 사회를 지배하기에 이르렀다.

진보주의 사회운동의 침체라는 의미의 무기력증이 나타나게 된 원인은 물론 대중들의 감각 변화에서 찾아질 수 있지만, 무엇보다도 이론이 지나치게 원리주의(radicalism)화한 데서도 발견될 수 있다. 리얼리즘이 미학적 규율로 작용하기보다는 교조적 강령의 수준에서 이해된 것도 사실이었기 때문이다. 이론의 성급한 주장과 창작물의 괴리를 바로 보지 못한 것, 변혁적 대열에 서야 한다는 강박관념과 실제 작품 사이의 거리가 '세계관과 창작 방법론의 불일치'라는, 수식으로만 포장된 것이었음을 깨닫는 데는 그리 오랜 시간이 걸리지 않았다. 이런 가운데 서구의 문학이론으로 무장한 일군의 논객들이 출현하면서 한국문학은 또다시 향중심의 열병에 시달려야만 했다. 문제는 사회주의권의 몰락과 한국사회내의 모순은 어떤 상관성이 있는가라는 점이다. 일부 급진세력에게 북한 사회주의가 유일한 대안이 될 수도 있었겠지만, 그것이 환상이었고 무모했으며, 전위에 섰던 지식인으로서 책임마저 져야 한다는 사실을 이제는 너무나 명확히 보고 있지 않은가.[3] 따라서 한국사회에 상존하는 문제를 외면하는 소설쓰기란, 문학적 진정성의 한 축을 스스로 무너뜨리는 것이다.

　최근의 신문 보도에 의하면 탈북하여 중국이나 제3국을 떠도는 사람

---

3) 몇 년 전 북한 잠수정을 타고 밀입북하여 간첩활동을 했다는 대표적인 1980년대 주사파 운동권의 핵심인물들이 쓴 일종의 전향문 형식의 반성문이 일간지에 공표되었다. 이 글을 보는 사람들의 느낌은 조금씩 다르겠지만, 북한 사회주의가 역시 실패했으며, 통일을 준비해야 하는 입장에서 자본주의야말로 유일한 대안이 될 것이라는 생각이 지배적일 수 있을 것이다. 혹은 그들이 실제로 간첩활동을 했다는 사실에 놀라기도 할 것이며, 어떤 사람들은 과거 군사독재 정권의 거짓말을 떠올리며 그것 역시 사실이겠느냐는 반응도 보일 수 있을 것이다. 그러나 내 생각은 조금 다르다. 결론부터 말하자면 그들은 북한을 방문하고서야 자신들의 잘못을 깨달았다고 했는데, 그들의 말이 웬지 공허하게 다가온다는 점이다. 물론 그것은 사실이겠지만, 엄밀히 말하면 반성문이 요구하는 어떤 명확한 계기에 대한 배려 차원이 아니였을까 하는 생각이 들기 때문이다. 결국 그들은 이미 오래 전부터 북한사회에 대하여 환멸감을 지녀 왔을 것이며, 그야말로 '명문대를 나왔다'는 그들의 입장에서 북한사회가 대안이 될 수 없을 것이라는 점을 모를 리가 없었을 것이다. 따라서 북한사회의 실상 때문에 그들이 전향한 것이 아니라, 자신들의 논리가 갖는 맹점, 사회주의 사상이 갖는 논리적 오류에 기인하는 문제로 봐야 할 것이다. 그 반성문에는 이 같은 논리적 모순에 대한 자기 비판이 빠져 있다는 문제가 된다. 야당이나 정부에 비판적인 사람들이 그들의 행동이 정권 홍보용으로 포장되고 있다고 말하게 되는 계기를 마련해 주고 있는 것도 이 때문이 아닐까.

들의 숫자가 크게 증가하고 있으며, 이것이 한국과 중국정부 사이의 신경전으로 번질 가능성조차 있다고 한다. 한국전쟁 이후 분단의 골이 더욱 심화된 상황에서 분단문학이란 전쟁으로 인한 상처를 드러내거나, 이데올로기로부터 소외된 삶을 그리거나, 통일에 대한 당위성을 강조하는 차원의 문학이었다. 그러나 탈북자의 문제가 사회적인 차원에서 대두되고 있는 요즘 분단문학이란 먼저 탈북자의 인권 문제에서부터 출발해야 할 것이다. 이런 관점에서 최근에 발표되었던 두 편의 소설은 그것이 시사하는 바가 매우 크다.

분단을 극복해야 한다는 논의가 당위적인 요구에 멈춘다면 전혀 새롭지 않다. 정치, 경제적인 통합보다 더욱 중요한 문제는 문화적인 제 양상의 이질화 극복일 것이다. 그런데 그 방법론이 문제가 아닐 수 없다. 문학이 해결점을 가져다 줄 수는 없지만 문제 제기적인 형태로 존재할 수 있다는 점을 보여주는 작품이 있다. 김지수의 「무거운 생」(『창작과 비평』, 1996. 가을)이 주목된다.

남편의 의처증과 폭력에 못 이겨 친정으로 돌아온 한 가정주부의 시선에 비친 벌목공 출신 귀순자의 삶이 이 소설에서 그려지고 있다. 남한 자본주의에 적응하지 못해, 다시 월북하여 가족을 데리고 와야 한다는 남자의 삶을 통해 탈북자의 남한사회 적응의 문제를 보여준 것이다. 이 소설은 분단을 인식하는 방법으로 혈연적인 유대감을 강조하고 있다. 아이에 대한 그리움이 남편을 용서하게 되고, 아이에 대한 그리움으로 목숨을 건 월북을 기도하는 남자의 이야기는 어떤 이념적인 장애도 육친의 애정이라는 범주 속에서는 힘을 발휘하지 못한다는 사실을 강조하고 있다. 자유가 그리워 월남을 강행했지만 '콜라를 많이 마시면 이빨이 썩듯 자본주의 사회도 삶을 병들게 할 수도 있다는 점'을 그 남자 역시 알고 있다고 설정함으로서, 분단 인식에 대한 나름대로의 균형감을 갖추고 있다. 물론 월남과 월북을 동시에 수행해야 하는 그 남자의 운명이 남편과 아이 사이에서 고민하고 있는 정은의 삶으로 유추될 수밖에 없다는 점이 이 작품이 갖는 어색함이기도 하지만, 이 작품이 주는 의미는 예사롭지 않다.

한편 박덕규의 「노루사냥」(『한국소설』, 1996. 가을)도 귀순자의 생활을 매우 흥미롭게 그리고 있다. 주인공 박당삼은 북한에서 호텔 주방장을 하던 사람이다. 월남 이후 그는 자신의 경력을 인정받아 호텔에서 북한요리 주방장으로 일해 오다가 '오지혜 요리학원'에서 마련한 북한요리 강좌를 맡게 된다. 그날은 텔레비전 공개강좌가 있는 날이어서 초대된 월남자들과 함께 시식회가 예정되어 있었다. 그가 준비한 요리는 남한에서 '오징어 순대'로 알려진 음식이다. 북한에서는 이를 '노루고기'라고 부른다는 것, 또한 탈북자를 찾아다니는 일을 '노루사냥'이라고 한다는 사실을 설명하고 난 후 시식회로 이어진다. 공개강좌의 마지막 시식회에서 박당삼이 만든 요리를 먹은 유성도가 쓰러지는 사건이 발생한다. 그가 실제로 '노루고기'에 '생아편'을 넣은 것이다. 이유는 간단했다. "죽이고 싶은 놈들이 여게 먼저 와서 우리보다 더 잘살고 있"기 때문이다. 그는 계속 말한다. "으늘 저 악질 보위원 놈이 먹는 노루고기에다가 생아편을 적당히 섞어서리……." 공개강좌는 마무리되지 못한 채 끝이 나고 오지혜는 박당삼에게 어서 달아나라고 소리친다.

이 작품들이 갖는 특이한 점은 탈북자를 바라보는 관점의 새로움을 드러냈다는 사실에 있다. 「무거운 생」에서 드러난 이씨에 대한 시각, 즉 순박하면서도 소박하고 피해의식에 사로잡힌 듯한 모습이나 「노루사냥」의 박당삼을 향한 남편의 태도 등에서 남한사람들에게 각인된 자본주의의 습성이나 우월감을 볼 수 있다는 점이다. 이는 진정한 의미에서 통일을 극복하는 데 방해 요소가 될 가능성이 있다. 뿐만 아니라 북한에서 계급적인 입지가 다른 귀순자들 사이에서 벌어질 수 있는 갈등 양상에 대하여 문제를 제기했다는 점이 이들 작품이 갖는 의미이다. 민족적인 동질성이라는 초이념적인 지점에서 분단에 대한 극복 가능성을 읽을 수 있다는 점이 중요하기는 하지만, 귀순이 남한정부의 체제 우월을 선전하거나 정권의 대외 홍보용으로 쓰이던 과거와 달리, 앞으로 예견되는 대량 탈북, 혹은 귀순 사태에 대한 문학적 예측이 이루어지고 있다는 점에서 눈여겨볼 대목이 아닐 수 없다.

4

21세기 한국소설은 공동체 삶의 문제에 대한 비판적 관심을 회복하는 방향으로 나아가야 한다. 1990년대를 풍미했던 포스트모더니즘 이론이 경박한 문화주의의 외피를 쓰고 나타났다가 슬그머니 꼬리를 감추게 된 원인 역시 비판을 배제한 채, 모든 가치를 상대화하여 한국사회의 실정에 맞는 윤리감각을 개발하는 방향으로 이어지지 못했다는 점에서 찾을 수 있다. 억압과 복원이라는 관점에서 한국사회의 문제를 진단하고 극복하고자 했던 노력이 성과를 보이고 있는 것도 사실이지만, 사회 각 부분에 대한 철저한 비판과 대안 모색이 부재하여 보다 심화된 사회운동으로 연결되지 못했음은 지적할 필요가 있다. 이제 분단 문제는 제2기의 문학적 성과를 요구하고 있다. 남북 관계가 새로운 국면을 맞이하고 있다는 조심스런 전망이 이루어지기도 하고, 경제적 어려움을 극복하고 있다는 평가도 나오고 있다. 문제는 이러한 환경 변화가 작가들에게 좀더 세심한 관심과 미래에 대한 예측을 요구하고 있다는 점이다. 문학 상상력의 사회적 의미란 자유에 대한 갈망과 그를 통한 삶의 질 개선에 있다고 판단되기 때문이다. 21세기는 한국사회에 존재하는 가장 중요한 문제인 분단을 극복하고 이질화된 삶을 엮어 가는 소설적 방법론을 개발해야 하는 시기이다. 한국소설이 인류의 보편적 문제에 다가설 수 있으려면 가장 한국적인 군제 하나를 해결하지 않으면 안 될 것이다. 개인의 욕망도, 내면적 가치의 아름다움도, 일상의 세세한 틈에 가려진 진실도 모두 소설적 주제가 될 수 있으며, 그로부터 세계관 자체가 바뀌는 충격도 받을 수 있다. 그러나 인간 자체를 억압하는 이념에 대한 비판, 특히 북한사회의 비인간적 실상에 대한 관심, 혹은 정권의 유지를 위해 오랫동안 대중을 호도했던 권력의 욕망과 실상에 대한 준엄한 시각 등이 21세기 작가들에게 주어진 과제이자 운명이라고 할 수 있다. 이런 의미에서 한국문학은 당분간 중심 모색의 시간을 더 가져야 할지도 모른다. 그래서, 여전히, 당분간 문제는 다시 비판이다.

한국문학의 현대성 비판

1. 파행적 근대화

오늘날의 사회, 문학의 분석에서 자주 거론되는 용어 가운데 하나가 '담론(discours)'[1]이다. 이 용어는 일반적으로 언어 형태로 상징화된

1) 담론이란 용어는 논자들에 따라 상이한 함의를 갖는다. 바흐친에 의하면 담론은 일상회화, 법, 종교, 인문과학, 정치적 수사들을 포괄하는 것으로 이들이 존재하는 방식을 상호 텍스트성이라는 말로 요약했으며(츠베탕 토도로프, 최현무 역, 『바흐친: 문학사회학과 대화이론』, 까치, 1987, 96쪽), 하버마스는 일상적인 상징 작용에서는 언어가 무비판적으로 교환되는 반면 담론은 훨씬 성찰적인 행위라고 주장하며(윤평중, 『푸코와 하버마스를 넘어서』, 교보문고, 1990, 114쪽), 의사소통 행위를 설명하는 데 있어서 이러한 담론은 사회적 층위에 따라서 각기 다르게 분석될 수 있다고 말한다. 하버마스에게 담론의 의미는 그의 이론을 전개하는 데 있어서 조금씩 차이를 드러낸다(A. Giddens, 「Reason Without Revolution? Habermas's Theorie des kommunikativen Handelns」, 『Habermas and Modernity』, MIT Press, 1985, 96~98쪽, Cambridge, Massachusetts). 한편, 푸코는 특정한 시기의 역사적 줄거리를 가능하게 하는 지식의 구조적 층위를 일컫는 '에피스테메(episteme)'라는 용어를 사용하면서 이는 모든 가능한 '언설'의 생성을 근본적으로 규정한다고 했다(미셸 푸코, 이광래 역, 『말과 사물』, 민음사, 1991 참조). 또한 알뛰세르에게 있어 그것은 대화가 이루어지는 기본 조건이며 사회적 연관에 따른 선택이 가능한데 특히 모든 제도 속의 담론에는 위계질서가 존재한다고 보는 것이 특징이다(D. 맥도넬, 임상훈 역, 『담론이란 무엇인가』, 한울, 1992, 참조). 본고에서는 이들의 논의를 포괄하면서도 담론이 갖는 생산력의 측면에 주목하고자 한다. 즉, 후기 자본주의 시대의 담론은 자본주의적 생산양식 속에서 교환되며 아울러 가치를 창출하는 요소이다.

언표 행위뿐 아니라 사회 문화의 제반 내용을 기능적으로 형식화시킨 모든 요소를 포괄하는 의미로 사용된다. 이럴 경우 담론이라는 용어는 매우 넓은 함의를 갖게 된다. 권력의 외화 형태인 제도 역시 이러한 담론 체계의 한 부분이 될 수 있으며 제도에 맞서는 개인의 언술 역시 담론의 영역을 구성한다.

이와 같은 의미의 담론이 우리 시대의 문제를 이해하는 인식틀의 하나로 중요하게 부각되고 있다는 사실은 한국사회의 성격과도 무관하지 않다. 자본주의 세계에서 주요 모순을 이루는 요소가 고전적 마르크시즘에서 주장하듯 임노동과 자본의 대결구드가 아니라는 점이 그것이다. 후기 자본주의가 갖는 특징적인 면모 가운데 하나는 지식의 연관관계 역시 생산력을 이루는 구성인자로 작용한다는 사실이다. 이는 후기 자본주의의 위기 관리 능력과 밀접한 연관을 갖는다. 하버마스에 의하면 자본주의 사회의 위기는 시장(교환질서)이라고 하는 비정치적 조정체계에 의해 사회가 통합되고 있어서 '정당화'의 작용을 하는 전통의 구성요소들—합리적 자연법, 공리주의—이 경제적 기초로 형성된 이데올로기 즉, 등가물의 교환이라고 하는 방식으로 수행되는 데서 비롯된다는 것이다.[2] 그런데 이러한 위기는 후기 자본주의의 진행 과정상에 필연적으로 발생하는 것으로 그것의 해결은 단순한 임노동과 자본의 적대적 대립관계를 해소하는 것으로 끝나지 않는다. 왜냐하면 노동의 의미가 현실적으로 분산되었으며 전통적인 의미로서의 '노동자' 역시 다양한 이해관계에 따라 분화되는 양상을 띠고 있기 때문이다. 여기서 의사소통적 합리성에 기초한 보편주의적 공리주의에 대한 탐구가 시도된다. 이때, 이해관계를 달리하는 집단들 사이의 대립은 폭력적 행위가 아니라 합리적 이성에 기초한 합의 도달이라는 담

---

2) U. 하버마스, 임재진 역, 『후기 자본주의 정당성의 문제』, 종로서적, 1983, 30쪽.

론 형식을 통해 수행될 수 있다는 것이다. 이러한 사실은 후기 자본주의의 구조가 새로운 모순관계 즉, 정치적 입장을 달리하는 집단간의 비적대적 대립 양상을 설명하는 논거가 될 수 있다.

산업화는 근대를 특징짓는 요인 가운데 하나이다. 근대는 산업화의 경제적 측면을 고려한 개념이므로, 우리에게 있어 중요한 것은 그것이 갖는 구조적 기능과 한계를 다양한 각도에서 고찰할 수 있는 인식론적 의미이다. 베버는 서양의 근대화를 탈미신화를 통한 합리성의 증대로 설명하고 있으며,[3] 호르크 하이머나 아도르노는 도구적 이성의 전반적인 우위에 입각한 계몽화를 근대의 특징으로 설명하고 있다. 철학적인 의미에서 서양의 근대는 이성의 작용에 의한 세계의 '인식 가능성'으로 요약될 수 있는데, 근대는 대체로 시간구조의 변화, 비판 기능의 변화, 생산구조의 변화[4]로 설명이 가능하다.

서양사회를 설명하는 이와 같은 논의가 한국사회를 이해하는 데 있어 유효성을 증대시킬 수 있으려면 1) 한국사회에서 근대적 경험의 충실성 여부, 2) 그것에 대한 이론적 검증의 과정을 필수적으로 갖추어야 할 것이다. 해방 이후 우리 사회를 합리성의 제고에 따라 비합리적인 요인이 증대되었다는 논의로 설명하는 일이 어느 정도 의미를 지닐 수 있을까? 우리에게 합리적인 경험은 무엇이었으며 비합리적인 것은 어떻게 비판받아 왔는가? 이러한 질문이 지금 우리 앞에 놓인 중요한 과제가 아닐 수 없다.

세기말의 포스트모더니즘 논의들은 한국사회의 경험적 실제를 부정한 채 논의를 위한 이론적 그물을 짜는 듯하다. 다시 말해 서양의 고도로 발전된 산업사회의 현상이 우리 사회에 '징후적인 모습'으로 등장

---

3) 윤평중,『포스트모더니즘의 철학과 포스트 마르크스주의』, 서광사, 1992, 24쪽.
4) 류철균,「한국 근대문학 일반이론 서설」(『비평의 시대』, 문학과지성사, 1991), 288쪽. 그는 다분히 푸코적인 의미에서 에피스테메의 변화에 주목하고 있지만, 근대라는 성격을 일반적으로 이해하는 데는 무리가 없을 듯하다.

하고 있는 것을 마치 우리 사회를 '전일적'으로 지배하고 있는 현상으로 설명하고 있다는 것이다. 자연관의 변화와 진보에의 소망으로 특징 지워지는 이성적 사유에 대한 믿음이 전반적으로 의심되는 이 시점에서 제기된 서양의 포스트모더니즘은 그들 사회의 토대와 관련시켜 볼 때는 논리적 타당성을 갖는다고 볼 수 있다. 그러나 우리의 현실에서 이러한 논의는 1980년대 이후의 현실적 전망의 부재—이러한 전망이 실제로 부재하는 것인가는 반성해 보아야 하지간—를 해소하기 위한 이론적 탐색의 결과로 생각될 가능성이 있다. 논리적 정합성이 언제나 정당성의 근거를 지닌다고 말할 수 없기 때문이다. 스스로 확정된 전망이나 체계를 부정하는 논의 뒤에는 현실적 모순을 극복할 대안이 부재하고 있음을 고백하는 지적 허무주의의 고통스러움이 담겨져 있으며, '새로움'으로 위장된 신보수주의[5]의 탈정치적 의식이 내재되었다고 볼 수 있다. 가치 있는 미덕으로 여겼던 기존의 질서는 상대주의의 혐열함 속에서 마모되어 음험한 욕망의 속주머니에 구겨 넣어진다. 기준이 없고 지표도 잃었다. 윤리나 도덕이 욕망하는 주체들 사이에서 한낱 구매 물품의 목록을 지우듯이 사라져 버리고, 거대한 소비구조 속에 편안히 안주하는 '생각하는' 중산층은 상업의 활력과 미적 감각 속으로 의식구조를 재빠르게 '교양화'[6]시킨다. 비판마저 상품화의 길로 접어들고 진정성이 깃든 모순 인식이라고 스스로 자부하는 많은 지식인들조차 물 위에 부유하는 거품처럼 얼마나 쉽게 자신들의 가벼움을 드러내고 있는가. 그들이 스스로 욕망하는 주체—푸코에 의하면 사실은 잘 관리되는 피지배자이지만—라고 선언했을 때, 그들이 얼마나 지금, 여기와 멀어지는지를 바라보는 일은 허망하기까지 하다.

---

5) J. Habermas, 『Modernity—an Incomplet Project』(김욱동 편, 『Postmodernism』, 한신출판사, 1991), 267쪽.
6) J. 보드리야르, 이상률 역, 『소비의 사회』, 문예출판사, 1991, 16쪽.

근대적인 경험은 '합리성의 포괄적 구현'이라고 정의할 수 있다. 이러한 경험구조가 근대 이후 한국사회에서 어떻게 자리잡고 있었는지를 알기 위해서는 해방 이후부터 1950년대를 거치는 시기에 대한 이해가 요구된다. 우리 사회의 근본적 파행구조가 발생하는 시원이 1945년 8월 15일 해방에서 1950년 6·25 전쟁을 지나는 시기라는 것이 우리에게 주어진 첫번째 가설이다. 해방 이전은 국가 회복이라는 지상의 명제 앞에서, 모든 이데올로기는 자신들의 구체적이고도 근본적인 목적을 유보해야 했던 시기였다. 그러나 일단 해방이 되었을 때 우리에게 주어진 것은 '나라 만들기'에 대한 염원이었다. 중요한 것은 일제의 강점이 시작되는 1910년대 이래 국가의 부재는 해방 이후에도 지속된다는 사실이다. 실질적으로 우리에게 국가 상실기는 1948년까지를 의미하는 것이다. 뿐만 아니라 1950년의 한국전쟁[7]은 근대적 경험의 내적 축적이 시작되는 입구에서 맞이한 총체적 위기라는 면에서 이해될 수 있다. 이렇게 보면 해방 직후는 분단의 기원이 도사리는 시기이며 한국전쟁은 분단 모순의 정점이자 동시에 출발이라는 비극성을 담지한다. 우리에게 근대적 경험(합리성의 생활 세계화)은 시작과 동시에 파국의 모습으로 등장한 것이다. 서구의 지식인들이 가지고 있었던 조화로운 삶에의 향수는 우리에게는 한갓 꿈에 지나지 않는 것이었다. 고대 희랍 세계의 서사시적인 아름다움이 루카치의 소설론을 가능하게했고, 에덴동산이라는 균형과 질서의 세계가 프라이의 구조주의를 생성시킨 모태가 되었다면 우리에게는 '조화로운 삶'이라는 신화가 과연 존재하는 것일까? 도달해야 하지만 할 수 없는 선험적 상실성이나 유

---

7) 1950년 6·25의 전쟁을 인식하는 태도는 다양한 논의를 불러일으키고 있으며, 그것을 지칭하는 용어 또한 다양하다. 용어의 선택이 곧 이념적 입지를 대변하는 일이므로 6·25 전쟁을 지칭하는 일은 사회과학적인 검증을 필요로 한다. 하지만 본고에서는 근대적 국가 수립 이후 처음 시작되었으며 동시에 세계사적 의미의 이념적 성격, 아울러 한국사회의 자체내 모순이 뒤엉켜 발생한 전쟁이라는 점에서 '한국전쟁'이라는 용어를 쓰기로 한다. 이에 대해서는 브루스 커밍스, 김자동 역, 『한국전쟁의 기원』(일월총서, 1986), 최장집 편, 『한국전쟁연구』(태암, 1990) 참조.

토피아로 현현하고 있는 그들의 이상향이 비판의 인식론적 토대로 작용하고 있음은 또한 주지의 사실이다. 마르크시즘 역시 계몽주의 이데올로기의 전범이었음은 부인될 수 없다.

그렇다면 우리의 모습은 어떠한가. 해방 이후 한국사회의 근본적인 문제점으로 지적될 수 있는 것은 식민통치의 갑작스런 해체[8]이다. 자생적인 역량의 축적이 이루어지기 전에 맞이한 해방은 잠재적 힘을 통제할 수 있는 '구조의 자기 조정력'을 가질 수 없게 했다. 농민들은 농지로부터 이탈하고 동시에 공장 노동자로도 편입되지 못한 상태로 남아 있게 된다. 해방 직후 일본과의 관계가 단절되면서 일본인 소유 중심의 자본, 원료 공급체계의 단절, 일본인 중심의 기술자들의 이출(離出)로 경제는 마비 상태에 이른다.[9] 경제적 토대의 이와 같은 취약화에 이념 대립에 의한 갈등이 심화되면서, 한국경제는 생산적인 자본의 축적 형태로 발전하지 못하고 한국전쟁을 겪으면서 실질적으로 그 토대가 와해되기에 이른다. 현실의 변화를 추인하는 이성의 힘이 제도와 맞물리는 지점에서 근대적인 경험은 합리화를 지향할 수 있는 것이다. 그러나 해방 직후와 한국전쟁을 거치는 동안 우리에게 남은 것은 절대빈곤과 비어 있는 위장(胃腸)을 위무해 줄 정신의 댄디즘적 위장(僞裝)이며, 제스처였다. 이제 우리에게 아름다운 과거는 언제나 무너져 내리는 아픔 속에서 잠깐씩 기억될 뿐 분명한 실처란 존재하지 않는 것이었다. 지난날의 아름다움은 그것이 깨어지는 순간 망각의 강을 건너버리고, 존재한 것은 어느덧 회상하는 시간 자체, 회상하고 있음으로

---

8) B. 커밍스, 앞의 책. 104쪽.
9) 공제욱, 「1950년대 한국사회의 계급 구성」(『1950년대 한국사회와 4·19 혁명』, 태암, 1991), 67쪽. 이 시기의 경제구조는 재생산 기반의 취약화로 인하여 지난날의 대일 의존의 구조가 대미 의존의 구조로 자리바꿈한 형태이다. 미국으로부터 반입된 물품은 주로 소비재였고 생산설비의 도입은 전체 도입액의 0.12%에 불과했다. 뿐만 아니라, 미군정 포고령 2호에 의해 몰수한 일본인의 자산 총액이 남한 자산 총액의 80%에 달하고 있다. 결국, 당시의 경제구조는 국가적 소유를 매개로 하지 않을 수 없었으며 근대적 민족자본의 형성이 전무한 상태로 볼 수 있다. 이에 대해서는 박현채, 『한국경제구조론』(일월총서, 1986) 참조.

서의 존재 그것에만 매달려 있게 된다. '방울 소리를 울리며 떠난 목마'를 그리워하는 박인환의 목소리가 갖는 시대적인 의미를 말하는 것이 우리에게 얼마나 깊은 좌절감을 동반하는가. 근대라는 탈을 쓰고 나타난 일제의 본모습을 제대로 볼 수 없을 때, 혹은 이미 그것의 실체를 깨닫고 난 뒤의 정신의 황폐함 속에서 할 수 있는 일이란, 지금, 여기에는 없는 것을 향한 무한한 그리움의 분출이 아니었던가. 혹은 성급한 지식인은 스스로를 계몽주의자로 자처하고 나섰으며 일제보다 더욱 열심히 과거가 없는 민족임을 외치고 다녔다. 기억해야 할 아름다운 과거가 없다는 것은 일제 강점기나 해방 직후에 있어서나 동일한 구조로 인식되었다. 그럴 때, 정신의 공동화(空洞化)를 대체해 줄 수 있는 장치를 마련하는 일이 긴요했던 것이다. 문학은 언제나 없는 것을 향한 동경을 형식화의 근본 원리로 삼지만, 동경은 또한 자기 시대의 구체적 삶을 지배한다. 동경하는 일 자체가 행복이고 비극일[10] 수 있었던 시대, 그러한 운명적인 아이러니가 한국근대문학의 출발 지점에 놓여 있다.

근대 이후 우리에게 필요했던 가장 '근대적'인 경험은 포괄적 이성이 담보된 민족국가의 수립이었다. 해방 직후를 우리 역사의 자기 인식의 시대로 보는 관점이 수립될 필요가 여기에서 발견된다. 추억 속에만 존재하는 형해화(形骸化)된 과거가 아니라 분명한 실체 개념으로 등장하는 근대적인 민족국가에 대한 논의가 새롭게 부각될 필요가 발생한 것이다. 해방 이후 1950년대를 거치는 기간은 근대적 국가 수립과 전쟁이라는 험난함을 경험하면서 실체의 발견과 훼손이라는 상반된 지점에서 우리를 돌아보게 하는 희귀한 시간으로 우리 앞에 놓여 있다. 오늘날 우리 사회의 근대적 경험, 합리성의 제고 여부는 해방 직

---

10) 게오르그 루카치, 반성완 역, 『영혼과 형식』, 심설당, 1988, 166쪽.

후와 1950년대로 소급되어 다시 고려되어야 한다. 1945년 8·15 해방
에서부터 1950년 6·25 전쟁에 이르는 기간에 대한 진지한 고찰이 없
는 탈근대 논의는 물줄기를 잃고 샘물을 파는 도로에 다름 아닌 것이
다.

2000년대를 살아가는 우리에게 중요한 것은 무엇인가. 한국문학에
서 근대적인 경험은 무엇이었으며, 오늘날 한국문학이 제기하는 문제
는 무엇이고, 포스트모던한 징후들과 관련해서 한국문학이 찾아가야
할 방향성은 어디인지를 조심스럽게 탐색하는 일이 우리에게 주어진
과제이다. 본고에서는 최근에 논의되고 있는 포스트모더니즘이 한국문
학에 끼치는 영향관계에 대하여 비판적으로 고찰하는 것을 목적으로 한
다. 이를 위해 최근에 많이 읽힌 몇몇 소설작품을 중심으로 문화와 대중
성, 그리고 포스트모던한 경향이 갖는 의미에 대하여 살펴보자.

2. 중산층 보수주의 문화이론 비판

1945년 해방은 우리에게 새로운 삶의 질서와 의미를 부여한 사건이
었다. 정신적 삶의 질곡에서 벗어나 문학이 모색해야 할 전망이 무수
하게 논의되었다. 해방이 곧 민족국가의 건설로 이어진 것은 아니었지
만 문학적 전망(삶의 본질에 대한 통찰)을 통한 다양한 '실험'이 이루어
졌으며, 이에 따른 논쟁과 정치적 대립이 끊임없이 제기되면서 정신의
공동화를 극복하고 삶의 중심을 찾고자 하는 민족적 열망이 여러 가지
형태로 나타나기 시작했다. 근대적인 경험이란 민족국가의 수립과 긴
밀한 관련을 갖는다. 개인의 참된 자유를 통한 보편적 의식의 '기제'를
산출하는 것은 근대적 시민사회의 성격이라고 할 수 있다. 해방 이후
많은 정치적 논의들은 민족의 보편적 열망을 얻지 못했거나 적어도 대

중들의 의식을 정치적으로 악용했다는 비판으로부터 자유롭지 못할 것이다. 따라서 참다운 자유를 통한 민족 공동체의 실현[11]이 해방 직후 시대적인 과제라고 할 수 있다. 이러한 현실에서 문학도 자유로울 수 없었다.

한국에서 근대적 경험이란 곧 경제적인 건설을 통한 빈부 격차의 해소, 도시화, 산업화라는 말로 이해된 것이 사실이다. 이 과정에서 특정한 부문에 편중된 경제적 부가 정치적인 역학관계에 크게 의존되면서 시장경제 원리는 기형적인 모습으로 변질되었으며 군사정권으로 출발한 집권세력의 정치적인 정당성이 의심받는 결과를 낳았다. 결국 관료사회는 부패하고 정치적 입신이 곧 개인의 영달이라는 사고가 팽배하면서 한국사회는 억압과 저항이라는 대결 국면으로 일관한다. 이러한 대결의식은 정치적인 측면에서뿐만 아니라 사회, 문화적인 현상에서도 찾아볼 수 있다.[12] 전후 한국사회의 질서 재편 과정은 독재 논리의 성장과 경제의 정권 예속화, 정치의 대외 종속화가 심화되면서 개인에게는 정치적 무관심과 이기주의, 사회 문화적으로는 획일적 사고양식

---

11) 헤겔은 자유의 요소가 사회로 옮아갈 때 생겨나는 것이 민족 공동체라고 말하고 있다. 헤겔의 역사철학에서 동양사회는 일자가 지배하는 전제사회로 일관했고 그리스인에게는 극소수의 자유만 허용된 데 반하여 게르만 민족에 있어서만 참된 정신의 자유가 실현되었다고 보는 것은 문제로 지적될 수 있다. 그러나 헤겔이 말하고 있듯이 '세계사의 전개 과정은 자유의 전개 과정에 다름 아닌 것'이라고 할 때 만인에게 부여되는 자유의 양적 팽창이 세계사의 진행에 따른 필연적 법칙이라는 사실을 말하는 것으로 이해될 수 있다(헤겔, 김종호 역, 『역사철학강의』 2권, 삼성출판사, 1977, 151~315쪽 부분 참조. 또한 임석진, 「헤겔 역사철학의 근본문제」, 『헤겔연구』 3권, 중원문화, 1983, 36~38쪽 참조). 자유의 문제가 근대적 민족국가의 건설에서 중요한 문제로 대두되는 것은 제3공화국 이후 우리 사회에서 가장 중요하게 제기된 것이 경제적 건설과 더불어 자유라는 사실을 보면 이해할 수 있다. 근대는 경제적 평등을 중심 과제로 삼고 있는 듯하지만 실질적으로 개인간의 합리적 이성을 근거로 한 자유는 경제적 관계의 발전을 위해서 중요하게 취급될 문제이다.
12) 1960년대 이후 억압과 저항이라는 주제에서 한국문학은 벗어날 수 없었다. 독재 논리에 대항하기 위해서 선택된 저항의 논리 역시 자체의 민주적 의견 수렴의 절차를 거치지 못한 독재의 논리구조를 갖는다는 것은 우리 사회의 아이러니라고 할 수 있다. 1970년대 문학의 경우 유신체제에 저항하기 위한 대항 논리를 생명으로 삼았던 것이 사실이다. 이러한 저항의 의식구조가 당대에 필요했고 사회 변화에 기여한 점은 정당하게 평가되어야 한다. 이제 우리 앞에는 이러한 이분법(억압—저항)을 어떻게 극복하는가 하는 문제가 새로운 과제로 제기되고 있다는 사실을 직시할 필요가 있다.

을 양산하는 과정으로 요약된다. 1960, 70년대 문학에서 자주 등장하는 허무주의 역시 이러한 시대적인 문제를 내포하는 것이었다. 문학적 상상력은 정치적인 현실을 비껴 갈 수 없었다. 개인적 삶의 허무가 시대적인 의미를 강하게 드러내 보인 경우가 1960년 4·19 이후라고 판단된다. 가령, 김승옥의 「환상수첩」「서울, 1964년 겨울」 등과 같은 작품에서 보이는 환멸적 낭만주의[13]는 1960년대의 문화적 분위기, 예컨대 젊음이라는 추상명사 앞에 모든 방황마저도 아름다움으로 인식되는 것, 아울러 정치적인 상황에 대한 명확하고 과학적인 인식의 결여를 동반한 허무, 또한 4·19 세대가 갖는 '세대론적 정신 현상'[14]을 드러낸 경우라고 볼 수 있다.

1980년대의 이념적 격동기를 지나면서 우리 사회는 급격하게 탈정치화, 탈중심화의 길로 접어들고 있다. 이러한 변화를 가져오게 된 결정적인 계기는 독일의 통일과 소련연방의 해체, 그에 따른 동구권의 몰락이었다. 세계사적으로 공산주의권이 실패하고 자본주의가 성공한 듯한 모습을 통해서 우리 사회를 새롭게 조명해야 한다는 목소리가 높아진 것이 사실이다. 정치적으로는 선거를 통해 '정당성을 확보한' 정

---

13) 이는 본래 루카치의 용어이다. 환멸의 낭만주의는 영혼이 삶의 운명보다 더 넓고 크기 때문에 생겨난다는 것이다. 이는 자기 자신을 단 하나의 진정한 현실이라고 보는 서정적인 것의 극단적 상승을 의미한다(이에 대해서는 G. 루카치, 반성완 역, 『소설의 이론』, 심설당, 1985, 146~151쪽 참조). 김승옥의 경우, 낭만적 환멸이란 '방황하는 젊음이 갖는 현실의 위태로운 존재성'을 의미하는 것으로 자주 이해된다(한상규, 「환멸의 낭만주의」, 『1960년대 문학연구』, 예하, 1993, 참조). 김윤식은 특히 「환상수첩」에서는 1960년대적 죽음의 한 양상을 확인할 수 있다고 본다(김윤식, 「60년대 문학의 특질」, 『현대문학』, 1985. 1). 그러나 루카치의 이론에 기댄 이와 같은 논의들은 윤리적인 문제에 관한 물음을 제기하지 않고 있어 루카치 이론 자체에 대한 깊이 있는 수용이 아닐 뿐만 아니라, 이럴 경우 방황과 좌절이 갖는 역사적인 의미, 그것의 관념적인 한계 등에 대한 명확한 인식을 결여할 수 있다. 오늘날의 소설들에서 흔히 보이는 소재들(이에 대해서는 뒤에서 다시 언급할 것임)이 대개의 경우 방황, 개인적인 욕망 등인데, 이들을 모두 환멸적 낭만이라는 범주로 묶는 행위는 '어떤 절대적 가치도 존재하지 않는다'라는 포스트모더니즘 이론을 등에 업은 가치 평가 유보이며, 문학이 왜 존재하는가에 대한 심도 있는 사색의 결여라고 볼 수 있다.
14) 한 평론가는 이를 '4·19 세대의 순결 상실성'이라고 말한 바 있다(박태순, 「문단수첩」, 동아일보, 1991. 4. 4). 시의 경우에서도 이런 세대론적 단위를 묶는 어떤 정신적 구조가 존재할 수 있다. 이에 대해서는 졸고, 「자유와 부성 상실의 시적 변용」, 『경희어문학』 제11집. 1990, 참조.

치 권력이 들어서게 되고 경제적인 면에서는 UR의 타결로 보호무역이 쇠퇴하고 있으며 문화적으로는 압구정동이 말해 주듯, 지극히 개인적이고 이기적인 삶의 양식이 물질적인 수준과 정신적인 기대치를 통해 나타나고 있다. 이러한 현상들의 이면에 존재하는 현실적인 상황과 정신구조는 어떤 의미를 지니는가.

첫째, 한국사회에서는 사회주의 혁명이 불가능하다는 판단을 가능하게 한다. 이와 같은 판단의 근거가 되는 것은 자본주의의 생산력을 이루는 근간이 고전적 마르크시즘에서 주장하듯이 프롤레타리아의 노동력이라는 사실에 대한 회의이다. 현대 자본주의 사회에서 기술과 과학의 진보는 고도로 집적화되며 노동자의 단순 노동력에 의해서 생산력이 증대되는 것은 아니다.[15] 현대사회에서 기술, 과학은 또한 권위적인 국가에서 행정적 지배의 강제를 부드럽게 조정하는 역할까지 할 수 있다는 논의가 가능하다. 이에 따라 구성된 지식의 체계가 지배적 담론을 형성하며 사회 각 영역에서 담론은 부분을 통합, 조정하는 효력을 가지면서 동시에 사회적인 효용을 창출한다. 따라서 자본주의는 자기 내부에 목적 합리적인 행위의 하부체계를 계속하여 확장하는 경제 메커니즘의 확립과 정치체제를, 이렇게 발전한 종속체계에 적응시키는 경제적 정당성의 규준을 갖게 된다는 것이다.[16] 현 단계 한국경제의 특성을 산업 자본주의가 완성되는 시점이라고 보아 경제적인 확장기를 걷고 있다는 판단[17]이 가능한 이유도 이러한 논의를 공고히 하는 데

---

15) 과학과 기술은 양면적인 성격을 지닌다. 그 자체는 탈이데올로기적이면서 동시에 사회적 생산력의 골격이 된다. 그러나 탈이념적이라는 것은 기술이 이용되는 상황에 따른 것이다. 예컨대, 전자 계산기는 자본주의 행정이나 사회주의 행정에서나 똑같이 쓰일 수 있다. 문제는 자본주의 국가내에서의 기술, 과학적 진보가 사회적으로 어떤 영향력을 갖느냐 하는 것이다. 하버마스에 의하면 현대사회에서의 기술, 과학적 진보는 일차적인 생산력이 되었고, 마르크스가 중요시한 잉여가치의 원천, 즉 직접 생산자의 노동력은 더 이상 중요하게 생각되지 못하게 되었다는 것이다. 오히려 기술, 과학은 그것이 배후의 이데올로기가 되어 국민의 탈정치적인 집단의식 속에 파고들어가 정당한 힘을 발전시킨다는 것이다. U. 하버마스, 장일조 역, 『이성적인 사회를 향하여』(종로서적, 1980, 5~40쪽) 참조.
16) U. 하버마스, 앞의 책, 19쪽.

일조하고 있다.

둘째, 문화적인 현상에서 중산층 의식이 팽배하고 있다는 사실이다. 후기 자본주의 사회의 문화 형태는 고도의 소비사회를 특징으로 한다. 소비가 자신의 실존적 정당성을 부여하는 사회에 우리는 살고 있다. 압구정동 문화라고 일컬어지는 소비문화를 일부 특수한 '계층'의 문제로 국한시켜서 보편적 특징이 아니라고 주장하는 논의는 중요한 결함을 갖는다. '압구정동'은 단지 상징적 기호일 뿐, 그 정도의 차이를 떠나서 우리 사회는 고도의 소비를 통해 자신을 이허하고 타자를 인식하려는 경향(소비주체의 기호화, 보편화)이 강하게 나타나고 있으며 그러한 의식구조는 사회 전반에 미치고 있다. 이때 중산층 의식이란 이러한 소비 메커니즘에 편입하고 싶은 심리적 추이를 일컫는지도 모른다. 자신도 모르게 이 거대한 소비구조에 편입되기를 원하고 있으며 실제로 이 구조에 편입되지 못한다는 것은 곧 사회적 '죽음'일 수 있다는 생각이 우리 사회에 미만해 있는 듯하다. 경제 발전 과정에서 나타나는 구조의 모순, 즉 시장경제 원리의 내적 정당성의 상실로 인한 분배의 불균등 문제가 압구정동 문화라는 '공룡'을 단들어낸 것도 사실이지만 문제는 실제로 소비를 하느냐의 여부, 혹은 어느 정도 규모인가라는 사실을 떠나서 소비 자체에 대한 의식구조가 문화적인 현상으로 제도화된다는 것은 주목할 필요가 있다.

셋째, 현실 사회주의의 경제적 실패가 이러한 생각에 중요한 근거로 작용한다. 구소련 연방과 동구권, 특히 핵문제를 둘러싼 북한과의 갈등을 통해서 우리에게 강하게 인식된 사실은 그들 경제의 생산력 저하 현상이다. 자본주의의 힘은 많은 이들을 먹여 살릴 수 있다는 자신감에서 비롯된다. 남한학생들의 반정부 시위를 텔레비전으로 보면서도

---

17) 최단옥, 『한국 자본주의의 역사적 성격』, 김기태 · 최단옥 외, 『한국경제의 구조』(한울, 1993) 참조.

그들이 입고 있는 옷과 좋은 운동화에 더욱 관심이 갔다는 한 북한유
학생 출신 귀순자의 말은 곤혹스러운 일면이 있지만 경제적 현실의 차
이를 실감하게 하는 대목이 아닐 수 없다.

이러한 현실적 상황과 의식구조의 저변을 바탕으로 급격하게 대두한
것이 소위 포스트모더니즘의 이론이다. 실제로 포스트모더니즘의 이
론은 다분히 문화적인 관점에서 이해되는 것으로 위에서 열거한 세 가
지 현상을 자신의 철학적, 혹은 현실적 근거로 삼고 있다. 그러나 이러
한 논의가 우리 사회의 성격을 온전하게 설명하는 것은 아니다. 포스
트모더니즘이 갖는 이론의 정합성이 과연 실천적 구성력을 지니는지
판단할 이유가 발생하는 것은 이 때문이다. 사회의 억압적인 분위기,
이에 따른 소외와 담론의 일원적 위계질서가 갖는 지배적 권력화에 대
한 부정과 반성은 포스트모더니즘 이론이 갖는 적극적인 의미가 될 수
있다. 억눌린 것들에 대한 회복[18]과 소외된 일상에 대한 복원이라는 포
스트모더니즘의 이론적 본질은 '혁명적인' 비판에 있는 것이다. 그러
나 우리 사회에서 논의되고 있는 후기 산업사회의 이론들은 이러한 비
판적 의미를 상실하고 있다. 이제 다음 장에서 구체적인 작품을 통해
서 이를 확인하기 위하여 앞에서 논의했던 우리 사회의 세 가지 정신
적 편향에 대하여 다음과 같은 몇 가지 문제점을 제시하기로 하겠다.

첫째, 현실 사회주의가 우리 사회의 지향점은 아니었다는 점이다. 마
르크스주의 이론의 정합성이 곧 현실의 실천성을 의미하는 것이 아니
라는 사실을 확인하는 일이야말로 현실주의적인 사고방식이다. 사회
주의권의 몰락이 곧 우리 사회의 모순과 질곡에 대한 관심을 포기해야

---

18) 프로이트는 현실 세계의 메커니즘에 대항하는 심리적 추이는 현실의 모순처럼 지양되지 않으
며 다만 억압될 뿐이라고 말한다. 이것이 어느 순간 의식의 지표면으로 떠오르는데 이 같은 현
상을 문화적으로, 역사적으로 확대할 수 있다는 것이 프로이트 이론의 골격을 형성한다. 이를
마르쿠제는 '억압된 것들의 귀환'이라고 부른다. 이에 대해서는 S. 프로이트, 김종호 역, 『문화
의 불안』(박영사, 1974), H. 마르쿠제, 김인환 역, 『에로스와 문명』(나남, 1989) 참조.

하는 이유가 될 수는 없다. 한국사회가 갖는 자생적인 모순이 해결되지 않은 상황에서 현실 사회주의 국가의 실패를 한국적 자본주의의 승리라고 생각하는 것은 대단히 관념적인 태도라고 볼 수 있다. 여전히 우리 사회의 문제는 남아 있으며 오히려 마르크스주의의 이론적 태도[19]가 더욱 필요한 시기에 우리는 서 있다고 볼 수 있다.

둘째, 중산층 보수주의 문화의 발흥이 문화적인 퇴행을 불러올 수 있음에도 이러한 현상이 시대적인 분위기에 잘 편승하고 있다는 사실이다. 더구나 동구권의 실패를 통해 탈정치적 분위기가 조성되었으며 새 정부 출범 이후 한국사회는 저항 이념의 전반적 쇠퇴로 말미암아 소위 진보진영의 이념적 성격이 흔들리기 시작하고, 개인의 자유로운 욕망 분출이 곧 시대적인 중심에 놓인다는 사고방식이 확산되고 있다.

셋째, 세계경제의 신블록화로 인해 자국의 특수한 이해관계의 보전이 세계화의 조류에 어떻게 조화되는가 하는 문제가 중요하게 대두되었으며 이에 따라 문화적 민족주의 역시 점차로 설 땅을 잃어 가고 있다.[20] 특히 사회, 경제적으로 세계화, 국제화라는 대의명분으로 자국내의 특수한 모순과 갈등관계를 은폐 내지는 호도하려는 움직임 역시 지배전략의 일환으로 사용되고 있음을 주시해야 한다.

포스트모더니즘 이론이 갖는 보수성은 이러한 상황 판단 자체를 중심논리의 재생이라는 이유로 거부하는 데 존재한다. 서구 이성 중심주

---

19) 1930년대 소련의 스탈린주의와 독일의 나치즘은 국가사회주의적인 면을 가졌다는 점에서 공통성을 지닌다. 이론이 역사적으로 어떻게 물화되어 가는지를 이 두 정체(政體)를 보면 알 수 있다. 이들은 다같이 근대적 지성의 합리적 구현이라는 명분을 지니고 있지만 권력구조의 관료화를 극복하지 못했다는 비판에서 벗어날 수 없었다. 이에 더한 비판을 학문적 차원에서 수행한 이들이 프랑크푸르트 학파였다. 이들은 전통 마르크시즘에 프로이트를 결합시킴으로써 인간의 욕망에 대한 한차원 높은 분석을 시도한다. 이에 대해서는 M. 제이, 황재우 역, 『변증법적 상상력』(돌베개, 1979) 참조. 여기서 다시 마르크시즘으로 돌아가자는 말은 본래적 비판으로의 회귀라는 의미로 사용되었다. 이를 위해서는 마르크시즘에 프로이트를 결합하는 이론적 모색이 시도되어야 한다. 몇 년 전 제출된 다음 논의는 이러한 의미에서 주목을 요한다. 홍준기, 「정신분석학과 맑스주의」(『창작과 비평』, 1994. 여름).
20) 이 문제는 제3부에서 문학작품을 통하여 분석하기로 하겠다.

의의 합리적 세계관에 대한 전면적인 회의에서 출발한 포스트모더니
즘 이론이 기존의 이분법적 전제들, 가령, 진리/허위, 주관/객관, 남성
/여성 등에 내재된 중심논리를 거부하고 해체하여 '억압된 것들의 귀
환'을 목적으로 하는 것이라면 이론 자체에 비판적 성격이 유지되어야
할 것이다. 한국사회에서의 포스트모더니즘 이해란 매우 일천한 것이
어서, 서구적 의미에서의 포스트모더니즘이 갖는 진리와 허위, 현실과
재현, 사실과 기호 사이의 구분의 폐기와, 의도적 모호성[21]에 대한 철
학적 반성과 논의를 거치지 않은 상태에서 삶 자체의 중심 없음이 곧
'현대적'인 이론이라는 생각에서 헤어나지 못하고 있다. 이는 또 다른
의미에서 문화적 제국주의 노선에 침윤되는 것이면서 동시에 '한국문
학은 주변문학인가'라고 물은 한 연구가의 질문[22]을 고통스럽게 되뇌
이게 한다.

3. 투항이냐, 전략이냐

요즘 신문광고란을 보면 거의 매일 장편소설 한두 권쯤은 소개되는
현상을 볼 수 있다. 이러한 현상은 무엇을 의미하는가? 아무리 컴퓨터
게임과 전자 오락이 기승을 부려도 책읽는 즐거움을 압도하지는 못할
것이라는 판단을 가능하게 하려는지, 아니면 생활에 지친 사람들이 책
을 좀더 가까이 하려는 바람직한 현상을 반영하는 것인지, 혹은 늘 새
롭게 등장하는 무명의 작가가 우리 문화에 어떤 문제적인 의미로 다가
올지에 대한 기대감을 가져도 좋은 일인지 쉽게 판단이 서질 않는다.

---

21) 도정일, 「리오따르의 소서사 이론 비판」, 정정호·강내의 편, 『포스트모더니즘의 쟁점』(터,
　　1991), 100쪽.
22) 김현·김윤식, 『한국문학사』, 일지사, 1973, 서론 참조.

얼마 전 출간된 작품『화두』를 다시 보자. 주요 일간지에 크게 보도되기도 했지만, 한 평론가의 비판 역시 불러일으켰던[23] 최인훈의『화두』가 왜 논쟁의 대상이 되어야 하며 어떻게 논의되고 있는지를 살펴보면 한가지 흥미로운 사실이 발견된다. 먼저 왜『화두』가 언급되어야 하는가. 오래 전에 이미「광장」이라는 작품으로 우리 시대의 중심문제에 대한 '화두'를 제출한 중견 작가가 거의 20여 년 만에 제출한 작품이 세간의 관심의 대상이 되는 것은 당연한 현상이라고 볼 수 있다. 이 작품이 주는 적극적인 의미가 한 지식인의 삶의 체험이 주는 역사적 의미에 있다고 생각하는 반면에, 소설의 구성과 재미라는 의미에서 이 작품은 수준 미달이라는 상반된 평가가 제기되었다. 작품의 '사유'가 아무리 높고 탁월하다고 하지만 '총체적인 삶의 구성이나 상상력의 발휘가 없는 작품에 사유가 담길 리가 없다'는 비판[24] 역시 간과하기 어렵다. 그런데 이러한 논의에서 중요한 부분이 결여되어 있음을 알아차릴 필요가 있다. 그것은 최인훈이란 작가의 성격이 기본적으로 대중적인 언어를 채택하지 않았다는 사실에 대한 고려이다. 1970년대의 대중소설 작가들 예를 들어 조선작, 조해일 등이 1990년대에 이르러 거의 작품을 발표하지 못하는 이유는, 바로 오늘날 우리 독자들의 취향에서 비롯된다는 사실이다. 소설이 영화화되는 일이 흔하지 않았던 시기에 『영자의 전성시대』,『겨울여자』등이 보여준 대중적 감수성, 대중의 언어와 생활 속의 감각이 오늘날에 와서는 질적으로 변화되었다는 사실이다. 그러나 최인훈은 처음부터 '관념'과 '지식'으로 출발한 작가로서,『화두』에서 보이는 관념의 회색지대는 대중적이지 못하다는 비판은, 어렵지만 쓰고, 읽어야겠다는 작가와 독자들의 생각을 외면하거나, 달라진 책읽기의 한 양상을 잘 설명하고 있지 못한 증거일 것이다.

---

23) 윤지관,「국가 경쟁력과 민족문학」,『창작과 비평』, 1994. 여름.
24) 윤지관, 앞의 글.

다시 말해 소설을 왜 읽으며 무엇이 좋은 소설인가라는 질문이 오늘날처럼 중요하게 취급되어야 하는 시대도 드물다는 것이다. 문학이 진정으로 자유로운 삶에 대한 희구여서 모든 억압하는 것들에 대해 저항한다는 의미가 이유 없이 거부되지는 않을 것이다. 그러나 최근에 보이는 몇몇 소설들에서 성적인 모티프가 소재적인 차원을 넘어서 성을 중심으로 형성된 담론들의 체계 자체를 보여주려는 듯한 모습에서 문학의 대중성이란 무엇인가 하는 질문이 새롭게 제기되는 것이다. 더욱이 이러한 현상이 최근 유행하는 포스트모던적 사고방식과 맞물리면서 증폭되는 일탈적 경향은 아무런 이론·실천적 여과 과정을 거치지 않은 채 대중 속에 유포되고 있어 문제점을 지니고 있다. 성적인 모티프가 주가 된 장편소설부터 먼저 살펴보자.

조성기의 최근 소설에서 육체적 욕망은 삶의 본질을 규정한다. 예를 들어,

그때 내 오른손이 나의 전 존재를 대표한다. 내 손이 가는 곳을 내가 가고 있고, 내 손이 접촉하는 것을 내가 접촉하고 있고, 내 손이 만지는 것을 내가 만지고 있다. (조성기, 「존재하려는 경향에 대하여」)

라고 말하는 대목에서 욕망의 존재론, 욕망이 본질에 선행하는 현상이 그의 소설쓰기의 중핵으로 자리잡고 있음을 볼 수 있다. 그의 『욕망의 오감도』는 욕망하는 존재가 우리 시대의 성적 금기를 어떻게 넘어서고 있으며, 그러한 현상이 제도적으로 어떻게 다스려지는지를 보여주고 있다. 이때 욕망하는 주체는 사회적인 억압구조(분배의 불균등)에 저항하는 방식을 폭력성에서 찾고 있다. 『욕망의 오감도』는 우리 시대의 욕망이 가질 수 있는 이러한 폭력성에 대하여 '고발'하고 있다. 낯선 청년들에게 폭행당한 약사, 자기 친구를 성폭행한 아버지 이야기, 인신

매매범에게 끌려가 온갖 고통을 당하는 젊은 여성들의 이야기가 그려지고 있다.

이들은 모두 우리 시대의 욕망의 가장 잔인한 폭력적 광기 앞에 노출된 여성들이다. 그런데 이들이 자신들의 고통스런 상황을 극복하는 방법 또한 폭력적일 수밖에 없음을 작가는 보여준다. 청년들을 암매장해 버리는 약사와 그녀의 죽음, 아버지를 죽인 여대생과 친구의 자살, 탈출한 여인의 고통스럽던 시간에 대한 재생(인신매매당했던 일의 기억) 등은 현실의 불행한 일면에 대한 고발이라는 장치를 이용하고 있지만 그러한 불행을 바라보는 독자에게 그것은 비판적인 담론으로 이해되기 힘들다. 폭력적으로 나타나고 있는 성의 문제를 작가는 되도록 냉정하게 그리고자 했다고 서문에서 밝히고 있지간, 이 작품이 갖는 중요한 문제 가운데 하나는 성을 고발한다는 차원에서 성에 대한 충동적인 호기심을 강하게 환기하고 있다는 사실이다.

이 작품에 나오는 성적 묘사는 매우 사실적이며, 때로는 충격적이기까지 하다(포르노 촬영 장면). 실제로 이 작품에 대하여 한국 간행물 윤리위원회의 경고 조치가 있었고(1993. 10. 23) 그에 대해 작가 조성기가 직접 반론의 글을 발표한 바 있다.[25] 그러나 이러한 논쟁이 문학내적인 장치를 통한 검증 과정, 가령 평론가, 작가의 토론 및 철학적 방법론에 대한 고찰이 전혀 이루어지지 못한 것도 문제이지만 이것이 상업주의의 거대한 소비구조를 통해 대중들에게 알려진다는 사실은 더욱 심각하지 않을 수 없다. 작품에서 작가가 의도한 비판은 오히려 음험한 욕망의 대리인이 된다. 주변에서 벌어지는 폭력을 바라보는 사람들의 폭력성을 일깨우는 것, 욕망의 폭력성을 고발하면서 욕망이 폭력화되는 것을 방관하고 있는 것이야말로 지극히 자본주의적이다.

---

25) 중앙일보, 1993. 11. 11.

  성을 통한 폭력적 구조를 드러내는 일이 성에 대한 감추어진 폭력성을 환기하는 장치로 이용될 수 있는 것이 현실의 욕망구조이다. 마광수의『즐거운 사라』가 갖는 욕망의 자유로움조차도 현실의 욕망구조를 재생하는 데 탁월하게 기여하지만 문학이 법의 장치에 제약을 받을 수 있다는 사실은 근본적인 문제를 제기한다. 한 사회는 정치적 금기와 성적 금기의 체계가 존재한다. 이때 문학은 정치와 성이라는 제도화된 담론의 질서 사이를 왕복운동하면서 자유의 입각점을 넓히려고 한다. 여기서 정치적 금기가 자기 시대 권력의 한도를 벗어날 수 없게 상상력을 제한하듯이, 성적 금기 역시 그것이 제도적 장치로 성립되면서 지배의 효과적인 수단이 될 수 있다. 마르쿠제에 의하면 쾌락원칙에 끊임없이 가해지는 수행원칙으로서의 원실원칙이 성적인 자유와 놀이의 상태로부터 존재를 유배시킨다. 현대 문명화된 사회에서 일부 일처제의 확립은 성적인 금기가 지배와 제도로 정착된 대표적인 사례이다.[26]

  포스트모더니즘이 지향하는 성적인 자유로움은 성이 권력과 지배에 이용당하면서 개인의 자유로운 꿈꾸기를 억압하는 현상에서 비롯된다. 이때 성적인 담론이 현실적 모순구조에 대한 본질적인 탐구를 시도해야 하는데 오늘날 유행하는 소설들, 특히 성을 소재로 하거나 적어도 필연적인 이유 없이 지나친 묘사로 일관하는 작품들은 이러한 철학적, 이론적 원천에 대해서 무지하거나 무관심하다.『즐거운 사라』가 법정에서 해결되어야 한다는 편향된 시각이 제기되는 것도 이러한 시각의 부재에서 비롯되고 있다는 사실을 작가는 물론이고 비평가들은

---

26) 이에 대해서는 이미 프로이트가 이론적 원천을 제공하고 있다(S. 프로이트,『정신분석학 입문』). 마르쿠제는 프로이트 이론에 철학적 근거를 세운 대표적인 이론가로 알려져 있는데, 마르쿠제의 해석이 갖는 역사적 필연성에 주목해야 한다. 그것은 1930년대 독일과 소련이 독재 체재로 변질되었음에서 오는 이론적 돌파구를 마련하기 위한 방법적 원리의 탐구에서 비롯된 것이다.

통감해야 한다.

　김신용의『고백』이라는 장편이 있다. 이 작품은 제목에서 알 수 있듯이 서술자(여기서는 작가 자신의 체험이라는 성격이 강하다)의 젊은 날의 체험을 '고백'한 작품이다. 주인공은 부모님을 여의고 일찍 고아가 된다. 그는 이 작품에서 "나는 있는데…… 이 땅에서…… 나는 없다. 나는 어디 있는가?"라는 질문을 던지면서 사회의 가장 외곽지대의 삶을 체험적인 바탕 위에서 그리고 있다. 그러나 주인공이 겪은 체험이 진실성이 있는지의 여부를 떠나서 자기 개인의 '고독한' 체험이라는 것이 왜 중요하며 그것이 다른 사람들의 삶과 어떤 관계가 있는지 이 소설에서는 찾아볼 수 없다. 제목에서 '고백'이라고 했는데, 적어도 고백이라는 범주가 한낱 개인의 넋두리에 멈춘다면 문학이라는 것이 일상적인 행위와 무엇이 다른가. 출판사에 넘겨 활자화된 책을 가졌다는 것 외에는 평범한 삶들의 그 '무수한 많은 고백들'과는 도대체 어떤 차이가 있는지 묻고 싶다. '대학로에서 막노동을 하다가 우연히 막걸리 집에서 아는 시인을 만나 시를 발표'하게 된 '김신용'이라는 사람의 소설이 도대체 무엇을 우리에게 생각하게 하며, 왜 우리는 그의 소설을 읽어야 하는지, 더욱이 이 소설이 엄청난 신문 광고를 통해 독자들에게는 마치 대단히 훌륭한 내용이라도 담고 있는 듯한 착각을 불러일으키는 우리 문학계의 현실을 두고 볼 때 심한 자괴감마저 드는 것이 사실이다.

　이 작품의 내용은 한마디로 '시부랑탕'이라는 이름을 갖고 있는 주인공이 서울의 주변을 떠돌면서 배고픔을 잊기 위해 절도를 하다 감옥에 가거나, 매혈을 하다가 몸을 크게 손상당한다든지 하는 고통을 체험 한 후 다시 지게꾼으로 살아가야 했던 젊은 날의 일기이다. 이 내용상의 단순함 때문에 이 소설은 중간중간에 매우 현학적이고 때로는 지루한 이야기가 곁들여진다. 뿐만 아니라 성을 소재로 한 이야기가 작품의 서

두를 차지하는 경우가 많은데 가령, 자신의 생을 "정신 이상자를 강간한 후에 세워 둔 열차에 숨어들어 자는 잠"으로 '요약'하면서 이야기를 하는 경우가 그것이다(자신의 생을 이렇게 간단하게 요약할 수 있는 것도 작가의 능력의 한 부분이겠지만 이렇게 간단히 요약할 수 있다면 소설이라는 긴 형식이 왜 필요한지 모를 일이다). 중간에 삽입된 설교조의 말이 대단히 현학적이어서 작가 스스로도 밝히기를 "이렇게 '현학적인 말장난'은 집어치우자"고 한다. 소설의 중간에 '생의 돌발성과 불가해성'으로밖에 설명할 수 없는, 내 돌연변이의 진화 과정을 추적하는 것이 '이 글을 쓰고 있는 목적이다'라고 밝히는 것으로 소설의 지루함을 달래고자 한다. 그러나 소설의 목적은 학위논문처럼 목적을 밝히는 것이 아니라 소설의 구성 과정에서 자연스러운 감동으로 전해지는 것이다.

이 작품이 '소설 이전'이라는 평가가 가능한 이유가 여기 있다. 작가는 '생존 차원에서의 인간의 삶의 조건이 중요하다'라고 말하고 있는데, 사회적인 조건과 동떨어진 삶의 조건이 과연 존재할 수 있는지 작가에게 되묻고 싶다. 세계가 폭력적이라는 작가의 인식은 세계가 왜 폭력적이 되어 가는지, 그의 앞에 존재하는 세계는 어떤 이유 때문에 폭력화되었는지에 대해 작가는 전혀 답을 주지 못한다는 점에서 한계를 지닌다. 결국 왜 이런 '고백'이 필요하게 되었는지에 대해 작가는 대답해야 한다. 상업주의의 현란한 유혹에서 작가 자신은 벗어나 있지 못하다는 말에 어떤 윤리적인 가치 평가를 할 필요는 없다. 자본주의 하에서 글쓰기란 필연적으로 먹고 사는 일이 전제되지 못하면 불가능하기 때문이다. 중요한 것은 작가의 글쓰기가 어떤 정신적 편향성을 통해 삶의 어떤 부분을 비판하고 복원하려는지 작가는 '윤리적인 태도'를 통해 진지하게 접근해야 한다. 등장인물의 대사도 아닌 부분에서 "정말 골 때리는 돼지다"라는 표현이 과연 "그만의 독특한 문체"(채영주, 발문)가 갖는 아름다움인지 회의에 빠지지 않을 수 없다. 이런 소설을 두고 "체험의 진정성이 주는 흡인력"으로 "전무후무"한 소설이 되었다는 과장법[27]은 또 얼마나 우리를 비애에 젖게 하는가. 모든 문학 행위는 체험의 진정성을 지향한다. 따라서 체험의 진정성이 훌륭한 문학의 기준이 될 수는 없다. 김신용이 생각하는 극한상황이라는 것이 그의 기억 속에 자리잡았다가 왜 1994년이라는 시점에서 필요하게 되었는지에 대해서 그가 혹은 어떤 뛰어난 평론가가 설명하지 못할 경우 『고백』은 재미있는 '이야기'에 불과하다. 이야기는 누구나 자기 고백의 성격이 강하며 우리 전래 설화나 소설들은 다 개의 경우 자신의 고백에서 출발하고 있음을 생각해 볼 필요가 있다.

신이현의 장편 『숨어 있기 좋은 방』 역시 현실의 고통스런 상황(결혼, 가정, 주부라는 일상적 삶이 여기서는 못 견디는 고통이다)에 부딪힌 한 여성 주인공의 고백적 성격이 강한 소설인데, 그녀가 마련해 둔 그 '방'이라는 공간성이 존재론적 자기 위안의 최소지점이었으며, 세계의 거대함 속에 갇혀 사는 삶의 아름다움, 세계를 그렇게나마 부정해 보고 싶은 욕망의 표출이라는 점에서 긍정적인 평가를 할 수 있겠지만 과연 그녀의 '무책임성'[28]이 또 얼마나 무책임한 독자들을 양산할 것인지, 그 무책임한 글쓰기가 왜 이 시점에서 필요한 것인지 도무지 헤아릴 수가 없다. 소설이 근본적으로 시장경제의 원칙에 의해 움직이는 '상품'이라는 인식이 모든 비판적 책임, 글쓰기의 최소한의 윤리라는 문제까지 팔아 버릴 수 있다는 것을 의미하지는 않는다. 역사를 소재적인 차원에서 잘 만들어 포장을 잘하면 세계적인 소설이 될 수 있다는 얕은 '상업주의 정신'의 발로인 이인화의 『영원한 제국』과 같은 작품이 후기 산업사회, 세계화 시대라는 명분으로 정당화될 수 있다는 것에 대해서 아무도 비판하지 않는다는 것은 지식인들의 직무 유기라고 할 수 있다.

---

27) 장정일, 『고백』, 발문.
28) 진형준, 「소외된 삶의 존재론적 원형」, 발문.

4. 문제는 비판적 모더니즘이다

십 여 년 전 우르과이 라운드(UR)의 타결은 하나의 문화적인 상징으로 기억된다. 하지만 UR이 국가간, 지역간의 문화적 격차의 해소가 지역, 계층 혹은 자국 내부의 특수성을 외면해도 좋다는 다소 비약적인 논리로 발전할 수 있다는 점을 지적해야 한다. 문화의 특수성이 곧 고유성으로 이해되어서 쇼비니즘적인 태도를 유발하는 것도 문제이지만 문화를 다양하게 섭렵하면서 동시에 이질적인 현상을 끊임없는 관심과 토론을 통해 '내화'하는 작업 역시 중요하다. 한국문학의 현상을 진단하고 현상의 이면에 가려진 문화적 욕망구조에 대한 깊이 있는 고찰이 필요한 것은 자칫 포스트모더니즘이라는 논의 아래 중요한 문제를 외면하는 결과를 초래하는 경향을 비판하기 위함이다. 오늘날 소설 작품들이 갖는 중요한 경향 가운데 하나가 우리 시대에 존재하는 어두운 부분들에 대한 관심과 의미화 작업이라는 긍정적인 면을 갖고 있음에도 불구하고, 그러한 '고발' 혹은 비판이 본질적인 힘을 획득하지 못하고 있음은 안타까운 일이다. 문화적 일탈현상이 시대정신일 수 없으며 진정한 비판이란 중심모순에 대한 고려가 전제된 뒤에 이루어져야 할 것이다.

우리 독자에게 많이 읽힌 소설 가운데 일본인 작가 하루키의 『상실의 시대』가 있다. 이 작품은 1960년대 일본 학생운동이 극에 달했을 때 한 젊은 대학생의 사랑과 방황을 그린 작품이다. 주인공은 한 여학생을 사랑하게 되면서 진정한 삶의 의미가 무엇인지를 스스로에게 묻지만, 사랑하는 대상에게 향하는 자신의 감정은 언제나 중심을 잃으면서 예기치 못한 인물들과 만나게 된다. 이 작품에서 보이는 작가의 사랑에 대한 애틋한 애정, 죽음의 문제 등은 감동을 전해 주는 힘이 있지만, 문제는 이 소설이 오늘의 우리 독자에게 왜 읽히는가 하는 데 있다. 그 이

유를 한국, 일본이라는 국지적 삶의 특성이 배제되고 있다는 사실에서
찾을 수는 없을까. 사랑과 좌절, 젊은 날의 욕망과 죽음에 대한 다양한
천착이 한편의 잘 짜여진 이야기로서 우리 앞에 놓인 것이다. 이것을
두고 문화적 보편현상이라고 말하는 것도 가능하겠지만 이런 차원의
글쓰기와 읽기가 삶을 지나치게 유폐적인 공간으로 이끌 것이며, 분화
된 사회적 구조에 요구되는 다양한 욕망들의 얽힘과 해결을 통한 사회
전반의 문제에 대해서는 관심을 차단시킬 수 있다는 우려를 낳게 한다.
한 젊은 문인은 한 잡지의 대담에서 이렇게 말한 적이 있다.

어떻게든 세계 시장에서 우리의 문화적 아이덴티티를 각인시키고 우
리의 민족문화를 살려서 확대하는 길을 선택해야 한다는 것입니다. 우
리 고유의 논리와 문화를 상품화하지 않고는 전면적인 국제화 시대 속
에 살아남을 수 없기 때문입니다. 〔…중략…〕 진정한 소설은 동시대를
고민하며 살아가는 독자 전체를 향하고 있다는 사실입니다. 〔…중략…〕
제가 생각하기에 90년대 초에 나타난 신세대 소설의 본질은 창작 방법
에 있어서 '작가주의로부터 장르주의로의 전환', 세계관에 있어 '80년대
이념성의 거부와 자유민주주의적 가치의 확산', 장르 선택에 있어 '장편
소설적 발상'이라는 세 가지 개념으로 요약할 수 있을 것 같습니다.[29]

이 같은 주장의 핵심은 '재미있는 이야기를 많이 만들어서 잘 팔면
경제적인 이득도 있고 문화 사업가로서 명성도 날릴 수 있다'는 내용
으로 요약할 수 있다. 이 간단한 내용을 '국제화의 질서 속에 편입되는
과정에서 한국문학의 방향 모색'이라는 말로 위장하고 있다. 결국 잘
써서 돈 버는 일이 중요하다는 말이 아닌가. 그렇다면 문학이 많은 소

---

29) 이인화·장정일 대담, 「UR 시대의 문화 논리」, 『상상』, 1994. 봄.

비자층을 갖고 있으며, 앞으로 지속적으로 그 소비자층은 형성되므로 이만한 장사는 없다는 말인가. 한편의 잘 만들어진 이야기가 삶의 지루함과 피곤함을 달래 주는 것이 윤리적인 척도에 의해 비판받을 이유는 없다. 문제는 이러한 현상이 현재에 산적한 우리 사회의 문제점들에 대해서 무관심을 유도하고 있다는 사실에 있다. 아직도 계몽주의를 부르짖고 있는가라는 논란이 예상되지만, 아직도 우리 사회의 발전 단계가 외국이론의 흉내내기에 급급한 단계에 있다면, 그리하여 자국의 '고유의 문화 논리'를 잘 포장해서 장사하는 데 있다는 생각이 문학적 진실로 받아들여진다면, 이제부터 계몽이 아니면 무엇을 할 것인가. 문학이, 글쓰기가 하나의 상품 만들기와 장사하기와 다를 바 없다면 자본의 막강한 힘을 자랑하는 외국 '문학 사업가'들과 견주어서 과연 우리 상품들(?)은 경쟁력을 확보할 수 있겠는가. 문학이 문화적 퇴행을 첨단에 서서 불러온다는 아이러니를, 삶의 실제에서 귀납하기보다는 '이론적 구성'에 불과한 포스트모더니티[30]라는 외피를 통해 확인하는 일은 고통스럽다. 이야기 만들기에 나선 '사업가'들의 생각과 편안한 글읽기를 취미로 삼는 독자층의 확대가 탈정치적 의식을 심화시키는 현상에 대해서 비평가들은 언급해야 할 것이다. 냉전구조의 종식에 따른 탈이념화가 모든 근본적인 대립과 모순마저 탈각시킨 것은 아니다. 우리 사회의 경우, '개혁'이라는 명분이 개인 이기심의 방만화와 문화적 일탈을 정당화하는 근거로 이용당하고 있는 것은 일차적으로 지나치게 독재의 논리에 익숙해진 사회의 구조적 나태함에서 비롯되는 문제이기도 하지만, 중산층 보수주의의 계층적 이해관계가 심리적으로 확산되는 현상에 대한 지식인 그룹의 무기력증에 더 중요한 책임이 있다. 세계를 바라보는 인식틀의 전환은 곧 윤리적 차원의 삶의 질

---

30) A. 캐리니코스, 임상훈 외 역, 『포스트모더니즘 비판』, 성림출판사, 1994, 23쪽.

서를 전환시키는 것이 보통이다. 그런데 우리 사회는 새로운 인식틀에 대한 철학적, 방법론적 근거에 대한 탐색도 없이 삶의 형식을 너무 쉽게 바꾸는 경향이 있다. 이는 변화에 대한 발빠름이 아니라 중요한 문제에 대한 무지 혹은 무관심에서 비롯하는 것이다 이러한 현상을 그대로 두고 국제화, 세계화를 논의하는 것은 새로운 '중심 추수주의', 문화적 제국주의 극복이라는 문제와 맞부딪치게 될 것이다. 그러므로 다시 문제는 '비판'이다.

 현대적인 기술과 과학의 진보가 오히려 지적 허무주의를 동반하는 현상이나, 새로운 시대의 가치를 발견하는 일이 무엇보다도 중요하게 인식된다는 사실, 혹은 가치의 불확실성, 그리고 정치와 제도, 문화 간의 간극을 인식하면서 세계를 부정적으로 인식하그 비판하는 일이 오늘 우리 문학에 주어진 과제라고 한다면, 이와 같은 임무를 수행하는 데는 우리 현실에 대한 분명한 이해와 예측 가능한 학문적 질서에 대한 모색이 수립되어야 한다. 이것이 모더니즘의 과제이며, 우리 시대의 리얼리즘이란 이러한 비판적 모더니즘에 그 입각점을 두어야 할 것이다. 정치, 문화적 후진성을 극복하면서 새로운 삶의 질서를 수립하는 것을 시대적인 과제로 설정한 우리 사회에서, '비평적인 사고와 자유로운 상상력을 생동감 있게 유지하는 것은 모더니스트 문화이며', '제3세계가 점점 더 현대화의 역동성에 사로잡힐수록 모더니즘은 그 자체를 완전 소모하기보다는 그 자체를 방금 나타내기 시작한'[31] 것임을 새롭게 인식할 필요가 있다.

---

31) M. 버만, 윤호병 외 역, 『현대성의 경험』, 현대미학사, 1994, 153~154쪽.

비평적 자의식의 역사적 의미

—송욱 비평의 논리와 지향점

1. '유사근대(類似近代)'와 '정신적 공동화(空洞化)'

문학 현상이 도출되는 정황을 문학적 환경 사이의 상호관계 속에서 파악하는 것이 유효하던 시대도 존재했다. 환경적 특성(문학적 영향)을 문학 속에 내면화된 논리로 성립시키고자 하는 연구는 외국문학의 수용을 문학사적으로 정리하고자 하는 노력을 수반하기도 했다. 문제는 외국문학을 우리 문학 속에서 수용하고, 검증하는 일이 문인 자신의 글쓰기 방식이며, 동시에 시대적인 의미를 모색하는 형태로 나타나는 경우가 존재한다는 점이다. 1950년대 송욱(宋稢)의 비평 행위가 바로 여기에 해당된다.

송욱(1925. 4. 19~1980. 4. 21)은 시 창작과 비평을 병행한다. 그의 비평은 당대의 문학적 분위기가 그러하듯, 주로 이론비평 쪽으로 편향된 것이었으며, 그의 주된 관심은 비교문학적 관점을 도입하여 한국문학의 역사적 성격의 규명과 한국문학이 도달해야 하는 당위론적 보편성을 탐구하는 일이었다. 그의 비평에서 나타나는 이와 같은 문제적 의미에 대한 탐색이 지금까지는 소홀하게 취급되어졌다. 시가 갖는 언어 예술적인 공과만을 규명하는 일은 송욱의 문학사상이 갖고 있는 시대적인 의미를 간과하기 쉽기 때문에, 당대의 상황에 비추어서 그의 비평에서 드러나는 사상적 본류를 이해하는 일은 그의 문학에 접근하기 위하여 반드시 필요한 일이다. 따라서 이 글의 목적은 송욱의 시와 비평이 갖는 문학사적 의미를 우리 문학의 보편성 탐색이라는 노력의 일환으로 밝혀내는 데 있다.

시와 비평은 모두 문인이 자기 시대를 인식하는 방법의 하나라는 점에서는 공통 영역을 갖고 있지만, 드러내는 방식의 차이와 함께 장르가 갖는 시대적 의미라는 점에서 보면 각기 편차가 있는 것도 사실이다. 비평적 담론의 특질은 언제나 새로운 문학적 방향을 수립하려는 점에 있다. 비평은 대상(세계)에 대하여 비평가 자신이 그 언술 내용을 관철시키고자 하는 적극적인 문자 행위이다. 또한 시대적 의미를 드러내고자 할 경우에 수반되는 개인의식의 내면화는, 비평 행위가 개인의식과 삶의 보편적 원리를 어떻게 매개시키고자 하는가를 다른 장르(시)에 비해 보다 분명하게 나타낸다고 볼 수 있다. 삶의 제반 실천적 원리를 이론화하여, 그렇게 논리화된 체계를 또다시 실천적 행위(인식 활동)를 통해 검증하는 이론과 실천의 상호침투에 비평 행위의 지향점이 놓이기 때문이다. 비평적 담론이 갖는 또 하나의 특질은 보편적 의사소통의 가능성을 염두에 둔다는 점이다. 이는 사회적 삶의 다양성 혹은 예외성을 이론화하여 하나의 체계에 수렴시키고자 하는 목적과 동궤에 놓인다. 즉, 삶에 대한 반성과 회의, 그로부터 파생되는 여러 가지 질문들을 공적인 차원에서 논의할 수 있는 방법적 지평을 형성하는 것이다. 이때 비평은 제도화된 담론의 체계가 되며, 그것의 형성에 참여하는 개인들에게 내면화됨으로써 잠정적인 합의에 도달하게 된다. 이러한 합의는 새로운 문제에 직면할 때마다, 다른 차원으로의 이행 가능성도 내포한다. 따라서 비평적 담론은 도구적 행동을 가능하게 하는 기능적인 영역[1]에 속한다. 이는 문제점을 도출하여 합의에 도달하기 위한 끊임없는 토의 행위가 이루어져야 한다는 당위성을 갖는 것이기도 하며, 아울러 문제에 접근하는 데 있어서 모순에 대한 정확한 인식과 해결을 위한 지속적인 관심을 요구하는 것이기도 하다.

송욱이 보기에 전후 한국비평은 지배적 담론의 도출에 다가서지 못한 형국이었다. 전쟁을 겪은 뒤의 한국현실에서, 자기 시대에 대한 올바른 이해와 아울러 새로운 방향성을 모색하기 위한 노력이 큰 실효를 거두리라고 기대하기는 어렵겠지만 포기해서도 안 된다는 것이 송욱 문학비평의 문제 제기였다. 전후 한국사회의 혼란상의 강도가 문학적 방법론의 도출에 실패한 원인을 찾아서 분석하는 그의 태도는 일층 문제적이었다. 그가 바라보는 전후 한국문단은 '사상의 전무후무한 공백기'[2]였으며, 사회적 삶 역시 '정치·경제의 뒷받침이 없는 허깨비와 같은 유사근대'[3]였다. 이러한 문제 제기가 그의 비평을 통해서 어떻게 해결되어 갔으며, 그가 도달한 궁극적 지평은 어디였는지를 살펴보는 일은 전환기에 살았던 한 문인의 내면을 탐구한다는 의미도 지니지만, 전후 한국문학이 기여한 문학적 성취도를 역사적인 맥락에서 파악하는 데도 도움이 될 것이다. 여기서는 송욱 비평에서 드러나는 본질적인 특징을 그 발생적인 차원에서 접근함으로써, 그가 시인이었음에도

---

1) 하버마스에 의하면 인간의 행위가 일어나는 일상적인 삶에서 인간은 또 다른 '움직이는 객체'와 마주치는데 이러한 마주침은 실은 상호주관적 의사전달이 가능한 수준에서의 만남이라고 한다 (J. Habermas, 홍윤기·이정원 역, 『이론과 실천』, 종로서적, 1982, 15쪽). 하버마스 이론은 자본주의 사회의 의사소통적 체계(예를 들면 법, 종교, 도덕)가 왜곡된 상태에서 어떻게 기능하며 그것을 수정하려는 노력이 합의 가능한 의사소통의 체계에서 어떻게 이루어져야 하는지를 논의하고 있다. 따라서 비평적 담론이 지향하는 지평도 합의 가능성에 대한 모색이라고 보아도 무리가 없을 듯하다.
2) 송욱, 『문물의 타작』(문학과지성사, 1978), 73쪽.
3) 송욱, 앞의 책, 63쪽.

비평적 언급을 중시한 이유에 좀더 깊이 천착할 것이다. 이를 위해서 전후의 한국문학은 창작에 있어서 새로운 문학 정신을 찾았고, 비평은 방법론의 수립에 총력을 기울였던 '모색기'라는 전제 아래, 송욱의 문제 제기가 갖는 시대적 입지를 살피고, 그의 비평 행위의 출발은 이러한 시대적 특성과 함께 '허무의식'의 극복에서 비롯되고 있음을 밝히면서, 그가 만년에 만해 연구로 이행하게 되는 원인을 분석하고자 한다.

2. 황폐한 삶의 문학적 대응 양상

송욱은 1953년 3월 『문예』지에 시 「장미」를 발표하면서 문단 활동을 시작한 이후 『유혹』(1954), 『하여지향』(1961), 『월정가』(1971), 『나무는 즐겁다』(1978) 등의 시집을 출간한 바 있다. 이 가운데 『하여지향』은 여러 논자들에 의해 '풍자적 세계 인식'이라는 공통된 논의를 이끌어 내게 했는데, 그의 문학적 지류들을 모두 포괄하는 내용을 담고 있어 송욱 문학의 정신적 본류라고 할 수 있다. 비평 작업 역시 1960년대에 주로 이루어지고 있다. 외국문학과의 비교연구를 통해 우리 문학의 본질을 밝히고자 했던 『시학평전』(1963)을 비롯허서 『문학평전』(1969), 『님의 침묵 전편해설』(1974), 『문물의 타작』(1978) 등이 출간되었다.

이렇게 보면, 그의 문학 활동은 대부분 1950년대 중반 이후부터 1970년대 전반에 걸쳐 행해졌음을 알 수 있다. 특히 1950년대는 한국전쟁의 충격으로 인해 정치·사회·문화적인 질서가 안정적인 상태를 유지하기 힘들었던 시대였다. 사회 전반에 침투한 좌절적인 분위기는 문학에 있어서 우울과 허무의식[4]을 낳았고, 이러한 허무의식은 전쟁을 겪고 난 뒤의 황폐화된 삶에서 진정한 인간적인 의미는 찾아질 수 있는가 하는 회의를 동반한다. 문학의 영역내에서 한국전쟁의 의미를 정립하는 문제가 체험 세대들이 안고 있었던 최대의 과제였다고 볼 수 있는데, '신이 떠나 버린 가장 확실한 증거'[5]를 포착했던 동시대의 문학인들에게 있어, 문학이란 고통받고 상처 입은 삶을 어루만지고 위로하는 소박한 차원에서 인식될 수 있었다. 이는 대부분 '죽음과 학살이 공식적으로 승인된'[6] 전장문학을 통해 드러난다. 고발문학이 삶의 직접성을 생생하게 전달해 주면서 삶과 죽음에 대한 비애감 또는 이념과 정치에 대하여 가장 확실한 저항감이나 회의를 드러낼 수 있었음은 당연하다. 문학적인 가치란 언제나 '자기 시대의 역사적 변증법을 자기 자신 속에 지니면서 동시에 자기 시대를 넘어서는 것'[7]이다. 이때 전쟁을 직접적인 체험의 자리에서 다루었던 문학이 어떻게, 왜 오늘날까지도 지속적인 의미를 던져 주는지에 대한 해답은, 그러므로 상황을 인식해내는 작가의 역사의식과 그의 작품에서 드러나는 체험적 거리를 조망해야 하는 비평가의 시각에 관계된다고 하겠다.

1950년의 전쟁이 문학에 가져다 준 것은 이러한 삶의 원체험적인 좌절감을 어떻게 표현할 수 있는가 하는 고통스러운 질문이었다. 이 질문은 자기 시대의 중심적인 문제에 대하여 올바른 인식이 선행돼야 한다는 사실을 동반하는데, 비평적 언술, 혹은 모든 이데올로기적 논의 형태가 여기에 속한다. 이러한 언술들은 일반적으로 과학적 세계 인식(객관적 시각의 학보)을 지향해야 한다는 당위성을 내포한다. 1950년대

---

4) 최근의 한 연구는 6·25 전쟁 이후 한국문예비평계의 전개 양상을 '불안의식의 내재화에 대한 응전의 양식'이라고 규정했다(전기철, 『한국 전후 문예비평의 전개 양상에 대한 고찰』, 서울대 박사논문, 1992). 또한 김승옥의 「환상수첩」과 「무진기행」 등에서 보이는 일련의 허무의식은 세대론적인 관점에서 이해할 수 있으며, 직접적으로는 박인환의 「목마와 숙녀」가 보여주는 상실성과 무상성(한형구, 「1950년대 한국시」, 『1950년대 문학연구』, 예하, 1992)도 이와 같은 시대적인 특질을 반영하는 것으로 보인다.
5) 김윤식, 『한국현대문학사』(일지사, 1976), 46쪽.
6) 김윤식, 앞의책, 45쪽.
7) N. Mecklenburg, 허창윤 역, 『변증법적 문예학과 문학비평』(동서문학사, 1991), 99쪽.

문학이 직접적인 전쟁 체험이나 그 여파로 발생하는 삶의 비애와 좌절을 그리면서 인간적인 본질을 탐색하는 데 바쳐졌다면, 그것은 전쟁 이전과 이후의 삶을 하나의 연속성에서 파악하고자 하는 시각[8]을 필연적으로 수반한다. 삶의 의미가 어떤 힘들에 의해 은폐된다는 것은 일상적인 삶의 형태들이 철저하게 파괴되어 버린 상태에서의 의미 찾기는 관념적이고 사변적인 지적 영역으로 사라지고 만다는 사실을 뜻하기도 한다. 여기에서 자기 시대의 본질을 탐색하고자 하는 시도들이 어느 정도의 구체성을 갖고 이론적인 그물망으로 재구성되는지를 살펴볼 필요가 발생한다.

1950년대 이후의 문학비평은 '의미와 삶'이 결별된 세계에서의 문학이 무엇을 할 수 있는지를 묻는 일에 진력했으며, 이러한 질문은 세계에 대한 새로운 인식 형태를 창출하려는 노력으로 가시화된다. 이 노력이 문학에 있어서는 전후의 폐허를 극복하는 언어 형상을 만드는 것으로, 비평에 있어서는 새로운 방법론을 모색하는 길로 나타난 것이다.

전후문학의 한 지표가 6·25를 바라보는 시각의 현저한 내면화에 있다고 규정할 수 있다면, 이제 남은 것은 사라져 버린 삶의 본질에 맞세울 만한 방법을 모색하는 일이라고 할 수 있다 1950년대를 마감하는 자리에서 나온 한 좌담회는 이 점에 관한 매우 중요한 사실을 시사하고 있다. 문학사적으로 1950년대를 규정하려고 했다는 의미 외에도 시, 소설, 비평에서 당대를 위기의 시대로 파악하여 그 위기에 대한 타개책 모색을 중심과제로 하고 있다는 사실이 주목된다. 「50년대의 문학을 말한다」[9]는 제목으로 진행된 좌담회 내용은 다음 몇 가지 항목으로 정리될 수 있다. ① 시기구분 문제, 즉 1950년대의 범위를 어디까지

---

8) 김윤식, 「우리 근대문학사의 연속성에 대하여」(『한국의 전후문학』, 태학사, 1991).

로 정할 수 있는가, ② 전쟁과 전환기 문학에 대한 문제, ③ 서울 수복 이후의 작품 경향, ④ 신인과 기성 문인의 차이, ⑤ 1950년대 이후의 전망 등에 관한 사항으로 나누어서 진행된 이 좌담회의 본질에 해당하는 것은 1950년대를 전환기로 인식하고 있다는 사실이다.

인석—50년대에 들어와서 세계문학이라고 하는 것은 일대 전환기를 맞이했다고 볼 수 있어요. 여기에서 각도가 달라졌습니다. 지금까지의 시를 제작하는 방법과 기술이라고 하는 것은 아주 딴판으로 달라졌거든요. 그렇기 때문에 과거에 가지고 있던 시인들의 생각이라든지 기술과 방법은 50년대를 계기로 해서 아주 틀리기 때문에 엄격히 이것을 구별해야 되지 않을까? 그렇기 때문에 이러한 전환기를 이루었다는 점 (……)

백철—문학적인 얘기를 할 때에 있어서는 외국사조가 들어오더라도 가령 작품적으로 실존주의가 6·25 사변 전에 들어왔어요. 그러나 이것이 문학사적으로 발전이 되기는 어렵다고 봅니다. 우리가 모색기라는 이름으로 여러 가지 사조가 들어왔다고 하지만 그것이 어떤 형태로든지 작품으로 성과를 내야 될 것 아니예요.

윤숙—우리 나라 시단이나 세계 시단이나 고민기에 들어왔다고 보아요. 어느 갈피를 잡아야 완전한 갈피를 세우느냐, 과거는 전부 허물어지고 지금 새로운 인생관, 새로운 미래관, 새로운 인간관을 가지고 제각금 지금 지푸레기를 붙들고 헤메이는 시기가 아닌가. 따라서 한국시도 그

---

9) 이 좌담회는 『자유문학』(1959. 12.)에 실린 것으로, 여기에 참석한 문인들은 다음과 같다. 시인으로는 이인석, 김종문, 모윤숙, 김규동, 김광섭, 소설가로는 이무영, 안수길, 그리고 평론가 백철 등이다. 이 토론회에서 백철의 위치는 주도적이며 문제 해결적이라는 점에서 주목되며, 문학 내적 방법론의 수립이 지상의 과제라는 점을 이 좌담회는 강하게 시사하고 있다.

렇다고 보는데, 내가 보기에는 한국시인들도 개인개인이 모색 시대에 있어요.

　　무영—(소설문학 빈곤의—인용자)가장 큰 원인은 역시 <u>문학 정신의 빈곤</u>이라고 할까. 역시 건전치 못하다는 것이 이유가 될 것이고 또 <u>작가 자신의 사회관이라든지 시대를 내다보는 눈이 그 현실에 저버려서</u> 어떠한 건설적인 새로운 면을 개척 못하는 데에서 오는 폐단이라고 생각합니다.[10] (이하 밑줄 강조는 인용자)

이들이 공통적으로 지적하고 있는 것은, 1945년 해방 이후부터 6·25 전쟁 이전까지와 전쟁을 겪고 난 이후의 문학적 상황이 바뀌었다는 점인데, 이와 같은 변화가 태동하게 된 가장 큰 원인은 작가들에게 주어진 '현실 조건'[11]의 변화라는 것이다. 이것은 물론 전쟁 체험을 두고 하는 말이지만, 이 현실 조건의 변화에는 또 한 가지의 중요한 사실이 첨가되어야 한다. 그것은 1948년 이후의 남한문학이 우익 정권 수립을 기반으로 현저하게 탈이념화되었다는 점이다. 해방공간의 문단 상황이 국가 건설이라는 명제에서 출발하여 문학적 이데올로기의 수립에 총력을 기울였다는 점을 인정할 때,[12] 해방 이후 6·25까지의 문학 상황이 좌익 문인들의 대거 소멸(월북)로 갈미암아 청년문학가협회의 주도적 지배하에 놓이게 되면서 이념이 스스로 내면화의 상태로 접어들게 되었다는 점이다. 이때 내면화란 반공이념으로 인해 그 존재의미가 사라진 듯한 좌파 이데올로기의 입지를 의미한다. 따라서 한국전쟁은 남한문단이라는 상황에서 볼 때 그 이전과의 이념적인 연속성

---

10) 좌담회, 「50년대의 문학을 말한다」.
11) 좌담회, 앞의 글.
12) 권영민, 『해방 직후의 민족문학운동연구』(서울대출판부, 1986) 참조.

을 단절하는 것은 아니었으며, 오히려 남한문학의 보수우익 이념의 강화를 위해 해석되어 왔다. 문제는 문학적인 방법의 모색이 어떻게 이루어졌는가 하는 것이다. 전쟁을 겪으면서 사회를 전일적으로 규정하는 반공이념이 문학내적 방법 모색을 자극하는 방향에서 작용할 수밖에 없었던 것이다. 여기에서 집중적으로 거론된 것이 '휴머니즘'과 '기법'의 문제였다고 볼 수 있다. 이때 방법론 수립의 이념적 규준으로 작용한 것이 외국 문화이론이나 철학으로, 이들의 수용 논의가 전쟁을 겪으면서 한국문학의 형성에 미친 영향은 중대한 것이었다. 따라서 위에서 인용한 논자들의 언급은 대략 다음과 같은 논의로 정리될 수 있다.

첫째, 이들이 지적하는 모색기 혹은 전환기라는 술어는 문학적인 방법의 수립이라는 명제에 집약되고 있다. 좌담회에서 김종문은 1950년대 시인들이 '의식적인 흐름의 시를 많이 제작'하고 있어서 그 이전과 구별된다고 말했거니와 이는 당대의 서구 취향적 문학 경향의 일면에 대한 지적으로 이해할 수 있다. 기존의 시적 전통을 청록파의 고전적 감수성으로 이해하려는 태도가 당대 문학 경향을 해석하는 중심적인 관점의 하나였다고 볼 때, 문학사적 맥락에서 청록파의 감각을 해방 이후 한국문단의 주류로 파악하여 동시대 문단을 검토한 다음의 언급은 매우 중요하다.

> 이런 시기(8·15 이후의 혼란기—인용자)에 김광균은 침묵하고, 이상은 이미 오래 전에 고인이 되었으며 편석촌은 좌경적 기회주의자로 타락하고 정주는 '넌출 밑에 숨결은 내 것이로다'의 고사로 처했고, 지훈과 두진 그리고 필자—세칭 '청록파'—가 앞줄에 서게 된 것이다.[13]

---

13) 박목월, 「수운록—1958년도 시문학 총평」(『사상계』, 1958. 12).

박목월의 문학사적 파악은 타당한 일면을 지니고 있다. 청록파류의 감각이 세대 단위의 감각으로 그 시대의 주류를 형성할 수 있었던 이유 가운데 하나도 우익 정권의 창출에 따른 이념적 성격의 전반적인 퇴조 현상에서 찾을 수 있다. 청록파류의 시적 흐름이 얼마나 강한 문단적 에꼴로 자리잡을 수 있었는지를 우리는 다음과 같은 짧은 언급 속에서도 엿볼 수 있다.

> 이상에서 나는 육당 이후 오늘날까지에 이르는 신시운동의 반 세기간에 걸친 사조를 대관하였다. 〔…중략…〕 다만 <u>오늘의 시단을 지배하는 주되는 유파를 조지훈 계열이라 규정하고</u> 다시 이보다 조금 출발이 늦으나 '모더니즘'의 시인군의 산발적인 활동을 타고 있다는 것을 말하고 이 고를 막기로 한다.[14]

둘째, 한국전쟁은 이들에게 우리 문학의 전통에 대한 새로운 반성을 가져왔다. 1950년대를 그 이전과는 다른 방법 모색의 시대로 규정하기 위해서는 이전의 문학적 전통과 함께 철저한 자기 비판이 이루어져야 했던 것이다. 따라서 이들에게 있어서의 새로움, 혹은 전환기란 기존의 전통에 대한 재인식을 의미한다. 1910년대 이광수류의 계몽주의가 갖는 과격한 부정의 논리는 감성적 자기 확신으로 규정되는 봉건적 질곡에 대한 또 하나의 관념적 편향성을 드러낸 반면,[15] 1950년대의 전통 상실의식은 전쟁으로 인한 피해의식 혹은 원죄의식이 강하게 뒷받침된 것이다. 가령, 서정주에게 있어 실존적 삶의 질곡은 '퇴폐적 생

---

14) 김규동, 「신시 사십 년」(『새로운 시론』, 산호장, 1959).
15) 이광수에게 전통이나 과거는 존재하지 않는다. 가령, "우리는 선조(先祖)도 없는 사람, 부모(父母)도 없는 사람으로 금일금시(今日今時)에 천상(天上)으로서 오토(吾土)에 강림한 신종족(新種族)으로 자처(自處)하여야 한다"라는 언급(「자녀중심이론」, 『청춘』 제15호, 1918. 9)에서 우리는 계몽주의의 한 극단적 전통 부정론을 엿볼 수 있으며, 이러한 과학성의 미달이 이 시대의 특성 중의 하나라고 규정할 수 있다.

(生) 체험과 허무주의'에서 유래한다고 보고, 그가 이것을 극복하기 위해 '고유한 한국의 서정'이나 '구경적 의욕'의 탐색으로 나아갔다고 평가하거나,[16] 1950년대의 문학을 '패배의 미학'이라고 진단하면서, '페시미즘의 온상 속에서도 기적은 일어난다'[17]라는 소박한 심정주의로 귀결되는 논의들 역시 당대 문인들이 체험한 지적인 황폐함의 일면을 드러낸 것으로 볼 수 있다.[18]

셋째, 이들은 한국문학의 방향 모색을 위해 외국이론의 수용과 적용의 문제를 내세우고 있다. 앞의 좌담회에서 백철이 제기한 구체적 문학 성과에 대한 문제는 당대의 한국문학이 처해 있는 상황의 특수성을 고려해 볼 때, 현실성에 미달하는 측면을 갖고 있다. 이론적 그물을 도입하기에 급했던 문단 상황에서 그것이 구체적인 작품 성과를 거둘 수 없었던 것은 오히려 자연스러운 현상이라고 말할 수 있다.

넷째, 1950년대의 상황이 문인에게 실존적 삶의 황폐감을 극복하는 새로운 방법의 모색을 요구했다면, 그것은 자기 시대를 바라보는 역사적 감각을 수반하는 방향으로 이루어져야 한다는 점이다. 1950년대의 문학적 성과를 논의하는 데 있어서 이러한 역사적 감각에 대한 점검은 필수적이다. 현실에 반응하는 문학적 행위는 언제나 현실에 대한 굴절된 인식[19]으로 나타난다. 정치 혹은 삶의 일상적 수준이 문학적 수위를 결정하는 직접적 척도가 될 수 없으며, 문학적 제 형식과 현실 사이에는 조정되기 힘든 인식론적 단절이 존재할 수 있다. 그러므로 상황의

---

16) 김춘수, 「귀촉도, 기타」(조연현 외, 『서정주 연구』, 동화출판사, 1975).
17) 유종호, 「전통의 확립을 위하여」(『비순수의 선언』, 신구문학사, 1952).
18) 1950년대의 상황을 「별주부전」의 토끼와 같은 위기를 목전에 둔 상황이라고 보는 이어령의 시각이 전통을 부정하는 논리를 뒷받침하는 전거로 자주 언급되고 있는 것은 주지의 사실이다 (이어령, 「화전민 지역」, 『저항의 문학』, 경지사, 1959, 참조).
19) 여기서 굴절이라는 포괄적인 개념을 사용한 이유는 반영론과 주체재생산론을 다같이 염두에 두었기 때문이다. 문학작품이 아무리 직접적인 체험을 기록했다 해도(특히, 시에서) 그것은 '지각된 존재'이며, 이미 주체를 구성하는 행위의 결과로 드러난 것이다(A. Schaff, 김영숙 역, 『인식론입문』, 연구사, 1987). 이밖에, 코프닌, 김현근 역 『마르크스주의 인식론』(이성과현실사, 1991) 참조.

직접성으로부터 인식 주체의 거리를 재는 일이 필요하다. 이것이 당대 문학을 바라보는 하나의 방법적 준거가 되기 때문이다.

　　풀밭에 납작 엎드려 지평면에 가까이 눈을 대고 앞을 내다보면 거인의 세계가 펼쳐진다. 풀잎 하나가 거목처럼 솟고, 덤불은 우거진 숲으로 변하며, 개미가 맹수로, 딱정벌레는 괴물로, 메뚜기는 무시무시한 거수로 보인다. 이러한 착각은 거리감에서 말미암으며, 시각의 차이에서 온다. 이 거리와 시각을 조정케 하는 것을 두고 역사적 감각이라고 한다.[20]

역사적 감각은 당대 문학을 이해하는 데 필수적이기도 하지만, 문인이 자기 시대를 바라볼 때, 거리감을 유지하는 일은 생리적 체험에 대한 자기 이해 못지않게 중요하다. 이러한 균형감각은 특히 비평적 언술에서 강조되어야 한다. 비평이 작가의 생리적 체험과 다를 수밖에 없는 이유는, 삶이 무엇인가보다는 삶을 무엇으로 인식하느냐의 문제가 더욱 중시될 수 있기 때문이다. 이는 삶을 해석하는 방법적 기제에 대한 모색을 의미하는데, 세계를 해석하는 규준이 무엇일까 하는 문제와 함께 전후 한국문학은 이 방법론의 수립에 총력을 기울이게 된다.

　　이상과 같은 논의의 연장선에서 송욱 문학은 일층 자각적인 형태로 제시된다. 1950년대의 지적 황폐감 속에서도 생동하는 삶에 대한 지향성을, 시에 있어서의 의식화된 언어적 단층과, 한국문학을 연구함에 있어서는 전통과 역사의식을 추구하는 정신적 지평에 대한 탐색은 전후문학의 모색적 성격에 결부되어 있어 보편성을 함유하게 된다. 이제 이러한 시대적인 상황 속에서 송욱의 문학은 어떻게 전개되어 나아가는지를 살펴보기로 한다.

---

20) 김윤식, 「6·25 소설의 원점」(『우리 소설을 위한 변명』, 고려원 1990), 282쪽.

3. 비평적 지향점, 그 몇 가지 층위

송욱의 시를 1950년대의 시대적 좌절감에서 비롯한 허무의식의 변용이라고 이해할 때, 그가 선택한 풍자적 기법은 자신의 내면적 고독을 이겨내는 수단이었으며, 허무감에 대한 인식은 그 시대의 외압에서 어떻게 자신의 정신을 지켜 갈 수 있느냐 하는 문제로 집약된다. 이때 그는 관념적 주체라는 데카르트적 의식의 외피로 자신을 감싼다. 물론 그가 구체적인 현실을 지칭하거나 정치나 사회에 대하여 비판적인 태도를 드러내었다고 볼 수는 없다. 그는 다만 문학이 어떻게 한 개인의 실존적 자의식을 지켜 갈 수 있는지를 고민했으며, 특히 시는 언어의 유기적 존재 원리라고 하는 믿음을 가졌을 뿐이다. 그러나 인간 존재의 본래적 모습이 고독에서 출발하고 있으며, 그것이 시대적 질곡과 맞닿을 때 드러나는 증폭된 자의식은 한 개인의 존재론을 넘어서, 그 시대의 역사성을 표출한다고 볼 때, 송욱 개인의 독특한 인식 형태는 문제적이다.

그가 비평적 담론의 영역으로 관심을 옮겨 갈 때, 그는 언어의 유기적 구성으로서의 시관에서 벗어나는 태도를 보이며, 문학을 새롭게 인식하고자 하는 방법을 모색하게 된다. 그 방법의 하나가 비교문학론이었다. 그 최초의 성과물이 1963년에 간행된 『시학평전』이다. 이 저서가 나온 지 2년 뒤인 1965년 5월에 그는 「시학평전원서문」이라는 글을 따로 발표한다. 이 글에서 그가 문제삼고 있는 내용은 다음과 같은 몇 가지로 정리될 수 있다.

첫째, 우리 나라에서의 비평은 작품과 독자의 매개 역할을 하는 것보다 '훨씬 무거운 짐'을 지고 있다는 것이다. 이와 같은 형세 판단은 외국 문학이론의 수용을 통해서 비평적 공백을 이겨내야 한다는 의식을 갖게 한다. 전후비평은 '6·25가 낳은 절망적 현실 속에서, 그러한 결핍 상태가 불러일으킨 총체적인 욕구와 갈망이 동족이면서도 더욱 미워해야 할 적으로 굳어진 이율배반적 양가가치와 겹친 비극적 현상과 결부되어, 충격적 휴지를 보인다'고 설명하는 시각[21]과 이는 일치하고 있다.

둘째, 그렇다면 비평은 어떠한 방향으로 정립되어야 하는가. 송욱은 비평의 임무가 '보편적 진리'를 찾아내는 데 있다고 본다. 이는 현저히 상황적 인식에 기초하는 견해이며, 작품에 대한 실제 비평보다는 논리의 시대적 의미 탐색에 주력하는 태도라고 볼 수 있다.

지금 우리 안에는 여러 가지 외래사상과 전통이 야릇하게 혼합되어 같이 살고 있다. 시 비평도 우선 이와 같은 우리의 난처한 발판을 조명하고 분석하는 일부터 시작해야 할 것이다. 이 때문에 나는 동서문화 배경을 비교하여 그 흡사한 점보다는 그 차이와 대조를 이루는 면을 뚜렷이 밝히는 크나큰 과제가 문학비평에서도 매우 중요하다고 생각한다.[22]

그가 비평의 임무라고 한 '보편적 가치의 탐색'은 시대적인 혼란으로부터 비평적 시각의 확보라는 의미로 해석된다. 그러므로 '특수한 환경'이란 '외래사상과 전통이 야릇하게 혼합된 상태'를 두고 하는 말인데, 그렇다면 시 비평이 지향해야 할 이러한 혼란의 극복이란 어떤 방법을 염두에 둔 언급일까. 이 방법론이 논리적 귀착점을 찾아가는 과정을 고찰하는 것이 이제부터의 과제이다.

셋째, 그는 '외국 문학이론의 수용은 문화 배경의 차이와 대조를 통한 분석적 방법'에 입각해야 한다고 말한다. 여기에는 문학작품의 분석에 '문학 배경'을 염두에 두는 시각이 동원된다. 작품은 그 발생적

---

21) 정현기, 「문학비평의 충격적 휴지기」(『한국현대문학사』, 현대문학사, 1989).
22) 송욱, 앞의 글, 54쪽.

기반을 사회적 토대에 두고 있으므로, 개별 작품은 거기에 대응하는 문화적 배경이 존재한다는 논의는, 쉽게 사회문화적 환원론으로 귀결되고 마는 논리적 허약함을 드러낸다. 실제로 그가 비교문학적 관점에 입각해서 한국문학의 의미를 모색할 때, 한국문학에는 어떠한 특질(개별성)이 따로 존재할 수 있는가 하는 회의적 질문에 종종 부딪치고 마는 것도 여기에서 비롯된다고 하겠다.

1) '향보편성'과 전통의 문제 : 동서문학의 배경

송욱이 시론의 연구에 몰두하게 되는 이유는 시를 쓰는 과정에서 본인이 느껴 왔던 나름대로의 한계점을 인식한 데서 비롯된다. 그 중 하나가 언어 유희를 동반한 풍자가 더 이상의 비판적 대안일 수 없다는 것이며, 다른 하나는 시인의 자기 반성의 결과가 외국시론에 대한 검토의 필요성을 가져왔다는 점이다. '우리말로 시를 잘 쓰기 위하여' 외국의 시론을 연구한다는 것은 두 가지 의미를 갖는다고 볼 수 있다. 첫째, 시인의 태도가 개방적이라는 사실이다. 어떤 이유에서든 보편적인 문화적 감각에 대한 의식 없이 자기 문화의 주류를 찾기는 힘들기 때문이다. 둘째, 그가 외국시론의 연구를 자기 시의 정체성을 극복할 수 있는 방법으로 선택했다는 사실이 갖는 의미이다. 1939년에 창간된 『문장』지의 세계관이 동양적 고전주의의 감각을 통해서 전체주의의 논리에 함몰되는 것을 경계하고자 했다면[23] 1950년대 전후문학의 논리는 논리의 대타화를 통한 자기 검증장치가 존재하지 않았다는 사실이 중요하다. 이는 일제 강점기가 '저항민족주의'라는 분명한 논리적 입각지를 갖게 하는 시대였던데 반해, 전후문학은 자기 논리의 형성에 복무할 상대의 논리를 발견할 수 없었던 시기였다. 따라서 송욱의 외

---

23) 김윤식, 「『문장』지의 세계관」(『한국근대문학사상비판』, 일지사, 1978) 참조.

국시론에 대한 경사는 스스로 대타화된 의식의 지평을 형성하고자 하는 노력이었으며, 그것은 '보편성' 지향의식을 동반하게 된다.

송욱이 찾고자 했던 문학적 보편성은 문학의 일반 원리, 또는 문화에 대한 사상, 혹은 철학적 기반이었다. 그러므로 그가 문학적 '배경'이라고 하는 말 속에는 개별 작품에 깃든 사상적 내용뿐만 아니라, 그 작품이 실제로 산출된 정황까지도 포함된다고 볼 수 있다. 그런데 모든 문화가 상대성을 지니면서 동시에 독자성을 갖는다는 사실은 비교의 필요성을 제고하는 데 별 도움은 되지 못한다. 비교문학적 관점이, 비교되는 대상 사이의 차이점이나 대조점을 강조해서 어느 특정한 문학 현상의 우열성이나 상대적 열악함을 드러내고자 하는 것을 의미하는 것은 아니기 때문이다. 송욱의 비교문학적 연구 태도에서 중시되는 것은 '기준'의 설정이었다. 이 기준이 그에게는 문학 현상의 보편성으로 인식되는 것이었으며, 여기에 해당하는 것이 T. S. 엘리어트의 문학이론이었다.

그의 엘리어트 수용은 「전통과 개인의 재능(Tradition and the Individual Talent)」에서 출발된다. 평론집 『성스런 숲(Sacred Wood)』(1920)에 실린 이 논문은 그의 초기 비평에 해당하는 것으로, 논의의 핵심은 '몰개성(impersonality)' 이론으로 집약된다.[24] 19세기 후반의 진부하고도 감상적인 개성의 표현을 거부하는 논의가 스페어즈와 T. E. 흄 등의 '불연속성(discontinuity)' 이론에서 출발된 것이라고 볼 때, 엘리어트가 실제로 공격하고 있는 대상은 산업자본주의 사회의 공식적인 지배적 이념이었던 중산계급의 자유주의 이데올로기였다.[25] 엘리어트가 역설한 비인격적 질서는 개인보다 더 포괄적인 집단 무의식에서 사물과 현상에 대한 올바른 통찰이 가능하다고 보는 이론으로, 문

---

24) 황동규 편역, 『엘리어트』(문학과지성사, 1978), 28~29쪽.
25) T. Eagleton, 김명환 외 역, 『문학이론입문』(창작과비평사, 1986), 54쪽.

학의 영역에 있어서는 이러한 비인격적 질서가 '전통'이 된다고 볼 수 있다.

송욱이 엘리어트의 이론에서 특히 주목하고 있는 것도 '전통'에 관한 부분이다. '엘리어트의 전통관은 동양의 전통사상이 가지고 있지 않은 어마어마한 특색'[26]을 갖고 있다는 송욱의 견해는 엘리어트의 다음과 같은 언급에서 비롯된 놀라움이다.

> 역사감각이 있는 사람이라면, 그는 반드시 자신의 세대를 뼈에 사무치도록 느낄 뿐 아니라, 호오머에서 비롯하는 유럽의 문학 전체와 그 안에 들어 있는 자기 나라 문학 전부가 하나의 동시적 존재이며, 하나의 동시적 질서를 이룩한다고 느끼면서 작품을 쓸 수밖에 없다. 역사감각은 시간에 의지하고 있는 것에 대한 감각과 시간을 초월한 것에 관한 감각, 그리고 시간과 초시간을 합친 것에 대한 감각인데, 이것이야말로 작가를 전통적으로 만드는 것이다.[27]

위의 논의는 두 가지 범주로 정리될 수 있다. 첫째, 역사감각이란 변하는 것에 대한 감각과, 변하지 않는 것에 대한 감각의 통일 속에 존재한다고 하여 문학적 감수성의 통합을 지향했다는 점이며, 둘째, 문인은 자기 시대의 특수성뿐 아니라, 앞선 시대의 문학적 집적을 동시대적인 것으로 인식해야 한다는 점이다. 엘리어트의 이와 같은 고전주의적 균형감각이 '문학사적 연속성과 시대적 단절감'을 동시에 포괄하는 논의로서 송욱에게 인식된 것은 중요하다. 그런데 새로운 작품은 언제나 새로운 질서를 형성한다는 엘리어트의 말을 송욱은 기존의 전통에

---

26) 송욱, 『시학평전』, 14쪽.
27) 송욱이 인용하고 있는 외국이론가들의 논의는 송욱의 번역에 의지하기로 하여 원출전을 따로 밝히지는 않는다. 다만, 송욱의 저서에서 인용 부분 면수만을 밝히기로 한다. 『시학평전』, 10쪽.

대한 새로운 해석이라고 받아들여 다음과 같이 설정한다.

> 엘리어트는 전통이 지닌 질서를 날카롭게 의식하는 면에서는 전통주
> 의자이지만 새로운 작품이 전통을 바꿔 놓는다고 본 점에서는 모더니스
> 트이다.[28]

여기서 송욱은 시간개념을 이끌어 들인다. 서양의 시간개념은 '과거
의 것의 현재는 기억이며, 현재의 것의 현재는 직관이며, 미래의 것의
현재는 예기'라는 언급[29]에서 볼 수 있듯이 분석적이고 논리가 있는 반
면, 동양의 그것은 초월이나 과거로의 퇴영적 발전을 의미하는 것이기
때문에 동양적 전통에서는 역사의식을 뒷받침할 만한 시간의식이 존
재하지 않는다는 간명한 결론을 내리고 있다. 동양사상이 시간의식의
부재로 규정될 수 있는 근거를 불교적 오도의 윤리에서 찾고 있는 그
의 논리는 서양사상의 특징이 '시간의식＝현실의식'이라는 등식 속에
있다고 선언하는 일만큼 도식화된 논리로 함몰될 위험을 갖는다.

2) '장인의식의 부재'와 기법과 정신의 문제 : 동서시학의 비교

송욱이 동서의 문학적 배경을 비교하고자 했을 때, 가장 부각되는 문
제점은 사회 경제적, 혹은 정치적 상황에 대한 고찰이 이루어지지 못
한 데 있다. 그가 말하는 '문학 배경'이란 문학에 대한 사상이나, 문학
에 뒷받침되는 철학적 경향만을 의미하는 것으로, 그것이 그 문화의
보편적인 현상으로 존재하는 것인지, 그렇다면, 그 이론이 탄생된 역
사적 배경은 무엇인지에 대한 탐구가 결여된 것이었다. 그러므로 그가
사상적 배경과 문학에 대한 매개항의 발견을 소홀히 한 것은, 그의 비

---

28) 앞의 책, 같은 곳.
29) 앞의 책, 16쪽.

평적 관점이 다분히 '문학주의'에 머물고 있다는 점을 보여준다고 할 수 있다. 그런데 사상적 배경의 탐구란 그 시대의 지배적 이데올로기의 모색과 병행되는 것으로 자기 시대의 삶에 있어 가장 중심적인 모순에 대한 인식을 통한 세계관의 정립이라는 문제를 안고 있는 사항이므로, 문학연구자의 입장에서 자기가 연구하는 대상에 대한 분석이 이루어지기 전에, 왜 그 대상을 '선택'했는가 하는 사실을 먼저 밝히는 것이 문학연구의 올바른 방법이라고 볼 수 있다. 특히, 동시대적 문학현상에 대한 실천비평을 개진하고자 했을 경우 이와 같은 선택의 가치판단 문제는 반드시 고려되는 사항이 아닐 수 없다.

그러므로 송욱이 엘리어트의 소론과 중국의 몇몇 사상가 그리고 그들의 저서에서 인용한 단편적인 언급을 나열해 놓고 동서문학 배경의 비교라고 했다는 것은 심층적인 비교문학을 위한 바른 태도라고 보기 어려울 것이다. 물론 당대가 비교문학이라는 차원이 학문적 토대를 갖고 성숙된 시기가 아니었으며, 송욱 역시 비교문학을 '학문적 수준'에서 의식하고 있지 못했고, 다만 서구의 이론을 수용, 해석하는 입장에 섰기 때문에, 연구 수준의 실질적 향상을 기대하기는 어려운 것이었다. 본래 비교문학이란 그것에 대한 개념 정의와 실제 방법상의 어려움에도 불구하고 '본질적으로 제국의 문학작품을 그의 상호연관 가운데서 연구하는 것'[30]이라고 일반적으로 이해된다. 이와 같은 비교문학의 본래적 의미가 송욱에게는 깊이 있는 연구의 수준으로 확립되지 못했는데, 이는 당대가 갖는 상황적 특성에서 비롯되는 현상일 것이다. 우리 문학의 '보편성 찾기'라는 시대적 과제 앞에서 방법적 원리가 소홀하게 다루어졌던 것이다.

송욱이 지적하고 있는 동양적 사유에서의 시간의식 부재는 곧 전통에 대한 의식의 부재로 치환된다. 그런데 송욱은 우리 문학에서 이와 같이 전통이 부재한다고 역설함에도 불구하고, '우리말의 수사와 용법'에 대한 관심은 버리지 않고 있다. 이는 그가 후에 만해 연구로 나아가게 되는 원인으로 작용하는 것이어서 중요하다.

> 우리 고전시가가 과연 지금 창조되고 있는 예술품의 가치를 밝혀 주는 참된 고전으로 우리에게 '좋은' 영향을 미칠 수 있을까. 이에 대하여 '그렇다'고 서슴치 않고 대답할 사람은 그리 많지 않으리라.
> 오히려 우리 나라의 고전은 작품으로서 가치가 있다기보다 <u>우리말의 수사와 용법과 낱말이라는 귀중한 '재료'를 간직하고 있는</u> 효과가 있는 태도일 것이다
> 〔… 중략 …〕
> 여기서 우리는 다시금 이 나라의 시인들이 맞서야 하는 난관을 엿보게 된다. 물론 한마디로 해서 <u>그것은 전통의 단절이다. 그러면 새로운 '전통관'을 만들어내야 한다.</u>[31]

송욱 비평의 출발점은 바로 여기에 해당된다. 우리 문학은 전통이 단절되었으며, 그 단절된 전통의 재수립이야말로 당대 우리 문학이 떠맡고 있는 최대의 과제라는 선언이 그의 비평의 원점이라고 볼 수 있다. 그는 문학이 드러내는 두 가지 요소, 즉 전통의식과 형식적 기교 가운

---

30) 우리가 일반적으로 사용하고 있는 비교문학이라는 용어는 프랑스어의 'littérature comparée'를 직역한 것이다. 이밖에도 'international Literature'(C. H. 허어퍼드), 'vergleichende Literaturgeschichte'(F. 스트리히) 등으로도 쓰이는데, 우리 나라에서 비교적 일찍 번역 소개된 P. 방띠겜은 'littérature comparée'라는 용어를 사용한다(P. 방띠겜, 김동욱 역, 『비교문학』, 신양사, 1959). 비교문학은 여러 가지 방법으로 정의된다. 1)비교문학은 문학사의 한 범위라는 것(J. M. 까레), 2)비교문학은 잘못 명명된 것으로, 그것은 '국제간의 문학적 관계의 역사'이다(M. F. 귀아르), 3)비교문학은 국가간 영향관계에 대한 연구이다(沃野峰人) 등이 그것인데, 본고는 방띠겜의 정의에 따르기로 한다(이에 대해서는 김학동, 『비교문학적 연구』, 일조각, 1972, 참조).
참고로, 방띠겜의 비교문학론을 간략하게 검토해 보자. 그는 서적을 이해하는 과정에서 비평적 의식과 함께 문학사에 대한 의식이 배태되며, 문학사는 문학의 기원, 생성, 내용, 기교, 운명, 영향 등에 대한 연구이며, 이 가운데 영향은 국내적, 고대적, 외래적, 근대적인 성격으로 구분지어 생각할 수 있다는 총론을 내세우고 있다(P. 방띠겜, 앞의 책 참조).
31) 『시학평전』, 29쪽.

테서 두드러지게 전통의식만을 강조하는 듯한 태도를 취하지만, 실상 문학의 형식미에 대하여 강하게 의식하고 있는 것도 사실이다. 그는 풍자의 언어의식을 통해 우리 사회에 대한 비판적 목소리를 울린바 있는데, 풍자가 취하는 태도가 기교적 본질에 닿아 있으면서 동시에 시대적 모순을 묘파해내는 적절한 장치로서도 작용한다는 그의 문학관에 입각해 볼 때, 이 점은 이해될 수 있다. 따라서 그는 전통의식과 형식미에 대하여 동일한 비중을 두고 있다. 다만 이 둘 가운데 어떤 요소가 특히 강조되어야 하는가라는 문제에 있어서 그는 시대적 상황에 대하여 비교적 자각적인 모습을 드러낸 경우라고 하겠다.

전통의식의 부재는 곧 형식미에 대한 부재, 혹은 특이한 돌출 상황을 만들어낼 수 있다. 서구 유럽의 경우 개인을 통합된 주체라는 개념으로 설명될 수 있는 새로운 질서관을 세워 온 것으로 송욱은 보고 있다. 그것이 앞에서 말했던 엘리어트의 '정서와 개성의 도피'에 관한 논의였다. 엘리어트의 이론에서 중시된 점은 시와 시인의 개성을 분리시켜, 새로운 시는 문학사를 새롭게 배열함으로써 문학적 의미망을 구축한다는 사실에 있으며, 이와 같은 이론은 후에 시 비평의 논리적 입지를 제공하게 된다. 이를 송욱은 '표현기술과 형식의 중요성'으로 이해하고자 한다. 즉, 엘리어트의 이론은 동양의 시관에서는 찾아볼 수 없는 것으로 '예술을 하나의 기교로서 보고 형식과 구성과 구조로써 새로운 효과를 주려는 서양 예술관'[32]의 중요한 특질이라는 것이다. 그렇다면 한국의 시조 등에서 보이는 형식미와 엘리어트의 형식미는 어떻게 다른 것인가?

이 물음에 대한 송욱의 답변을 찾아내는 것이 중요하다. 여기에 그의 방법론이 갖고 있는 실질과 논리적 한계가 동시에 존재한다고 볼 수

---

32) 『시학평전』, 33쪽.

있기 때문이다. 시와 시인을 분리하여 객관적으로 드러난 언어적 질서를 문제삼아서 개성의 탈각을 통한 새로운 전통관을 수립하려는 엘리어트의 사고는 형식주의 이론의 근간으로 발전해 간 반면, 송욱은 이러한 엘리어트의 이론에 기본적으로 동조하면서도, 시인이 가져야 할 역사의식으로서의 '전통'을 강조함으로써 동시에 엘리어트의 논리적 자장으로부터 벗어나고 있는 것이 발견되기도 한다. 즉, 엘리어트가 말하는 전통이란 문학작품들이 갖는 상호관계성의 공시성과 통시성을 의미한 반면, 송욱에게 전통이란, 문학작품, 혹은 작가를 둘러싼 상황을 중시하는 의미로 해석된다. 따라서 전통이라는 개념이 문학 속에 드러난 정신적 거점이나 시대적인 변화까지도 포함하려는 작가의 현실인식 속에서 나타나는 것이라면, 송욱은 시와 시인의 삶을 분리시킨 엘리어트의 소론과는 달리, 시인의 정신적 상황에 한층 비중을 두어, 시인의 삶을 '태도론적' 관점에서 문제삼는 방향으로 나아간다.

이와 같은 문제의식의 발로에서 송욱이 한국시의 전통을 논할 때 주목의 대상이 되는 시인은 황진이와 김소월이었다. 그가 황진이와 소월을 선택하게 된 것은 비평 태도가 '공변된 가치가 있는 것이라면 시대와 언어, 그리고 전통의 차이를 뛰어넘어 그 효과를 발휘할 수 있는' 것이므로, 하나의 비평적 기준으로 상이한 시대의 문학 현상을 설명할 수 있어야 하기 때문이다.[33] 그런데 여기에서 송욱이 선택하고 있는 비평 기준은 C. 브룩스의 '역설' 이론과 W. H. 오오든의 '상상력' 이론이었다.

그는 먼저 황진이의 시조를 예로 들고 그 작품이 갖는 역설의 의미를 밝히고자 하는데, 그가 예로 든 작품은 다음의 것이었다.

---

33) 『시학평전』, 133쪽.

동지ㅅ달 기나긴 밤을 한허리를 버혀내여
춘풍 니불 아레 서리서리 너헛다가
어론님 오신 날 밤이여든 구뷔구뷔 펴리라[34]

송욱이 이 시조에서 찾아내고자 한 것은 작품 속에서 상상력을 통해 이루어지는 '홀로 새우는 동짓달 기나긴 밤'이 '어론님 오신 훈훈한 봄 밤'이 되는 '극적 전환'이며, 화자가 처한 현실(동짓달 밤)과 동경(님이 오실 밤) 사이의 거리에서 유발되는 그리움과 안타까움의 정서가 역설의 논리를 취한다는 것이다. 이를 송욱은 '내면적 거리'라고 부른다. 이 내면적 거리에서 황진이 시조가 갖는 문제적인 의미인 '시간의 주관화'가 드러난다는 것이다. 즉, 동짓달의 긴 밤(시간)을 '자르기도 하며, 이불 아래 넣기도 하며, 굽이굽이 펴기도 하는'[35] 것이, 이 작품의 시간의식을 규정하며, 이것이 이 시의 주제라고 진단한다. 이는 모더니즘의 미학적 특질 가운데 하나가 '시간질서의 공간화'[36]에 있다고 볼 때, 송욱 역시 이와 같은 사실에 주목하고 있음을 보게 된다. 그러나 황진이 시조의 '내면적 거리'가 기법적 측면에서의 참신함이며, 주제의식은 '공간화'에 있다는 송욱의 논의는 다분히 상충되는 듯이 보인다. 시가 갖는 보편적 원리 가운데 화자가 그 시적 대상 사이에서 일정한 거리를 유지하면서 시적 긴장을 이루는 것이 비단 황진이의 시조에만 나타나는 현상이 아님을 인정하고 나면, 그가 애써 황진이의 시조를 분석한 이유는 어디에 있는지 자못 이해하기 어렵게 된다. 즉, 분석을 통해 그가 제시하고자 하는 문학적 진리성이 포착되지 않고 있다. 이는 그가 근원적으로 갖고 있었던 문학관에서 비롯된다고 볼 수 있다.

---

34) 원시조 표기는 정주동·유창식 교주, 『진본 청구영언』(1957)의 1977년판(대성출판사)을 참조했으며 띄어쓰기는 송욱의 인용을 따랐다(『시학평전』, 133쪽).
35) 『시학평전』, 134~135쪽.
36) 오세영, 『20세기 한국시 연구』(새문사, 1989), 19쪽.

시의 '원천'은 역설이나 '심리적 분석' 그 이전에 있다. 분석의 뒤에 오는 종합이 아니라, 분석을 앞선 종합, 즉, 직관의 세계에 시가 의지하고 있는 것은 두말할 것도 없다.[37]

시가 분석되기 이전에 종합된 질서를 갖는 완결물이어서, 분석적 방법을 통해서는 시적 진실에 다가설 수 없다는 그의 논리는, 1930년대 박용철이나 김영랑 등이 보여주었던 순수서정의 시론[38]과 상당히 유사한 일면을 보여준다. 그러나 이와 같은 시론은 시인의 정신적 순결성을 갖고 시대적인 질곡에 맞서고자 했던 송욱의 애초의 의도에서 벗어나는 것은 아니었다. 송욱 자신이 생각하고 있었던 문학관을 실제로 기술하려는 데서 오는 체계와 서술방법 사이의 괴리 현상은 그가 시인이면서 비평가였다는 상황을 고려할 때 이해되는 점이기도 하다.

죽음과 사랑을 통한 생명의 처녀성에 대한 동경, 즉 넓은 의미에서 부활에 대한 갈망은 인류가 영원히 지녀야 할 문제가 아닌가![39]

그가 '정신적 부활'을 꿈꾸었던 시인이라는 사실 앞에 모든 비평적 진술과 분석적 태도는 부차적일 수밖에 없으며, 외국의 시론들 역시 자신이 실제로 시를 창작하는 데 있어서 본질적인 도움을 가져다 주는 것은 아니었다. 오히려 그는 이와 같은 정신적 부활을 꿈꾸었기 때문에 자신의 꿈이 좌절된 상황(전환기에서 시쓰기)에서 역사와 전통의식을 문제삼았던 것이었다.

---

37) 『시학평전』, 129쪽.
38) 박용철, 「시적 변용에 대해서」(『박용길전집』, 동광당, 1941) 참조.
　　정효구, 「1930년대 순수서정시운동의 시대적 의미」(김용직 외, 『한국현대시사의 쟁점』, 시와 시학, 1991) 참조.
39) 『시학평전』, 132쪽.

다음으로 그는 소월의 시론을 비판한다. 송욱이 소월을 비판하는 것은 크게 세 가지 사항으로 요약된다. 첫째, 소월이 동양적 정서의 본질을 '무상과 변전'의 애도에 있다고 보아서 소월의 시 의식을 규정하는 것은 '동양적 전통'이라고 정의하고 있다는 점이다. 즉, 소월이 동양을 인식하는 데는 이백이나 두보를 파악하고 있는 사실과 관련되는데, 참다운 동양적 전통을 이해하기 위해서는 이백이나 두보를 직접 읽어야 하므로, 소월은 동양적 정서를 잘못 수용하고 있다는 것이다. 송욱은 여기서 한 발 더 나아가 소월이 근대시인일 수 없는 이유는 보들레르의 경우에서 보듯, 도시적 삶에 대한 지향이 없고 자연에 대한 정조만 드러내고 있기 때문이라고 지적한다. 그러나 송욱의 이와 같은 논의는 무엇이 근대적인가를 묻는 것이 아니었으며, 근대적인 발전을 가져오게 하는 실제적 삶에 대한 고찰도 사상되어 있어 설득력 있는 논의로 보기 어렵다. 소월이 살았던 시대가 얼마나 도시의 발달이 이루어졌는지를 생각해 보아도 이 사실은 쉽게 이해가 간다. 결국, 송욱은 '동양적', 혹은 '근대적'이라는 술어에 대한 개념이나 역사적 삶의 내용에 대하여 함구한 채, 그 보편성만을 강조한 셈이다. 둘째, 소월 시론의 본질이 시간과 공간을 초월한 '영원불변'한 곳에 시선이 모아지고 있음을 비판한다. 소월은 영혼의 아름다움을 통해 시혼이 표출된다고 생각하는 시인이라고 전제하고, 그의 이와 같은 태도는 '미의식'의 부재에서 비롯된다고 말한다.

　　이런 태도는 우선 미의식이 뚜렷하지 못한 데서 우러나는 것이며, 시인은 무엇보다도 먼저 시작품을 '만드는 사람'이라는 의식이 박약할 뿐더러 기술의 중요함을 깨닫지 못한 징조라 아니할 수 없다.[40]

---

40) 『시학평전』, 139쪽.

여기서 송욱 문학관의 일면이 극명하게 표출된다. 시는 넘치는 정서의 자연스런 표출이 아니라, '장인의식'을 갖고 만들어지는 것이라는 점에 대한 의식이 드러난 것이다. '시혼이 있다 해도, 문제가 되는 것은 작품 속에 표현된 성과뿐이며, 이 성과에 따라 시혼의 우열이 결정된다'는 송욱의 견해는 오오든의 상상력 원리에 근거를 둔 것으로 볼 수 있다. 오오든에 의하면 상상력에는 시혼의 일반 원리가 되는 제1상상력과 미, 추의 구별을 가능하게 하는 제2상상력이 있는데, 소월은 이 두 가지 상상력이 미분화되어 있는 상태라는 것이다. 그러므로 미의식은 미, 추를 구별하는 데서 발생하며 이는 '장인의식'과 관련되는 사항이라고 송욱은 말하는 것이다. 셋째, 이와 관련하여 소월의 민요형식에 대한 자각적 의식이 없음을 지적한다. 시는 시인의 영혼이 자연스럽게 형상화되어 하나의 자족적 형식과 의미를 갖는다고 생각하는 소월의 '자기 옹호론'을 송욱은 비판한다. 그러나 그 비판이 본질적일 수 없는 것은 송욱이 생각하는 문학관에서 비롯된다. '시는 만드는 것'이라는 관점에서 볼 때 시혼의 영원불변설은 매우 납득하기 어려운 곳에 위치하는 것이며, 언어적 기교를 통한 미의식의 발현과 영혼 자체의 순수성이 지닌 선험적인 미를 주장하는 논의 사이에는 쉽게 접근하기 어려운 거리가 존재하기 때문이다. 그런데 이런 거리는 문학사적인 관점에서 이해되어야 할 것이다. 항상 어떤 시대는 그 시대에 알맞는 형식을 창출한다. 그것이 한 시대의 지배적 양식을 결정하는 것이며, 다음 시대는 이전 시대의 양식이 지녔던 보편타당성을 새로운 차원으로 전변시킬 가능성에 대하여 반성한다. 소월에게 있어서 시혼의 강조는 그 시대를 견디는 방법의 하나일 수 있었다는 적극적인 평가에 인색한 송욱의 태도는 역시 전후 시대의 특질을 드러내는 한 표정일 수 있다는 것이 바로 문학사적 관점에 해당되는 사항이라고 하겠다.

송욱이 우리 시의 전통을 논의하기 위해 선택한 두 명의 시인이 그 시대를 대표할 만한 시적 성과를 갖고 있었느냐 하는 질문은 여기서 본질적이지 않다. 다만 송욱이 그들을 통해서 드러내고자 하는 강조점이 중요한 문제가 된다. 그것은 다름 아니라 적극적인 장인의식을 갖고 표출되는 '새로운 시'에 대한 인식을 의미한다.

> 엘리어트가 말하는 '자유시'란, 엄격한 형식과 끊임없이 '긴장관계'에 있는 '새로운 시 형식'을 뜻하며, 결코, '형식이 없는 시', 즉 비시를 말하는 것이 아니다![41]

엘리어트가 생각하는 '새로운 시 형식'과 송욱이 제시하고자 하는 그것이 일치한다고 말할 수 있으려면, 무엇보다도 송욱이 전후문학을 어떻게 이해하고 있었는지를 면밀하게 살펴보아야 할 것이다. 그런데 송욱은 1950년대를 반성하는 비평적 작업의 과정에서 종종 전통과 역사의식의 부재에 대하여 언급한다. 시대의 혼란 —이때는 문학적 위기라는 내용이 지배적이다—을 어떻게 극복할 수 있는가의 문제로부터 전통과 역사의식이라는 개념이 등장하고 있음을 주목할 필요가 있다. 그러므로 문학적 위기를 극복하는 길은 사상성의 모색과 아울러 시인이 끊임없이 만들어내는 시 형식 속에서 전통의식이 찾아져야 한다고 송욱은 말한다. 그런데 만들어진 시보다는 만드는 시 의식이 강조되고 있는 지점에서 보다 본질적인 문제는 시인의 의식, 즉 자기 시대를 인식하는 방법적 장치로서의 '정신'에 놓여 있다고 판단된다. 따라서 한국현대시가 '사상 이전에 있으며' 그것은 '형식 이전이며 자칫하면 예술 이전의 상태에 빠지기 쉽다는 위험성'[42]을 갖는다고 결론짓는 송욱에게 시인의 지적 통제력이 산출되는 토대는 사상과 기법의 통일성이

---

41) 『시학평전』, 334쪽.
42) 『시학평전』, 335쪽.

마련된 지평에 있음을 보게 된다. 이로써 우리 시의 결함이, 자기 시대에 살고 있는 사람들이 실제로 말하는 방식에 대한 반성이 부족하다는 사실을 송욱은 나름대로 증명한 셈인데, 이는 정확한 언어 구사와 풍자정신이야말로 전후문학에서 요구되는 사항임을 강조한 것으로 볼 수 있다.

3) 한국 계몽주의와 모더니즘 문학 비판 : 비평과 자의식의 문제

우리 문학의 본질적 과제가 사상성과 그로부터 요구되는 기법에 대한 의식을 재정립하는 데 있다는 논의를 실제로 구체화시키기 위해 그는 1910년대 계몽주의와 1930년대 모더니즘에 대한 비판을 시도한다.

송욱이 주목하고 있는 비평의 원리가 '사회·윤리적 비평과 예술적 비평'[43]이라는 사실 자체는 중요하지 않지만, 그가 이 두 가지 방법을 종합적으로 인식하고 실제 비평을 통해서 적용하고자 하는 것은 의미 있는 일이 아닐 수 없다. '문학이란 사회가 빚어낸 열매인 동시에 사회를 초월할 수 있는 자유가 결정된 것'[44]이라는 그 나름의 방법이 그의 비평에 일관되게 관철되고 있는 것은 중요하다.

그가 일제 강점기 한국지식인 문학에 대한 총체적 반성을 위하여 선택한 작가는 이광수, 이상, 김기림, 정지용 등인데, 이들의 문학에서 그는 시대적 특질을 형상화하는 방법 및 의미의 성과와 한계를 동시에 드러낼 수 있다고 여기는 것이다.

먼저 그는 이광수의 「흙」과 「무명」을 분석한다. 이광수 문학이 보여주는 것은 일제 강점기 아래서의 휴머니즘이 갖고 있는 본질적 허위의식의 속성이다. 이광수의 휴머니즘이 작품 분석을 통해서 나타나는 작가의 '의식 분열'과 연관되어 있다는 사실은 한국 계몽주의가 갖는 특

---

43) 송욱, 『문학평전』(일조각, 1969), 2쪽.
44) 『문학평전』, 3쪽.

수성의 일면에 대한 언급으로 볼 수 있다. 계몽주의가 갖는 시대적 특성이란 몰락해 가는 윤리의 허상을 지적하면서 아울러 새로운 시대의 삶의 모습을 제시하는 데 있다고 할 때, 춘원이 파악하고 있는 계몽주의는 다분히 '목가적 민족의식'[45]에 삼투된 것으로서 춘원의 보수적 성격만을 강조했지, 근대적 세계의 윤리란 무엇인지를 제대로 밝히지는 못했다는 것이, 송욱의 춘원 비판의 요체라고 볼 수 있다. 「흙」의 주인공 허숭의 '동키호테적'[46] 행동은 관념적 윤리의식을 대변하는 것이기도 한데, 서울역에서 일장기를 보고 눈물을 흘리는 모습은 지배자의 정치권력이 윤리적 우월성으로 인식되는 작자의 우리 민족에 대한 자학적 사상의 표현으로 볼 수 있다는 것이다. 또한 이건영으로 대표되는 애욕의 표출은 지식인의 정치의식과 사회의식이 '치정'으로 둔갑함으로써 작품을 통속적인 흥미로 이끌고 갔으며, 이것이 이 작품을 반현대적이며 반지성적으로 몰고 간 결정적인 요인이라고 지적한다. 송욱의 이와 같은 관점은 춘원이 갖고 있는 연민의 이데올로기가 얼마나 현실적인 문제와 동떨어져 있는지를 살펴보는 과정에서 잘 드러난다. 「무명」을 통해서 제기되는 '중생의 무명에 대한 연민과 동정이 일제하의 상황에서 어떤 정치적·사회적 기능을 발휘하였을까?'라는 회의는 곧, 전환기의 문학이 담당해야 하는 가치론적 견해에 부합하고 있다.

문학작품이 독자들의 마음속에 일으키는 반응의 정치적·사회적 기능과 작품의 문학적 가치는 물론 우리는 구별해서 생각해야 한다. 그러나 우리가 현재 그러한 기능을 문제삼지 않고서 순전히 문학적 가치에만 골몰해도 좋은 이상적인 상황에서 문학을 하고 있다고 생각한다면 그것은 어처구니없는 자기 기만이다.[47]

---

45) 『문학평전』, 53쪽.
46) 『문학평전』, 35쪽.

　문학작품은 정치적·사회적 기능을 심미적 기능 이외에 따로 갖고 있다고 송욱은 판단한다. 한국근대문학사에서는 일찍이 문학의 정치적 기능이 특히 강조되었던 시대가 존재했었고, 당대에서도 문학적 가치와 사회적인 가치를 통합시키려는 노력이 없었던 것이 아니었음[48]에도 불구하고 송욱은 다시 이분법적 도식을 마련한다. 그러나 송욱의 논의에서 강조되어야 할 부분은 문학의 두 가지 가치를 손쉽게 분리해서 생각한다는 점을 비판하는 데 있지 않고, 이 두 가지 가운데 어느 하나의 기능이 시대적 성격에 따라서 달리 강조될 수 있음을 보여준 데 있다. 1930년대의 순수시 운동을 '모국어에 대한 적극적인 인식'[49]이라고 본다든지, 카프의 정치적인 성격을 조선공산당과의 관련성 속에서 이해하고자 하는 태도[50] 등은 이 점을 뒷받침한다. 그러므로 전환기에는 문학적 가치에 정치 사회적 가치가 더해져야 한다고 보면서 고통스런 시대일수록 문학을 대사회적인 시각에서 다루어야 한다는 송욱의 논의 속에는 그가 당대 문학을 파악하는 관점이 분명하게 제시되었다고 생각할 수 있다. 다만 이러한 논의의 근거를 일차대전을 앞둔 독일 중산층의 사회적 동요에서 찾고자 하는 태도가 우리 사회의 특수성을 설명해내기에는 상당히 미흡했다는 사실과 아울러, 그가 '이상적 상황'에서는 문학적 가치에만 전념할 수 있다는 생각을 하고 있다는 사실이 문학주의적 일면을 드러내고 있음은 그의 논의가 갖는 문제점으로 부각될 수 있다.

---

47) 『문학평전』, 74쪽.
48) 카프의 예술 대중화 논의는 이와 같은 당대의 성격을 잘 보여준다. 박영희류의 내용우위론자들의 주장은 운동론적 시각에서 예술을 해석해야 한다는 시대적 과제와 닿아 있는 것이었고, 임화의 「우리 오빠와 화로」가 갖는 예술성의 확보가 카프 운동에서 참신한 의미를 얻을 수 있었던 것도 이와 관계된다. 이에 대해서는 김윤식, 「소설건축론의 사상적 바탕」(『한국근대소설사연구』, 을유, 1986), 역사문제연구소, 『카프문학운동연구』(역사비평사, 1989) 참조.
49) 임화, 「조선 민족문학 건설의 기본 과제에 관한 일반 보고」(최원식 해제, 조선문학가동맹, 『건설기의 조선문학』, 온누리, 1988), 43쪽.
50) 역사문제연구소, 앞의 책.

위와 같은 춘원 비판의 사고가 체계적으로 정리되면서 송욱 자신이 활동했던 1960년대적인 상황을 점검하면서 반성적 글쓰기의 하나로 제출된 것이 「한국지식인의 역사적 현실」[51]이라는 논문이다. 이 글에서 중점을 둔 사항은 부제에서도 보이듯이 이광수의 「민족개조론」에 대한 비판이었다. 이 글은 송욱 스스로의 내면적 정황을 밝히는 내용으로도 볼 수 있어 문제적이다. 여기서 송욱은 중학 시절에 춘원을 직접 만날 기회를 가졌으며, 그가 일본적 사고에 젖어 있음(일본군국주의 종교의식 방송을 청취하고 있는 춘원을 본 것)을 깨닫고, 자신의 정신(민족주의)을 확인하게 되었다는 체험담으로 시작해서 자신이 현재 처한 상황(시인, 교수, 지식인 등)을 반성하는 내용을 거쳐, 춘원의 친일적 사고가 어떻게 파생되었는지를 검토하고 있다. 이 글에서는 또한 현재의 상황을 일제 강점기와 비교해서 지식인의 역할론을 펼치고 있다. 이제 여기에서 논의된 사항을 몇 가지로 정리해 보자.

첫째, 문학과 사회의 관계는 문학의 정치적, 사회적 조건 속에서 탐색되어야 하므로 작가는 자기 시대의 정치적 상황에 대하여 민감해야 한다는 점이다. 둘째, 춘원이 '배신'을 한 이유는 문화의식과 정치의식의 분열에서 기인한다는 점이다. 즉, 춘원은 작가라는 '전문가' 의식에 침윤되어 자기 자신이 정치적 운동에 가담할 능력이 없다는 사실을 도덕적으로 위장하는 자기 기만에 빠지고 말았다는 것이다. 셋째, 그러므로 작가의 정치적 선택은 '선택'의 차원에서 존재하는 것이 아니고 운명적인 것으로, 이는 일제 강점기 한국지식인들이 봉착했던 실존적 상황을 잘 말해 주는 현상이라는 점이다. 넷째, 춘원의 한계는 '지옥 같은' 상황에서 문학을 통한 계몽이나, 정치 운동가, 그 어느 것도 깊이 있게 성취하지 못한 데 있기 때문에 우리에게 남는 교훈은 개인적

---

51) 『문학평전』, 302~333쪽.

가치와 의로운 사회라는 양가적 의미의 문학적 구현에 대해 소홀하지 말아야 한다는 것이다. 다섯째, 현재의 상황을 살펴볼 때, 가장 문제가 되는 것은 '정치구조와 사회구조가 아무런 관계가 없이 움직이고 있다는 사실'이며, 이는 개인을 통합된 조직으로 이끌어 올리는 '이차 집단(二次集團)'의 기능이 제대로 발휘되지 못하는 현상을 낳는다는 것이다. 여섯째, 그러므로 진정한 근대사회의 성립을 위해서는 개인적 차원의 지식인 역할을 기대하기보다, 사회적 조직체를 가져야 한다는 것이다.

송욱의 이와 같은 견해는, 시인이라는 입지에서라기보다 대학에서 강의를 맡고 있는 교수로서 그리고 사회적인 문제에 민감해야 하는 지식인으로서 '사회적 삶'을 강조했다는 의의를 지닌다고 볼 수 있다. 특히 그가 현 상황에 대한 문제점을 지적하는 대목 가운데 사회의 조직화가 하나의 대안이 될 수 있다는 논의는 비평적 담론이 가질 수 있는 이념의 패러다임을 설정하는 것으로, 자기 시대의 문제에 대한 통합된 관심을 제고한다는 점에서 중요한 의미를 지니는 것으로 보인다. 결국 춘원 비판에서 얻을 수 있는 요체는 정치적인 시대에 살고 있는 문인들의 올바른 사고와 행동양식에 대한 종합적 검토에 놓여 있음이 확인된 셈이다.

다음으로 그가 문제의 중심에 놓는 것은 1930년대 이상과 김기림 등의 모더니즘 문학에 관한 것이다. 그의 이상 비판은, '사회의식의 부정', '무위와 부재의 천치', '창부화된 윤리', '피학대증의 인형'[52] 등의 술어로 요약된다. 이와 같은 견해는 이상의 문학이 반윤리의 세계를 드러낸 것이라는 소박한 차원에서 산출된 듯하다. 그러나 이상이 보여준 '기호놀이'[53]가 자신의 유폐성을 의도적으로 드러내어 좌절적인 시

---

52) 『문학평전』, 78~102쪽.
53) 김윤식, 『이상연구』(문학사상사, 1987) 참조.

대적 분위기를 반영한다는 적극적인 의미 부여를 사상한 채 다만 우스
꽝스러운 유희의 하나로 취급한 이유는 이상에게서 시대적 고통을 짊
어질 사상적 고뇌의 깊이를 찾을 수 없다고 송욱은 판단했기 때문이
다. 송욱은 엘리어트와 같은 이론가에게서 모더니즘의 한 측면을 발견
할 수는 있었지만, 모더니즘에 대한 이해가 다분히 기법적 발현이라는
수준에 편향되어 있음을 보여준다. 모더니즘이 하나의 이데올로기로
써, 그 자체의 인식론적 특질이 존재한다는 사실을 이론적으로 검증하
는 일에 송욱은 소홀했다.

송욱의 한국모더니즘에 대한 비판은 기법적인 면에서의 공과를 판단
하는 수준에서 멈추는데, 그 스스로 한층 자각적인 면모를 드러낸 경
우가 김기림과 정지용에 대한 비판론이라 하겠다. 김기림의 모더니즘
이 갖는 문제점을 그는 다음과 같이 지적한다.

기림의 시와 시론을 읽고 느끼는 것은 그가 시간의식, 그리고 이와 관
계가 있는 전통의식과 역사의식을 '자기의 작품 속에 구현할만큼' 가지
고 있지 않았으며, **또한 내면성이나 정신성을 거의 모르는 시인이
고 비평가였다는 슬픈 사실이다.** 역사의식과 전통의식 없이 어떻게
참된 모더니즘이 가능하며, 내면성이 풍부하지 않고 어떻게 훌륭한 시
인이 될 수 있겠는가! 그는 '현재에도 살아 있는 과거'를 몰랐기 때문에
과거의 모든 것을 등지고 무엇이든지 새로운 것을 따르는 것이 모더니
즘이라고 그릇 생각하였다.[54] (강조는 원문대로임)

이와 같은 송욱의 기림 비판에서 주목되는 것은 참된 모더니즘이란
문학적 전통에 대한 의식이 선행된 후에야 가능하다는 것이다. 그러나

---

54) 『시학평전』, 186쪽.

김기림 비판에서도 엘리어트의 이론을 적용하고 있는 송욱은 논리의 허점을 드러내고 만다. 즉, 엘리어트의 이론은 스피어즈의 불연속이론과 매우 근접한 것으로 엘리어트의 전통 논의는 미학적 불연속과 시간적 불연속에 대한 통찰이 바탕이 된 것이었다. 따라서 기법적인 면에서 새로움과 실제적 삶의 전망을 수립하기 위한 현실 분석이 불연속성 이론의 중심이 되는 것이다. 그러나 송욱은 전통을 막연하게 과거로부터 이어 온 것으로 이해하여 엘리어트의 소론을 정확하게 적용시키지 못하고 만다. 전통이라는 술어의 보편성만을 채용했지, 그 논의가 탄생한 정황에 대하여 침묵하고 있는 형국이 되어 버린 셈이다. 그럼에도 불구하고, 그가 김기림 문학의 내면성 부재를 논의하는 것은 김기림 개인의 문제라기보다, 1930년대 모더니즘이 갖는 전반적 한계를 지적한 셈이 되어 논의의 설득력을 갖게 한다. 뿐만 아니라 1950년대의 지적 풍토를 반영하는 '후반기' 동인들의 모더니즘 운동에도 이와 동일한 비판이 가해질 수 있는 것[55]도 송욱의 문제 제기가 갖는 시대적 의미라고 할 것이다.

　정지용에 대한 비판 역시 이 범위에서 크게 벗어나는 것이 아니다. 지용의 짧은 시에 대하여 송욱은 그것이 한문투의 모방이라고 생각하면서 모더니즘의 정신은 짧은 시와 같은 형식을 통해서 구현되는 것이 아니기 때문에 비록 지용이 산문시 등을 통해 시의 수사면(修辭面)에 대하여 고심하면 할수록, 또한 예술가로서 정진할수록, 그는 현대시의 세계로부터 완전히 멀어지게 된다는 것이다. 이러한 원인은 지용이 전통을 변화시키지 못하고, 다만 '초기에는 전통을 등지고, 후기에는 전통에 안주하는' 한계를 보였기 때문이라고 설명한다.

---

55) 김규동, 『깨끗한 희망』, 자서(창작과비평사, 1985), 3쪽.
　　김경린, 「모더니즘의 실상(實像)과 역사적 발전 과정」(『모더니즘 시선집』, 청담문학사, 1986, 참조).
　　오세영, 앞의 책, 276~285쪽.

송욱이 1930년대 모더니즘 운동의 중요한 역할을 담당한 두 시인의 비판을 통해서 강조한 것은 다음과 같이 정리할 수 있다.

첫째, 그들의 모더니즘은 이국풍이나 시각적 영상만을 갖는 사이비 모더니즘이라는 것, 프랑스 상징주의자들이 지니고 있는 '음악적 재산'이나 '존재의 핵심으로부터 나오는 낭만주의적'[56] 경향이 한국시인들에게는 보이지 않는다는 사실을 인식한 것이다. 둘째, 그들은 전통에 대한 내면화에 실패한 나머지 구호와 감각에 그쳐 버려서, 사이비 전통주의나 복고주의의 발흥을 부추긴 셈인데, 이는 모더니즘 운동의 실패에서 기인된다는 것이다.

송욱의 모더니즘 비판에는 그 나름대로의 작품 분석을 통한 치열함이 존재하는 것이 사실이며, 1930년대 모더니즘 운동의 한계를 역사의식이라는 면에 결부시키고자 한 점은 의미 있는 일이라고 할 수 있다. 그러나 여기에는 전후문학이 감내해야 하는 정신사적 과제가 은밀하게 내재하고 있다는 사실이 중요하다. 이광수 비판을 통해서 지식인 혹은 문인의 사회적 역할을 계몽기라는 시대적 특질 속에서 이해하고자 했다면 1930년대 모더니즘 비판을 통해서는 단순한 언어 유희나 기법이 새로운 시 운동의 전체일 수 없으며, 그것이 진정으로 시대적 과제를 담지할 수 있으려면, 그와 같은 기법이 어디로부터 파생되어야 하는지를 물어야 함을 지적한 것이다. 시인이면서 비평가였던 송욱 개인의 모럴의 문제가 이 부분에서 가장 자각적인 형태로 제시되고 있다.

4) 만해 연구의 의미와 송욱 비평의 정신적 지향점

춘원의 친일 행위는 그의 문학인으로서의 윤리적 자각이 정치의식에 결부되지 못한 상황에서 '문화주의적' 성격만을 강조한 데서 비롯되었

---

56) 『시학평전』, 212쪽.

으며 기림이나 지용 등의 모더니즘 역시 기법상의 새로움이나 이국문
화에 대한 동경만 드러나면서 진정한 역사의식이나 전통을 내면화시
키는 데 실패했다고 보는 송욱의 이론은 우리말로 시를 써야 하는 시
인의 입장에서 산출된 논의라는 점이 간과되어서는 안 된다. 그는 시
를 쓰면서 대학에서 강의도 해야 했다. 시인으로서의 창작 충동과 문
학연구자로서의 이성적 사유 사이에는 알게 모르게 간극이 존재하는
것이어서, 이 둘 사이의 거리를 조정하는 일은 매우 어려운 일에 속하
기도 하지만 시인, 비평가가 어떻게 그 둘을 조화시켜 가는지를 살펴
보는 일은 또한 흥미로운 일에 속한다. 그가 외국의 문학이론에 대해
관심을 갖는 것은 어디까지나 우리말로 시를 잘 쓰기 위함이라고 적어
놓고 있지만[57] 실제로 문학이론을 점검하는 일이 창작에 얼마 만큼의
도움이 되는지는 정확하게 측량할 방법이 없는 것으로 보인다. 시를
쓰는 시인의 관점에서 문학적 제 조류나, 이론적 배경을 깊이 있게 이
해하려는 것은 그 시인이 어떤 시대적 문제에 봉착했을 경우에 나타나
는 현상임을 한국근대문학사에서 발견하기는 어려운 일이 아니다.[58]
송욱 역시 외국이론을 수용하는 태도에서 우리 문학에 대한 적극적인
평가를 시도하고자 한다. 시인이 자신의 창작 충동을 시대적 과제에
어떻게 조우시킬 수 있는지를 진지하게 고민했을 때, 그는 유기적 형
식 창출에 성공할 수 있다. 송욱이 만해 한용운의 연구에 몰두한 것도

---

57) 『문물의 타작』, 69쪽.
58) 주요한이 '창조' 시대 이후 망명을 해서 독립신문 간행에 참여하게 된 것은 국권 회복이라는
    시대적 과제 앞에서 세계관의 변화를 시도한 경우이며, 박영희는 '백조'파를 붕괴시키고, 카프
    의 이론분자로 나서는데, 이는 계급주의문학을 당대의 주류로 인식한 경우에 해당된다(이에
    대해서는 김윤식, 『박영희연구』, 열음사, 1989, 참조). 임화 역시 카프 운동이 전환기에 처했을
    때 문학사를 서술했고, 순수시 운동이 시대적 보편성을 갖는다는 1930년대 문인들의 탈정치화
    에 이론적 근간이 된 박용철의 시론, 그리고 모더니즘이 진정한 역사의식의 표현이라고 본 김
    기림 등의 활동이 여기에 해당된다고 하겠다. 그런데 지금까지는 시인이면서 비평가였던 문인
    들의 문학적 궤도 변화에 대한 연구가 심도 있게 이루어졌다고 보기 어렵다. 그들의 장르 선택
    이 갖는 역사적 의미에 대한 연구가 개별적인 차원의 변화를 설명하는 데 그치는 것이 아니라
    시대적 보편성을 어떠한 방식으로 수립하려고 했는지에 논의의 초점이 맞추어져야 할 것이다.

이와 같은 맥락에서 이루어진 것으로 볼 수 있다.

송욱이 『님의 침묵 전편해설』[59]을 간행한 것은 1974년이었다. 그러니까 세상을 떠나기 6년 전의 일인데, 1978년에 『문물의 타작』이 간행되기는 했어도 실제 작품론이라는 면에서 본격 비평으로는 맨 마지막 것에 해당된다고 할 수 있다. 송욱은 우리 문학의 상황이 '심각한 사상적 공백기'에 처해 있다고 진단한 바 있다. 이러한 사상적 공백은 문학의 기법적인 미숙성과도 동궤에 놓이는 것이다. 그가 진단하는 현대시의 문제점은 간단명료하다.

이 나라의 현대시가 현재 다다른 고비에서는 아직 그것이 넓은 뜻에서 어떠한 사상을 담뿍 지니고 있지 못하고 형식과 음악성에 대한 탐구가 충분치 못하다고 할 수 있다.[60]

그러므로 '감각과 사상을 결합하여 음악적 조화'를 이루어야 하는 것이 한국현대시의 최대의 과제이며, 여기서 사상이라 함은 '내면성 혹은 내면적 깊이'[61]라고 보아도 무방하다고 송욱은 말하고 있다. 따라서 시에 있어서의 예술적 가치와 시대적인 문제에 대한 고민을 반영하는 사상성의 문제가 송욱이 활동했던 1960년대의 한국문학이 가졌던 가장 중요한 과제였다. 이러한 과제에 대한 해결의 실마리를 모색하기 위해 송욱이 다다른 곳이 만해 한용운이었다.

『님의 침묵』이 가치를 가지는 까닭은 〔…중략…〕 첫째로 만해의 시는 우리 신문학사에서 가장 넓으며 깊은 인간성을 표현한 작품이다. 둘째

---

59) 송욱, 『님의 침묵 전편해설』(과학사, 1974). 본고에서는 일조각판(1990)을 참조했다.
60) 『시학평전』, 294쪽.
61) 『시학평전』, 같은 곳.

로는 그의 산문시가 현재 이 나라에서 시로서 표창되는 것보다 훨씬 더 높고 절실한 '시'를 싱싱하게 담고 있기 때문이다.[62]

위의 인용문의 핵심은 '넓고 깊은 인간성'과 '훨씬 더 높고 절실한 시'라는 말로 요약된다. 물론 이와 같은 규정이 만해 시의 어떤 특질을 두고 하는 말인지는 이 글 자체로는 쉽게 찾아내기 어렵지만 시가 지고의 사상성을 지닐 수 있으려면 산문시의 형식을 갖추어야 하며, 만해가 여기에 부합되는 시인이라고 본 점은 이해할 수 있다. 그렇다면 산문시란 무엇인가? 산문시를 규정하는 데는 여러 가지 난점이 따르기도 하지만 대체로 '형태적으로는 산문처럼 보이지만, 내재적인 운율을 지니는 것'[63]으로 이해될 수 있다. 그런데 송욱은 산문시의 성격을 세밀하게 규명하지는 않았지만, '기술과 형식이 내용에 못지않게 중요한 시와 달라서 주로 위대한 사상과 인간성을 표현하는 데 적당한 형식'[64]이며 '서정적인 내용을 산문체로 쓴 시'[65]라고 정의하고, 『님의 침묵』은 거의 산문시로 되어 있다고 주장한다. 따라서 만해의 시가 산문적 기법을 통해 높은 사상성을 획득했다고 송욱은 인식한 것이다. 『님의 침묵』의 주제가 '의정에서 깨달음에 이르는 과정'[66]에 있으며, '모국어에 대한 사랑'[67]이 실천되고 있다는 송욱의 견해는 만해가 살았던 시대

---

62) 『시학평전』, 296쪽.
63) 산문시의 특질은 1)외형적으로는 산문이지만. 어조, 반복, 동격구절의 열거 등으로 리듬이 있는 것이 자유시와 다른 점(정한모, 『한국현대시문학사』, 일지사, 1977, 207쪽), 2)시행에 대한 확고한 의식이 없다는 점(한계전, 『한국현대시론연구』, 일지사, 1983, 40쪽), 3)연 구분이 없으며, 산문의 개념과는 다르고. 행 구분이 드러나지 않지만 그 바닥에 깔리는 것이며 서정시의 특징을 지녔고, 개성적 말씨와 이미지가 곁들여 있다는 점(Alex Preminger, 『Encyclopedia of Poetry and Poetics』, Princeton Univ. Press, 1974), 4)격(格)의 긴장이 동반되지 않으면 불가능한 것(김윤식, 『한국근대문학의 이해』, 일지사, 1973, 245쪽) 등으로 규정할 수 있다.
64) 『시학평전』, 295쪽.
65) 『시학평전』, 397쪽.
66) 『님의 침묵 전편해설』, 379쪽.
67) 『님의 침묵 전편해설』, 403쪽.

와 송욱의 시대를 사상성과 전통의 부재로 동일하게 취급하고 있음을
말해 준다. 즉 송욱은 전후의 좌절적 상황을 극복하지 못한 1960년대
의 한국문학계는 만해와 같은 시인이 요구되며 진정한 전통성의 뿌리
는 만해에 있다고 역설한 것이다. 이는 시인이면서 비평가였던 송욱
자신이 자신의 한계를 실천적으로 종합하고 극복하는 과정에서 찾아
낸 소중한 결실이라고 평가될 수 있으며, 그러한 개인적 노력이 자기
시대의 보편성(새로운 문학적 지평 모색)과 닿게 되어 문학사적 의미를
획득한 것으로 이해된다.

이와 같은 의의에도 불구하고 송욱이 『님의 침묵 전편해설』에서 드
러낸 몇 가지 문제점을 지적하지 않을 수 없다.

첫째, 송욱이 그의 비평적 작업을 통해서 일관되게 주장해 온 전통의
내면화가 만해 연구로 오면서, 불교사상성으로 편향된다는 사실이다.
실제로 만해의 『님의 침묵 전편해설』은 '깨달은 사람'이 들려주는 '사
랑의 시'로서 '깨닫지 못한 독자인 우리들이 깨달음의 그림자나마 짐
작'할 수 있게 하는 것은 '보통 일이 아니라고'[68] 하여 『님의 침묵』을
선사상의 표현으로 인식하고 있다. 이와 같은 관점은 「군말」의 해설에
서도 잘 드러나는데 전통에 대한 의미가 엘리어트의 주장으로부터 구
별되는 개별적인 모양을 갖추기는 했지만, 만해에 대한 지나친 숭배심
의 노출과 불교이론의 일방적 적용으로 인해 만해시를 불교적인 목적
시로 규정하게 되어 객관적인 설득력을 얻는 데 실패한 점[69]이 지적될
수 있다.

둘째, 한국의 현대시가 갖는 허약함 가운데 하나가 시적 기법이 갖는
역사성과 언어에 대한 깊이 있는 천착의 부재라면, 만해시는 어떤 측
면에서 그와 같은 난점을 극복했는지를 문학내적인 방법에 입각한 분

---

68) 『님의 침묵 전편해설』, 2쪽.
69) 김재홍, 『한용운 문학연구』(일지사, 1982), 18쪽.

석이 소홀하게 다루어졌다는 점이다. 만해의 『님의 침묵』이 갖는 은유 형태는 현대시의 발전에 전환점을 마련하는 것[70]이었음을 인정할 때 송욱이 사상적 측면만을 강조하는 것은 그가 전환기에 필요한 것은 문학적 가치보다는 사회적 가치라고 하여, 문학이 갖는 기능론적 측면과 역사적 삶의 시의성을 결부시키고자 했어도, 『님의 침묵』의 일면성만을 강조한 것은 부정될 수 없을 것이다.

4. 맺음말 : 송욱 비평의 문학사적 의미

지금까지 송욱의 문학적 성과의 전반적 특질에 대하여 살펴보았다. 1950년대 중반 이후부터 본격적인 시쓰기를 시작하여, 외국문학과의 비교연구와 만해 연구로 이어지는 문학적 궤적에서 두드러지는 사항은 한국현대시에서 추구되어야 할 당위론적 명제를 전통과 역사의식의 취입에 두고 있다는 점이다. 그는 초기시의 구성 원리를 풍자적 세계 인식에 두었고, 언어의 음상 결합이나 교묘한 배열을 통해, 사회에 대한 비판적 시각을 드러냈으며, 기법에 대한 인식은 시대적 허무감으로부터 자신의 정신을 새롭게 할 수 있는 믿음의 근거로 존재하는 것이었다. 그렇지만 송욱은 언어에 대한 단순한 비유나 희화적 장치로는 사회의식, 특히 시인이 가져야 할 올바른 정치적 관점에 대한 폭넓은 주장을 펴기에는 미흡했다고 생각한다. 여기서 외국시론에 대한 연구의 필요성이 대두된다. 그의 비교문학적 연구는 방법론적 체계를 완전하게 갖춘 것은 아니었다. 이는 그가 외국시론을 연구하는 근본적 목적에 관련된 것이다. 그의 주된 관심은 서구적 인식틀을 통해 한국문

---

70) 김재홍, 앞의 책, 19쪽.

학의 문제점을 찾아내는 데 있었기 때문이다. 근대문학의 형성이 이식된 문화의 자장 아래서 이루어진 것이라는 임화의 관점과 진정한 역사의식과 전통에 대한 사상적 천착이 부족했음을 외국이론가들의 논의를 통해 비판하고자 했던 송욱의 태도는 외견상 유사한 면을 갖는다고 볼 수 있다. 그러나 모든 문학 행위(글쓰기와 글읽기), 특히 비평적 담론에 참여하는 일은 자기 시대의 특수한 상황에 대한 논리적 인식 행위의 산물이므로, 시대적 편차라는 시간적 간극과 동시대 문제점의 상이함을 고려하지 않은 단순 비교 내지 동일시는 문학 행위의 일반성만을 다루게 될 위험성을 갖는다. 다시 말해, 송욱의 논리가 임화류의 이식문화론과 크게 다르지 않다고 주장하는 시각은 성립되기 힘들다는 점이다. 송욱 문학의 요체는 전후의 좌절적 분위기 속에서 자기 시대의 진정한 문학 정신은 어디에서 찾을 수 있는가에 대한 진지한 반성을 수행한 데 놓인다. 물론 이 경우 문학은 상황논리를 반영하는 것으로 이해된다. 실제로 송욱은 문학의 이원적(심미적, 정치적) 가치를 설정해 놓고 시대에 따라서 어느 특정의 가치가 중시될 수 있다는 생각을 갖고 있었다. 이는 문학의 예술적 기능에는 사회적 삶의 문제가 통합된 것이라는 예술사회학적 관점[71]에서 볼 때, 형식논리적인 단순성을 드러낸 것으로 비판받을 가능성이 있다. 그러나 이와 같은 한계가 동시에 송욱 문학의 문제적 의미가 된다. 그는 한용운을 자신의 문학 행위의 정점에 올려놓을 수 있었기 때문이다. 자신이 살던 시대를 전환기로 인식한 시인이 전환기적 특성을 이해하고 올바른 정신적 지표를 모

---

71) 비평에 있어서 가치 평가는 '예술적인 창작물의 미학적 질에 대한 적합한 가치 판단들을 형성하는 데 있다기보다는 그 창작물들의 세계관적인 근저나 결정적인 삶의 문제들에까지 파고들어가는 올바른 해석을 하는 데 있다'는 것은 예술의 발생적 근거만을 문제삼는 속류 마르크스주의 논의와는 다른 것으로 이해된다(A. Hauser, 최성만 외 역, 『예술의 사회학』, 한길사, 1983, 83쪽). 한국 프로시문학에 있어서도 사회적 가치의 미적 형상화라는 것은 하나의 과제로 인식되었는데, 예술의 미적 가치와 사회적 가치는 통합론적 관점에 이해되어야 한다(이에 대해서는 김재홍, 『카프시인비평』, 서울대출판부, 1990, 참조).

색하기 위해 춘원의 계몽주의가 갖는 허약함을 지적하고, 1930년대의 모더니즘의 실패 원인을 전통의식의 부재에서 찾고자 한 것은 당대 문학적 환경에서 볼 때, 독특한 시각이라고 하지 않을 수 없다. 만해의 발견 역시 이와 같은 맥락 위에 놓인다. 일제 강점기를 살았던 수많은 문인들 가운데 저항 이념을 뛰어나게 형상화한 작가는 적어도 송욱에게는 만해 한 사람으로 보였던 것이다. 만해의 모국어에 대한 의식은 1930년대 김기림 등에게 보이는 지적인 허위의식을 넘어섰으며, 비록 불교적인 편향성을 갖기는 했지만 우리 시문학의 사상적 전통을 모색하고자 한 것은 한국 신문학사상 유래가 없었다는 것이 송욱의 결론이었다. 그러나 중요한 것은 만해 연구의 현재적인 필요성에 놓여 있다고 파악한 관점이다. 즉, 전후의 좌절감이 극복도지 못하고 있는 형편에서, 4·19 학생의거로 촉발된 민주사회로의 변화 욕구가 민주적인 발전을 충분히 경험하지도 못한 채, 5·16 군사혁명에 의해 다시 좌절된 1960년대는 안정을 도모할 정신적 지표를 마련하기에는 너무도 심각한 것으로 송욱에게 인식된 것이 사실이었다. 그는 1960년대를 정신사적인 면에서 전환기로 보았으며, 비평적 담론의 체계 수립이 절실하게 요구된다고 생각한 것이다. 만해 연구가 가능했던 이유가 여기에 있었다.

그의 문제의식이 갖는 이와 같은 의미에도 불구하고 송욱은 자신의 사상적 근간에 근대성의 문제를 본격적으로 제시하지 못한 아쉬움을 보여준다. 그가 한국사회를 '허깨비 같은 유사근대'라고 진단할 때, 정치 사회적인 면에서 진정한 근대성은 어디에 있으며, 만해는 진정한 근대적 시인인가에 대해 논리적·철학적 탐구를 수행했어야 했다. 근대성의 중심문제는 봉건적 질서의 전면적 부정을 통한 정치적 패러다임의 새로운 수립보다는, 인식 주체 저변의 사회사적 의미에 대한 관점 모색에 있기 때문에, 1960년대의 상황 속에서 찾아낸 전범이 만해

였던 이유를 현재적인 관점에서 드러낼 필요가 있었다. 만해에 대한 새로운 해석과 시각 확보가 요구되었던 이유는 송욱 자신이 근대적 주체로서 세계를 바라보는 '눈'과 결부되는 문제이기도 하며, 과거로의 퇴영적 후퇴가 아니라, 과거에 대한 적극적 인식이 요구되는 것이 진정한 근대의식이기 때문이다. 송욱이 '어떤 시대든지 그 시대가 해결할 수 있는 문제만을 문제로 삼고 그것을 해결해 나가는 법'[72]이라는 헤겔의 말을 빌어 와서 핵심적 과제에 육박하려 했던 미덕이, 더욱 심도 있는 차원으로 발전해 가지 못했던 이유가 여기에서 비롯된다. 그렇다면 송욱의 문학 행위는 어떠한 문학사적 의미를 갖는 것일까. 이를 다음과 같이 정리할 수 있다.

첫째, 1930년대 모더니즘 운동과의 관련성이다. 김기림은 「모더니즘의 역사적 위치」(1939)에서 자기 시대의 모더니즘 운동은 마무리되었다는 관점으로 그것의 역사적 의미를 규명하려고 시도했다.[73] 또한 모더니즘은 일시적인 것이라고 해서 시대적인 의미를 강조한 것은 모더니즘 운동이야말로 그 시대 문인이 가질 수 있는 진정한 역사의식이며 전범으로 이해한 데서 기인된다. 송욱은 김기림 등이 주장한 이와 같은 모더니즘 운동의 사회적인 의미를 평가하려 하지 않았다. 다만 기법적인 면, 언어 선택 등 다분히 표피적인 측면만을 지적하는 수준에서 멈춘 것은 기법에서 내용적인 충실성을 찾고자 한 이유도 있었지만, 송욱 스스로 올바른 모더니즘 운동의 시대적인 의미를 수립하고자 한 데서 비롯된다. '후반기' 동인들의 모더니즘 운동이 당대 사회와 친밀감을 갖지 못한 것이, 당대 현실의 문제에는 부합되지 못한 지적 엘리트주의의 소산이라는 비판도 이와 관련된다. 송욱은 1930년대 모더니즘의 문제점을 적실하게 지적한 연후에 자신의 모더니즘적 입지를

---

72) 『시학평전』, 8쪽.
73) 김윤식, 「소설사의 역사철학적 해석」(『한국근대소설사연구』, 을유, 1986, 참조).

새롭게 수립하고자 했던 것이다. 그런데 그와 같은 자신의 의도는 만해 연구를 통해서 상당히 수정되었고, 그는 어느덧 모더니즘의 전통이 갖는 현실적 부박성과 그로 인해 발생하는 논리와 현실의 괴리를 인정해 버리고 만 것이다.

둘째, 동시대적인 문학사상과의 관련성이다. 전통과 역사의식에 대한 강조를 만해 연구를 통해서 구체화시킨 송욱에게서 시인의 지성적 높이와 시가 사회적인 변화에 대한 능동적 자기 반성의 결과물임을 강조하는 것은 중요했다. 이런 사상은 조지훈의 문학론과 닮아 있다. 해방공간의 좌우 이념 대립의 와중에서 '관념의 능동적인 주체의 완성'[74]이라는 명제를 내걸고 조선주의적 정신을 강하게 의식했던 조지훈의 문학관은 관조와 균형감각의 획득이 전환기를 지켜내는 힘이라는 논지로 성립된다. 정치적 혼란기에 지식인의 사회적 역할을 강조한 송욱의 태도는, 조지훈이 '도도히 밀려오는 망국의 탁류 앞에 목숨으로써 방파제를 이루고 있는 사람들은 지조의 함성을 높이 외치라'[75]고 선언하는 것과 그 정신적 심도에서 동궤에 놓인다. 지식인의 전환기적 삶에 대응하는 방식이 지사적 의식의 확보를 통해서 가능했다는 점은 1950년대라는 시대적 의미에서뿐만 아니라 한국문학사적 연속성에서 비추어 볼 때도 보편적 특질을 가질 수 있는 것으로 생각된다.

셋째, 1960년대 문학의 주조 모색과의 관련성이다. 백낙청이 김수영의 문학적 성과를 논의하기 시작한 이후,[76] 김수영 문학이 '참여문학'의 원류를 형성한다는 관점이 별다른 반성 없이 수용되어 온 것이 사

---

74) 조지훈, 「조선주의의 현대적 의미」(『지조론(志操論)』, 삼중당, 1962), 260쪽.
75) 조지훈, 「지조론—변절자를 위하여」(앞의 책, 25쪽).
76) 백낙청은 김수영이 1968년 불의의 사고로 죽음을 당하자, 그해 8월에 「김수영의 시 세계」를 발표하고(『현대문학』, 1968. 8), 이듬해에 「시민문학론」(『창작과 비평』, 1969. 여름)에서, 김수영이야말로 '가장 높은 시민의식'의 표현에 성공했다고 평가한다. 이러한 논의는 김수영에 대한 본격적 평가 작업의 출발을 예고한 것이었다(이에 대해서는 황동규, 「양심과 자유, 그리고 사랑」, 『김수영의 문학』, 민음사, 1983, 참조).

실이다. 4·19 이후의 변모된 김수영의 시 세계가, 실은 '후반기' 동인
들의 모더니즘적 감수성을 자신이 갖고 있었던 서정적 특질에 조화시
킨 데서 파생한 것이었으며, 문단과 사회의 온갖 억압과 몽매주의에
대해 용감하게 싸웠다는 점에서도 한용운의 전통을 훌륭히 이어받은
시인이었다는 평가[77]는 한용운의 문학에서 한국현대시의 사상적 조류
가 출발되고 있음을 보인 것이다. 따라서 송욱이 비교문학적 연구를
통해 한국문학의 정신적 보편성을 모색해 왔다는 사실이 갖는 문학사
적 의의는 새롭게 평가되어야 할 것이다.

　송욱의 문학 행위는 일제 강점기와 동시대 '후반기' 동인의 모더니
즘 운동을 비판적인 시각에서 인식하기 위한 논의의 시원을 제공했으
며, 전환기적 삶에 대한 문학적 응전의 전범을 만해로부터 추출해냄으
로써, 1960년대 문학이 갖고 있었던 시대적 의미의 정초를 마련한 것
으로 이해되므로, 하나의 문학사적 '맥락'에 위치했던 것으로 보인다.
본고에서는 그의 생애사와 관련된 연구와 동시대의 문단적 정황이나,
다른 시인들과의 정신사적 연관성에 대한 탐구가 수행되지 못했는데
송욱 문학에 대한 전반적인 관심의 제고와 아울러, 이 점에 대해서는
지속적인 연구가 이루어져야 할 것이다.

---

77) 백낙청, 「시민문학론」(『민족문학과 세계문학 1』, 창작과비평사, 1978), 75쪽.

2. 소설의 지향점을 찾아서

허무와 자유의 미분적 공간, 혹은 환멸의 미학
—김승옥의 소설

1

가끔 야간 열차를 타게 된다. 창 밖은 이미 어둠인데, 밖을 보려고 할
수록 이미 초목들은 어둠 속에 잠겨 버리고 눈동자를 크게 뜬, 희극적
인 얼굴만 창 밖에 보이는 것이 아닌가. 기차 여행은 어떤 이야기와 관
련된다. 그런데 그 이야기는 대개 자기의 것이다. 타인의 이야기가 아
니라 자신의 몫, 기억 속에 얽혀 있던 시간의 매듭들을 하나씩 풀어내
는 일, 그것은 과거와 현재의 단절을 연결하는 의식의 힘이다. 떠난다
는 것, 자신이 서 있는 삶의 현장에서 이탈한다는 것은 '길'의 존재 원
리를 설명하는 일과 같다. 길은 이야기를 만들어내기 때문이다. 살아
온 삶과 살아갈 삶에 대한 이야기, 수난과 치욕의 과거, 혹은 오지 않
은 시간의 떨림을 예견하는 것. 길은 삶을 되묻는 추억의 형식이다.

길이 만들어내는 이야기는 그 형식이 중요할 때가 있다. '무엇'을 말
하는가보다 어떻게 말하는가의 문제가 두드러지는 것, 이것은 길이 갖

는 독특함이다. 이야기하는 사람과 듣는 사람만 있으면 되는 것이다. 이 둘 사이의 관계만 성립한다면 어떤 이야기도 할 수 있지 않은가. 이 렇게 말하는 방법의 참신함을 문제삼을 때, 김승옥의 소설쓰기는 중요 한 의미로 다가온다. 그의 문학은 떠남의 형식과 관련된다. 떠남은 길 을 수반하는 행위이다. 그런데 길은 떠날 것을 요구하지만 어디엔가 머무를 것도 요구한다. 그래서 떠남은 길 가는 행위이고 그것은 또한 머무는 행위이기도 하다. 김승옥 소설은 떠남, 지체, 회귀의 구조를 빈 번히 노정한다. 그가 이렇게 말하는 데 주목하자.

  창 밖은 벌써 캄캄한 밤이었다. 나의 헝클어진 머리카락과 움푹 그늘
  이 진 볼이 그 창에 비추이고 있었다. 바깥의 풍경을 보여주지 못하는
  것이 미안하다는 듯이 야행 열차만의 선물이었다.   ―「환상수첩」부분

그의 소설은 이와 같이 '길 떠남'에서 비롯되고 있다. 아울러 길 위 에서의 회상과 발화, 그리고 머물 곳에 대한 갈망, 혹은 충동이 뒤따른 다. 떠남, 길, 공간이라는 모티프들은 그의 소설을 연결하는 의미 중심 에 놓인다.

2

김승옥은 1962년 한국일보 신춘문예에 단편소설 「생명연습」이 당선 되면서 문단에 나온다. 하지만 그의 글쓰기는 1952년경부터 시작되었 다고 할 수 있다. 그 해 월간 『소년세계』에 동시를 투고하여 게재된 것 이 계기가 되어 동시와 콩트 등을 창작했던 경험이 있기 때문이다. 현 재는 자신의 종교적인 신념을 위해 소설 창작을 거의 못 하고 있지만,

단편 「무진기행(霧津紀行)」(1964)의 소설적 명성은 여전히 그를 기억하게 만든다.

「무진기행」은 과거의 시간과 공간 속으로 여행하는 소설이다. 이때 여행이란 새로운 체험을 통해 경험과 식견을 넓히는 일반적인 의미와는 거리가 멀다. 무진으로의 여행은 오히려 절망과 외로움의 기억을 환기시킨다. 하지만 무진은 그에게 공상의 자유로움과 느슨한 산책을 허락하기도 한다. 주인공 윤희중은 동거했던 옛날 여인과 헤어지고 서울의 모 제약회사의 사위가 된다. 전무로 그를 승진시키기 위해 그의 아내는 그에게 무진행을 권유한다. 무진으로 내려온 그는 몇몇 사람들을 만나게 된다. 독서광이었지만 이제는 무진에서 국어를 가르치고 있는 후배 박, 친하게 지낸 친구 가운데 고등고시를 패스해서 무진의 세무서장으로 일하고 있는 조. 그리고 서울의 음악대학 출신으로 학교 음악선생으로 재직중인 하인숙이라는 여자가 그들이다. 윤희중은 하인숙과 자연스럽게 가까워진다. 성악을 전공한 그녀가 〈어떤 개인 날〉 대신 부르는 〈목포의 눈물〉은 무진의 안개를 연상시키지만, 그에게 하인숙은 매력적인 대상으로 다가온다.

한편 바닷가에서 하인숙을 만나기로 약속한 날 아침에 그는 미친 여자의 자살사건을 목격하게 된다. 그 여자의 자살 역시 무진의 안개와 관련이 있을지도 모른다고 그는 생각한다. '햇빛의 신선한 밝음과 살갗에 탄력을 주는 정도의 공기의 저온, 그리고 해풍에 섞여 있는 정도의 소금기'를 합성해서 만든 수면제를 그 여자는 먹었을 것이기 때문이다. 그 날 윤희중은 자신이 몇 해 전 기거했던, 거의 폐허가 된 집에서 하인숙과 정사를 나눈다. 이튿날 아내로부터 급히 상경하라는 전보를 받고 그는 무진을 떠난다. 이 같은 이야기 구조를 좀더 심층적으로 분석해 보기로 하자.

「무진기행」은 네 개의 소제목으로 구성된 단편이다.

　　1)무진으로 가는 버스
　　2)밤에 만난 사람들
　　3)바다로 뻗은 긴 방죽
　　4)당신은 무진을 떠나고 있습니다

　이러한 구성 단계에 따라 각각 그 내용을 분석해 보자.
　1)에서는 주인공이 서울을 떠나 무진으로 향하는 장면이 제시된다. '무진 10km'라는 이정표의 제시는 매우 선명하게 작품 첫머리에 위치한다. 주인공은 버스 안에서 낯선 승객들의 대화를 무심히 엿듣게 되는데, 그들이 말하는 내용이란 작품의 진행상 큰 비중을 갖는 것은 아니다. 그 버스 안에서의 대화 엿듣기란 실상 어떤 정황의 설명에 그치는 것이므로 본질적이라 할 수 없다. 오히려 버스는 주인공 내면의 정황이 승차의 속도감에 따라 '심리의 구조화'를 가능하게 한다는 점이 주목된다. 즉, 사람이 직접 달리기를 하거나 말을 몰 때는 그것 자체에 온 신경이 집중되므로 의식의 흐름에 중요한 '방심 상태'를 일으킬 수 없다. 이 점에서 보면 버스는 '행위에의 무관심'을(최혜실, 「1930년대 한국모더니즘 소설연구」) 불러일으켜 회상이나 기억을 유발하는 매개로 볼 수 있다.

　(……)버스의 덜커덩거림이 좀 덜해졌다. 버스의 덜커덩거림이 더하고 덜하는 것을 나는 턱으로 느끼고 있었다. 나는 몸에서 힘을 빼고 있었으므로 버스가 자갈이 깔린 시골길을 달려오고 있는 동안 내 턱은 버스가 껑충거리는 데 따라서 함께 덜그덕거리고 있었다. 턱이 덜그덕거릴 정도로 몸에서 힘을 빼고 버스를 타고 있으면 긴장해서 버스를 타고 있을 때보다 피로가 더욱 심해진다는 것을 알고 있었지만 그러나 열려진 차창으로 들어와서 나의 밖으로 드러난 살갗을 사정없이 간지럽히고

불어가는 6월의 바람이 나를 반수면 상태로 끌어 넣었기 때문에 나는 힘을 주고 있을 수가 없었다.

이러한 의심의 방심 상태에서 회상이 이루어진다. 이 부분에서 주인 공에 의해 다시 떠올려진 과거의 이야기는 세 가지로 요약된다. 첫째, 소금기의 바람과 햇볕, 공기의 저온을 합성해서 돈 버는 공상, 둘째, 아내와 장인의 권유에 의해 무진으로 오게 된 경위, 셋째, 6·25 때 어 머니에 의해 고향집 골방에 처박혀 남들은 군가를 부르며 전쟁터로 가 는데 '골방 속에 쭈그리고 앉아서' 그 소리만 듣던 생각, 이 가운데 첫 번째 것은 주인공의 공상과 관련된다. 더욱이 무진에서의 공상은 제약 의 강도가 훨씬 느슨하다는 사실을 말해 주고 있다. 둘째 번의 것은 소 설의 구성상 채택된 부분이라고 볼 수 있고, 셋째 번의 것은 주인공의 어떤 내밀한 자의식에 관련된다는 사실 때문에 중요한 의미를 갖는다.
　이렇게 보면 무진은 공상의 자유를 허락하는, 일종의 모든 억압으로 부터 해방되어 있는 공간이며 그러한 공간은 어떤 '선택'과도 무관한, 주인공의 의식에 선험적으로 주어진 공간이라는 사실을 확인하게 된 다. 결국 1)부분에서는 버스가 갖는 '기억 환기'의 역할, 그리고 그에 따른 회상이 그려지고 있다. 즉, 표면구조에 나타난 것은 버스이고 심 층구조에는 주인공의 숨겨진 자의식이 존재하고, 그 사이를 무수한 공 상들이 바람의 입자처럼 떠돌고 있음을 보게 된다.

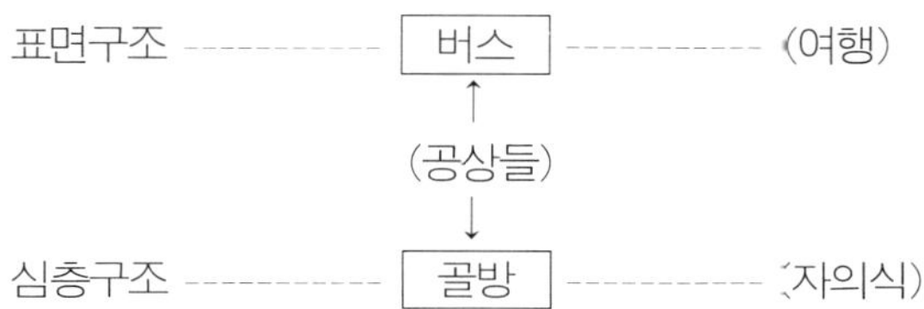

2)부분은 무진에서 만난 사람들에 대한 이야기이다. 무진중학교 후배 박, 동기생인 조, 그리고 하인숙이라는 음악선생에 관한 이야기가 그려진다. 그런데 이들 인물 가운데 가장 무진의 공간에 어울리는 '무진적'인 인물은 하인숙이라 할 수 있다. 하인숙을 묘사하고 있거나, 그녀와 관련된 부분을 찾아보자.

①여선생은 〈목포의 눈물〉을 부르고 있었다. 〔…중략…〕 그것은 이전에는 없었던 새로운 양식이었다. 〔…중략…〕 좀더 무자비한 청승맞음을 포함하고 있었고 〔…중략…〕 무엇보다도 시체가 썩어가는 듯한 무진의 그 냄새가 스며 있었다.

②"밤엔 정말 멋있는 고장이에요."(여자)
"그래요? 다행입니다."(나)
"왜 다행이라고 말씀하시는 줄 짐작하겠어요."(여자)
"어느 정도까지 짐작하셨어요?"(나)
"사실은 멋이 없는 고장이니까요, 제 대답이 맞았어요?"(여자)
"거의."(나)

③"심심해서요." 여자는 힘없이 말했다. 심심하다, 그래, 그게 가장 정확한 표현이다

④"그냥 가끔 그렇게 잠이 오지 않아요." 그냥 그렇게 잠이 오지 않는다. 아마 그건 사실이리라. (인용을 위해 행 재배열, 밑줄 강조는 인용자)

이렇게 보면 하인숙의 감정의 실체는 허무라고 볼 수 있다. 학교 생활을 끝내고 밤늦도록 별로 좋아하지도 않는 사람들과 어울려 술을 마

시고 〈어떤 개인 날〉 대신 〈목포의 눈물〉을 부르는 그녀는, 그들이 지겹다고 말할 정도로 허무하고, 지친 삶의 표상이다. ②부분은 이러한 그녀의 허무와 나의 무진에 대한 느낌이 만나고 있는 곳이다. 밑줄 친 부분에서 보듯, 하인숙의 허무감은 표면에 쉽게 드러나 있다. 그녀는 주로 '확인(평서형)'하고 있기 때문이다. 그러나 나의 말은 의문형을 통해서 자신의 의도를 간접적으로 드러내고 있다. 결국 나는 그녀의 허무에 동조하고 있다. 특히 ③, ④에서 그녀의 달을 똑같이 되풀이 생각하면서 그녀의 허무를 자신의 허무로 대치시키고 있다.

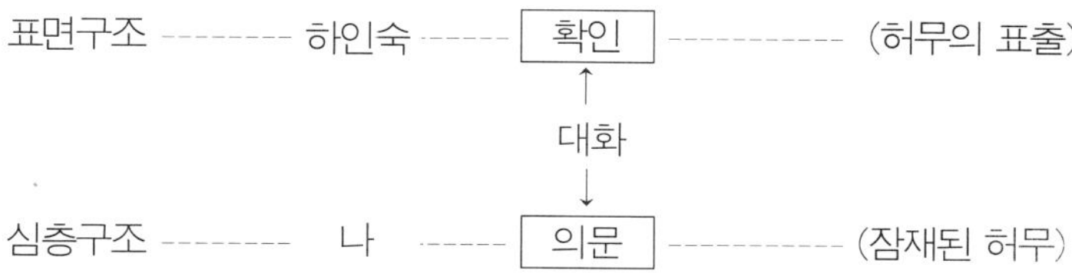

이렇게 주인공은 무진의 허무와 만나고 있는데, 무진의 허무는 하인숙이라는 여자의 허무였으며, 그는 그녀의 허무를 통해 자신이 갖고 있었던 허무의 실체를 본 것이다. 3)부분은 이런 허무의식이 본격화되어 있는 곳이다. 먼저 주인공은 어머니의 산소에 들른다. 이것은 3)부분의 이야기를 위한 구성상의 필요 이상 큰 의미을 갖지 못한다. 다만 '이슬비'가 내리고 있었다는 상황 설정은 무진 특유의 분위기에 어울리고 있다. 여기서는 세 가지 이야기가 펼쳐진다. 창녀의 자살사건, 조의 사무실 방문, 그리고 하인숙과의 정사가 그것이다.

이 가운데 창녀의 자살사건은 「무진기행」이 갖고 있는 신비적 허무의식에 매우 긴밀하게 닿아 있는 부분이다. 즉, 1960년대적 죽음의 양상에 대한 하나의 예를 확인할 수 있기 때문이다. 이는 「환상수첩」에서 보이는 바다와 죽음의 이미지와 연결되고, 1960년대가 갖고 있는 '환상성'과 내밀한 관련을 갖기 때문이다(김윤식, 「60년대 문학의 특질」). 창녀의 시신을 놓고 '흥미 없는 듯이' 말하는 순경, 또한 '내'가 그 시신을 보고 '이상스런 정욕'을 느낀다든지, 그녀의 죽음을 '갑자기' 자신의 일부처럼 생각하는 것 모두 무진이 갖는 허무적 본성의 일부분을 표현한 데 지나지 않는다. 이렇게 보면 이 창녀의 죽음과 뒤에 이루어지는 하인숙과의 정사는 상당히 대조되는 표상이기는 하지만 두 이야기가 모두 허무적 성격을 나누고 있다는 공유점을 갖고 있다. 창녀의 죽음은 '초여름이 되면 반드시 죽는' 죽음 중의 하나이므로 그 익명성은 그 여자 개인의 비애라기보다는 인간의 보편적 절망감에 호소하는 것이기 때문이며, 하인숙과의 정사는 허무가 유발하는 조바심을 확인하게 해주기 때문이다. 바닷가 방죽에서 만나, 그들이 찾는 '집'에서의 정사 장면은 이렇게 묘사된다.

나는 그 방에서 여자의 조바심을 마치 칼을 들고 달려드는 사람으로부터, 누군지가 자기의 손에서 칼을 빼앗아 주지 않으면 상대편을 찌르고 말 듯한 절망을 느끼는 사람으로부터 칼을 빼앗듯이 그 여자의 조바심을 빼앗아 주었다. 그 여자는 처녀는 아니었다.

주인공이 갖고 있었던 허무감이 하인숙의 허무와 만나고 있다. 이러한 행위는 무진이기 때문에, 무진에서만 일어날 수 있다. 그녀의 조바심은 허무로부터 벗어나기 위한 단순한 것이었다. 그녀가 "서울에 가고 싶어요. 단지 그것뿐이에요"라고 말할 때, 확인할 수 있는 것은 무진의 절망을 하인숙이 대표하고 있다는 것이다. 그런데 이러한 허무의 식의 갈피에는 주인공의 '상실감'이 채록되어 있음을 보게 된다. '그 여자는 처녀는 아니었다'는 것. 이것이 주인공이 갖고 있었던 '순결 상실성'의 본모습이다. 엄밀히 말해, 주인공의 '골방 기억'에서 비롯되고

있는 자의식, 그리고 김승옥이 갖고 있었던 '4·19 세대'의 좌절감 등
이 작용하고 있는 것으로 볼 수 있다.

표층구조 --------- 정사 --------- (허무, 조바심)

창녀의 죽음(인상)

심층구조 --------- 순결 상실성 ---------(4·19 세대의 자의식)

4)부분에서 주인공은 무진을 떠난다. 그에게 무진이라는 공간은 짙
은 허무감만을 확인시켜 준 곳이었으며, 하인숙과의 만남이 그것을 확
인시켜 준 셈인데, 그는 돌연 상경을 요구하는 아내의 전보를 받는다.
그가 전보를 받은 후, 이렇게 결론을 맺고 있는 것은 인상적이다.

(……)한번만, 마지막으로 한번만 이 무진을, 단개를, 외롭게 미처 가
는 것을, 유행가를. 술집 여자의 자살을, 배반을, 무책임을 긍정하기로
하자.

이 점이 1960년대적인 사유의 본령이다. 이것은 하인숙과의 관계에
대한 윤리의식에서 비롯된 진술은 아니다. 섬세한 감수성이 갖고 있던
시대적 자의식, 허무와의 만남을 고통스럽게 인식하고 있는 대목이다.
이러한 인식은 진실성이 존재하는 방식과도 관련된다. 진실성은 어디
에도 설 수 있지만, 어떻게 존재해야 하느냐 하는 점이 더 중요하기 때
문이다. 하인숙에게 쓴 편지를 곧 찢어 버리는 주인공에게 진실은 항
상 그의 내면 속에만 있다. 밖으로 구체화되기 전에 그것은 이미 정신
으로 화석화된다. 행동화될 수 없는 물화된 의식의 표본에 자신이 해
당된다고 생각했던 것은 아닌가. 그래서 그는 '심한 부끄러움'을 느꼈

던 것일까.

1960년 4·19 학생혁명이 이듬해 5·16 군사 쿠데타로 인해 민주주의 혁명의 본래 목적을 상실했다는 세대적인 체험도 이 작품을 이해하는 데 중요한 요인이 될 수 있다. 작가란 언제나 자기 시대의 중심문제로부터 자유로울 수 없다. 작품이 언제나 직접적으로 삶의 의미를 재생산하는 것은 아니지만 문학적 형상화란 체험의 굴절이 미적인 형식을 빌어 나타나는 것이므로 현실과 문학의 관계에 대한 질문은 늘 유효하다고 볼 수 있다. 「무진기행」에서 주인공의 여행이 개인적인 삶의 울타리를 벗어난다고 보는 것도 이 때문이다. 윤희중의 허무함과 좌절은 4·19 세대의 세대감각을 보편적인 차원에서 드러내고 있다는 판단이 이 지점에서 가능해진다.

3

「누이를 이해하기 위하여」(1963)는 김승옥의 소설이 구성되는 원리를 선명하게 제시하고 있다. 시골 태생이 서울로 올라가 생활하지만 절망과 환멸만을 가득 짊어지거나, 도시의 삶에 길들여지는 존재의 유약함만을 보게 된다는 것이다. 이는 도시를 소설화 과정의 중요한 매개로 삼고 있는 그의 작품 세계를 근원적으로 관통하는 모티프이다.

이 작품의 구성을 이루는 중심은 두 가지이다. 하나는 작품에서 (남을 업신여겨 홀대해서 이르는 말인) '작자'로 언급되는 한 소설가에 대한 관찰자의 기록이고, 다른 하나는 그 소설가가 왜 서울 생활을 하게 되었으며, 더욱이 소설을 쓰게 되었는가 하는 점을 암시적으로 그리는 것이다. 작중화자에 의하면 그 소설가는 치기어린 행동을 잘하는 인물이다. 마실 줄도 모르면서 아는 사람을 만나면 술을 사라고 조른다든지, 언제나 자신의 과거만을 이야기하면서 '몇 살 때 나는⋯⋯' 하는 식으로 주로 허세를 부리거나, 소설집을 한 권 겨우 출판해 놓고 언제나 유명 작가인 양 으스대며, 여학교에서 편지함을 몰래 훔쳐 그 안에 든 돈으로 술을 마셔 버린다거나, 자신의 어머니에 대한 기본적인 예의를 잘 갖추지 못하는 인물로 그는 그려지고 있다. 한 마디로 그 소설가는 "작자는 나로서는 생전 이름도 들어보지 못한 시골에서 올라와서 서울을 빙빙 돌아다니며 사는 놈인데, 그러고 보니 작자의 저 광증에 가까운 생활 태도는 무전 여행자의 그것 아니면 촌놈이 서울에 와 보니 모든 게 신기해서 어쩔 줄 몰라" 하는 사람이다. 그런데 그에게는 누이동생이 있다. 이 사실이 작품의 두 번째 부분을 이루면서 소설의 핵심이라고 할 수 있다.

그의 누이동생은 도시로 갔다가 거의 이 년 만에 깊은 상처만을 안고 돌아온다. 도시는 누이에게 알 수 없는 고통과 상처를 안겨 준 것이다. 누이의 침묵은 일종의 항거와 같다. 그 항거가 도시로 향한 것인지, 혹은 남아 있는 사람들로 향한 것인지는 중요하지 않다. 다만 누이는 도시에서의 기억을 망각하려고 애쓰는 듯한 침묵으로 일관한다는 점이다. 도시와 누이의 삶을 통해서 그가 얻은 결론은 이렇다.

하루는 아무렇지 않다는 듯이 무서운 사건이 세계의 은밀한 곳에서 벌어지고 그리고 다음날은 희생자들이 작은 조각에 몸을 기대고 자기들의 괴로움을 울며 부유(浮遊)하는 것이다.

그래서 그는 자신이 직접 서울을 알기 위해, '누이를 이해하기 위해' 서울로 올라온 것이다. 그런데 서울에서 그가 깨달은 일은 무엇인가. 그것은 '조리에 맞지 않는 감정의 기교'뿐이었다. 그래서 자신과 누이가 겪었던 모든 괴로움을 누이의 아이를 통해 구원받고자 기도하고 있는 자신만을 바라보고 있는 것이다.

결국 이 작품은 서울을 배회하던 한 소설가와 그의 누이의 삶을 통해 도시적인 삶의 비정함과 절망스러움에 대하여 말하고 있다. 김승옥이 보고 있는 1960년대의 도시(서울)는 바로 이와 같은 것이었다. 도시에서의 삶에 지쳐 결국 고향의 바닷가로 돌아가 자살하고 마는 인물을 설정한 작품(「환상수첩」)도 이러한 관점의 하나라고 볼 수 있다. 그의 누이가 걸었던 서울의 거리는 어떤 모습이었을까. 이제 우리는 1960년대 서울의 거리를 만나게 된다.

「서울 1964년 겨울」(1965)은 김승옥 소설이 보여줄 수 있는 가능성의 최대치에 해당된다. 그를 60년대적인 작가로 자리매김할 수 있는 것도 이 작품에 힘입은 바가 크기 때문이다. 김승옥의 섬세한 감수성이 도시화의 징후를 날카롭게 포착하고 있는 양상을 이해하는 일은 중요하다. 이 작품에서는 세 사람이 등장한다. 대학원생과 육사에 낙방한 후 군에 다녀와서 구청 병사계 직원으로 일하는 작중화자, 그리고 아내의 시체를 판 후 자살하게 되는 서적 외판원이 그들이다. 이들의 만남이 이루어지는 곳은 바로 서울의 거리, 어느 포장마차 선술집이다. 그들이 서 있는 서울이라는 거리를 묘사한 대목을 보자.

전봇대에 붙은 약 광고판 속에서는 이쁜 여자가 '춥지만 할 수 있느냐'는 듯한 쓸쓸한 미소를 띠고 우리를 내려다보고 있었고, 어떤 빌딩 옥상에서는 소주 광고의 네온사인이 열심히 명멸하고 있었고, 소주 광고 곁에서는 약 광고의 네온사인이 하마터면 잊어버릴 뻔했다는 듯이 황급히 꺼졌다간 다시 켜져서 오랫동안 빛나고 있었고, 이젠 완전히 얼어붙은 길 위에는 거지가 돌덩이처럼 여기저기 엎드려 있었고, 그 돌덩이 앞을 사람들은 힘껏 웅크리고 빠르게 지나가고 있었다. 종이 한장이 바람에 휙 날리어 거리의 저쪽에서 이쪽으로 날아오고 있었다. 그 종이

조각은 내 발 밑에 떨어졌다. 나는 그 종이를 집어 들었는데, 그것은 '미희(美姬) 서비스, 특별염가(特別廉價)'라는 것을 강조한 어느 비어홀의 광고지였다.

1960년대 한국소설에서 산업화의 초기 단계에 접어든 서울의 거리를 이렇게 적확하게 묘사한 대목을 찾기는 쉽지 않다. 이런 거리에서 그들은 '우연히' 만난다. 그 만남을 가능하게 한 것은 자신들의 의지가 아니라 '서울의 거리'였다. 그러므로 이들의 관계는 익명화를 전제로 한다. 익명화란 도시의 불빛 아래에서 하나의 부호가 되는 것을 말한다. 특별한 목적도 없이 거리를 배회하는 무수한 산책자들 가운데 하나가 되는 것은 도시적인 감성구조에 편입하는 것을 의미한다. 소설 속에서 그들이 나누는 대화 역시 분명한 의미를 산산하는 역할을 하지 못한다. 이름이 숨겨진 채 등장하는 존재들의 삶, 본질적이지 못한 언어 교환은 외판원의 자살처럼 비정하기까지 하다. 작가 김승옥이 자기 현실을 바라보는 냉철한 시각을 느끼게 하는 대목이 아닐 수 없다. 이것은 현실 문제에 대한 문학적 대응의 한 방법이라는 점에 문제적인 의미가 있다. 삶의 질곡에 대하여 직접적인 간섭과 참여를 요구하는 문학이 빠질 수 있는 위험은 문학의 자기 성찰적인 자세의 결여로 인한 심미적인 태도이다. 다른 한편으로 지극히 주관적인 진실을 추구하려는 작품 역시 문학의 동시대성과 발생적인 토대를 무시함으로써, 세계 이해의 편협함에서 벗어날 수 없다. 이런 점에서 「서울 1964년 겨울」은 현실 문제를 해석하려는 작가의 개입적인 태도를 가급적 유보시킴으로써 오히려 현실의 차가움을 상대적으로 부각시키고 있다. 도시라는 새로운 삶의 경험이 초래한 우울한 전망, 그리고 그 시대를 살아가는 군상들에 대한 예리한 내면 묘사는 1960년대적인 환멸에 대응하는 탁월한 소설적 감각이라고 하지 않을 수 없다.

4

 「무진기행」은 두 가지를 축으로 하고 있다. 하나는 섬세하고 화려한 감수성의 이면에 '허무'를 동반한 자의식의 구조이며, 다른 하나는 '무진'이라는 '정신'의 공간이 내포하고 있는 1960년대적 존재 방식이 그것이다. 그런데 이 두 개의 축은 '허무' 의식으로 수렴된다. 허무란 무엇인가. 인간은 끊임없이 불안의 주변을 서성이는 존재라는 생각에 관련된 것이 아닌가. 그것은 세계와 마주하는 자신을 절대적으로 인식하는 태도가 아닌가. 집단적 절망과 계급의 허무는 오히려 그 집단과 계급의 힘에 의해 극복될 수 있다. 그러나 1960년대적인 허무를 극복하기에 개인은 너무도 무기력하다. 전후 복구의 어려움 속에서 경제 건설을 빌미 삼아 독재의 아성을 구축하려던 이승만 정권이 4·19에 의해 붕괴되고, 혁명 세대는 또다시 권력의 주변에서 자신들의 진정한 가치를 잃어 가고 있는 시대 상황에서 어쩌면 김승옥은 4·19 세대가 갖고 있었던 자기기만의 허위를 순결 상실성의 원점으로 갖고 있었을지도 모른다. 혁명의 진실성이 왜곡되는 1960년대 이후 그는 계속 침묵하고 있지 않은가.

 밤으로의 기차 여행은 끊임없이 자기 자신의 이야기를 요구한다. 어두워진 창 밖에 흐릿한 초목들을 뒤로 하고 잊혀진 기억들이 되살아날 때면 어김없이 나의 눈동자가 그곳에 둥실 떠 있는 것이 아닌가. 여행은 그러므로 자신을 말하는 형식이다. 창 밖에 보이는 것은 무수한 기억들, 나에 대한 나의 응시가 아닌가. 김승옥은 읽는 이의 자의식을 일깨운다. 무진이 허무의 시적 공상을 유발하고 있다는 사실을 주인공은 어떻게 인지하고 있으며 하인숙의 욕망은 무엇이며, 서울로 돌아가는 주인공은 누구인가. 이들을 바라보는 나는 또 누구인가. 이런 물음을 제기할 때, 지금은 무진으로의 여행이 끝나기도 한 시대임에도 그 여행은 계속될 여지를 남기고 있음을 알 수 있다. 무진은 미분성의 공간이기 때문이다. 그곳에서는 모든 자유가 허락된다. 그러나 역시 아무 것도 할 수 없는 단지 허무감만이 안개처럼 가득한 곳이기도 하다. 이 '자유와 허무'의 미분성 속에 무진은 도사리고 있다. 여기서 1960년대 문학의 한 정신적 편향을 발견할 수는 없을까. 「무진기행」과 김승옥의 '서울 거리'가 우리 문학사에서 가질 수 있는 의미는 이 범위를 크게 벗어나지 못하는 것이라고 판단되는 이유도 여기 있다.

결국 김승옥은 1960년대 서울이 낳은 소설가라고 말할 수 있다. 전후의 아픔을 딛고 삶을 재건하려는 사람들의 의지만큼이나, 아름답지만 슬프기까지한 삶의 풍속들이 그의 소설 속에 온전히 담겨 있기 때문이다. 하지만 그의 작품이 단순히 풍속을 제시하는 선에서 멈추는 것은 아니다. 자기 시대의 아픔을 내면화하는 인물들의 심리 현상에 작가는 주목하고 있기 때문이다. 김승옥을 평가하는 많은 사람들은 그의 감수성이 혁명적이라고 말한다. 그것은 자기 시대의 분위기를 드러내는 데 그의 언어가 매우 적확하다는 의미와 함께, 그가 삶에 대해 취하고 있는 태도의 심미적인 관점이 이전 시대의 소설과 구별된다는 사실을 동시에 설명하고 있다. 한국소설사에서 김승옥이 가지는 문제적인 의미 역시 이와 같은 평가와 무관하지 않다. 한국전쟁 직후 많은 문학작품에서 문제가 되었던 주제가 인간의 구원, 즉 전쟁이 가져다 준 인간성 상실을 어떻게 회복하는가 하는 것이었다. 하지만 이러한 주제의식은 보편적인 의미를 지닐 수는 있어도 개인의 섬세한 내면까지 묘파하는 예술적인 혜안을 갖추기가 어려웠다. 김승옥의 소설, 다시 말해 1960년대의 서울이 낳은 도시적인 감성이 이전 시대와 구별되는 점은 바로 이 지점이다. 시골에서 서울로 올라와서 경험하게 되는 낯선 삶에 대한 회의와 갈등, 절망과 자기 구원의 희망이 그를 60년대적이게 한다. 그의 단편들이 제시한 1960년대는 소설사적인 현상이다. 이것이 다시 이 자리에서 그를 기억해야 할 이유이다.

다시 비판적 생명력의 회복을 위하여
—유익서, 『겨울환자』의 세계

1

　새로운 세기가 시작되었다지만, 여전히 한국사회는 여러 가지 문제점을 안고 있어 패러다임의 변화에 능동적으로 대처하기 어려운 것이 사실이다. 1990년대를 풍미했던 포스트모더니즘 논의가 지닌 중요한 결함 가운데 하나는 비판의 부재였다. 탈역사의 징후를 발견하는 일과 내재적인 모순을 비판하는 일은 쌍생아의 관계를 지닌다는 점을 소홀히 한 것이다. 억압된 것들의 복원을 시도하는 과정에서 모순에 대한 비판을 제거하면, 방만한 상대주의, 문화의 외피를 쓰고 나타나는 자본의 맨얼굴만 남는다. 소설이란 삶과 유기적이거나 구조적으로 유사성을 지니고 있다는 고전적인 이론을 쉽게 저버릴 수 없는 것은 한국사회에 내재된 문제가 여전히 억압적이라는 점 때문이다. 가령, 1990년대 소설 가운데 여성화자의 목소리가 두드러졌던 경향은 대중들의 탈정치적 욕망과 소비적인 욕망에 소설이 부합한 결과로 볼 수 있다.

따라서 1990년대 말에서 2000년으로 이어지는 시점의 한국사회는 진
정으로 욕망하는 개인들의 사회, 내면적 판단 기준이 절대화된 사회인
가라는 반성이 제기될 필요가 있다. 이런 질문은 바로 한국소설의 표
정과 방향성에 대한 물음으로 이어진다. 즉, 한국사회는 과연 탈역사[1]
의 시대로 접어들었으며, 소설은 어떤 비판적 대안을 제시하고 있는가
하는 점이다. 이런 질문을 마주하고 보면 1990년대 한국소설은 현실
문제에 대하여 무관심했거나 소비대중의 기호에 영합했다는 사실을
알 수 있다. 새로운 세기는 이제 비판의 회복으로부터 시작되어야 한
다. 소설은 인간 관계로부터 제도에 이르기까지 다양하게 산재되어 있
는 문제점을 제시하는 작업에 게으르지 말아야 할 것이다. 한국사회에
서 근대란 아직도 기획(project)의 단계에 머물고 있다는 사실을 새롭
게 이해할 필요가 있다. 물론 이런 노력은 합리적 수용의 과정에 존재
해야 한다는 의미에서 도구적 합리화에 대한 비판이며, 타인에 대한
관심과 이해를 유도한다는 의미에서 공동체 윤리의 바탕이 되기도 한
다. 소설이 바로 이 같은 비판적 대안을 제시하는 앞줄에 서야 할 것이
다.

　유익서의 소설쓰기는 바로 이 같은 문제 의식에 근접하고 있다.
1980년대부터 꾸준히 다양한 형식과 층위에서 삶을 조망해 온 유익서
의 새로운 소설집 『겨울환자』가 뚜렷하게 지향하는 바 역시 현실 문제

---

1) 탈역사의 문제를 논의할 때 주목되는 것은 F. Fukuyama의 논의이다. 그는 북미와 서유럽 그
　리고 일본의 역사가 이미 탈역사(post—historie)의 상태에 진입했다고 하면서, "역사의 끝은
　아마도 슬픈 시기일 수도 있다. 인정(認定)받기 위한 노력, 추상적 목표를 위한 자기 희생, 계속
　적인 시도, 용기, 상상력, 그리고 이상주의는 경제적 계산, 기술적 문제의 무한한 해결, 환경 문
　제, 묘한 소비 욕구의 충족에 의해 대체될 것이다. 탈역사의 시대에는 예술도, 철학도 없어질 것
　이고, 단지 인간 역사의 박물관을 영구히 보존하는 것만이 남을 것이다"라고 말한바 있다. 이에
　대해서는 F. Fukuyama, 「The End of History」, 『The National Interest』, no. 16, 1989. 여
　름, 18쪽(송두율, 『역사는 끝났는가』, 당대, 1996, 28쪽, 재인용). 이를 한국소설의 문제와 관련
　하여 헤겔의 주인과 노예의 변증법을 통해 소설의 운명을 논의한 평론가의 글이 주목되기도 했
　다(김윤식, 「역사의 종언과 소설의 운명」, 『문학동네』, 1996. 여름). 필자는 여기서 한국소설은
　여전히 해결해야 할 현실 문제를 주목해야 한다는 요지로 1990년대 한국소설의 내면적 경향을
　비판한바 있다. 이에 대해서는 졸고, 『일굼의 문학』, 청동거울, 1998, 263~266쪽 참조.

에 대한 관심과 비판의 지평 위에 존재하기 때문이다.

2

　글쓰기가 매체 중심주의에서 자유롭지 못한 것은 산업화 사회가 낳은 필연적 결과이지만, 문학 권력에 종속되는 현상 역시 간과할 수 없는 사실이다. 특히 출판 상업주의를 둘러싼 갈등과 비상식적 욕망의 발흥은 1990년대 한국문화의 특징을 이루기도 한다. 「유능한 친구」에서 김경수라는 개인은, 개인이 아니라 출판 상업주의의 욕망을 대표하는 인물이며, 일그러진 문화의 유형을 상징하는 인물로 제시된다. 처세술에 능한 그는 여성지 편집부에 근무하지만 주위 사람들로부터 신임을 얻지 못하고 있는 인물이다. 특히 '나'의 시집 출판을 둘러싼 김경수의 사기극은 가장 대표적인 비행 중의 하나인 셈이다. 김경수가 선배 정인호의 잡지사에 근무한다는 소식을 전해 들은 '나'는 그를 해고할 것을 요구하기 위해 정인호를 방문한다. 그런데 이 자리에서 정선배 역시 김경수와 동일한 사고방식을 지닌 인물임을 알고 '나'는 돌아서게 된다. 이 작품을 통해 작가는 상업주의 출판의 논리가 윤리적 자의식과 너무 먼 자리에 존재하고 있음을 깨닫게 한다. 오히려 자신이 친구를 우정어린 시선으로 보아 주지 못한 사람으로 취급받고 "흐르는 눈물이 부끄러워 몇 번이나 하늘을 쳐다보지 않을 수 없"(59쪽)게 되고 만다. 이 같은 상황은 돈의 논리, 상업주의 출판의 논리 앞에 개인적 진실이란 얼마나 하찮고 작은 것인가를 잘 보여준 것이다. 여기서 주목할 점은 글쓰기와 관련된 출판과 유통 부문만큼은 최소한의 윤리적 방어 기제가 존재해야 한다고 믿는 주인공의 그 순진성이다. 선배 정인호의 관점, 즉 여성지를 가장 잘 만드는 일에 김경수만한 인물은 없다는 생각을 바꾸기에 주인공은 역부족이다. 여전히 보지(保持)해야 할 가치가 있다는 믿음이 갖는 천진성이야말로 가장 소설적인 주제를 이룬다는 고전적 명제를 확인하게 한 작품이다.

이와 관련하여 「적(敵) 만들기」는 상업주의 저널리즘의 선정성(煽情性)에 대한 고발로 읽히는 작품이다. 환경 문제에 대한 취재기사를 쓰게 된 최태웅의 기사가 주간신문 '일요뉴스'에 실리지 못한 까닭은 "사실이 모두 기사 가치가 있는 것은 아니잖아"(161쪽)라는 김 부장의 말에서 엿볼 수 있다. 일간지의 속보성과 경쟁할 입장이 되지 못하는 주간신문의 경우 충격적인 기사를 발굴하는 것이 살아남기의 한 방법이라는 것이다. 이는 일종의 차별화 전략이라는 관점에서도 설명이 가능한데, 최태웅이 경쟁 상대를 통해 삶의 의미를 찾는다는 생각과 동궤에 놓인다. 즉, "죽이고 싶도록 증오하는 그런 상대가 존재해야만 살아 있다는 사실을 실감하는 것"(171쪽)이 삶이라는 최태웅의 말은 '일요뉴스'가 처한 입장을 상징하고 있는 것이다. 타인을 통한 자기 이해란 시민사회의 구성 원리, 봉건적인 절대군주가 지배하던 시절과 다른 사회 구성 방법을 설명하는 중요한 기준이지만, 극도로 고립된 개인과 자본의 전일적인 지배만 존재하는 산업사회에서 타인을 통한 자기 이해란 한낱 허구와 거짓으로 비춰지고 있는 것이다. 상업주의 저널리즘은 자본의 논리에 자신을 순치시키면서도 가장 비판적인 주체인 양 스스로를 포장하고 확대 해석해야 하는 의식의 불균형 상태에 놓여 있다. 이 소설은 이 같은 문제에 접근한 작품이다.

3

유익서는 사건의 정황을 매우 사실적으로 그리고 있다. 사실성이란 이 경우 묘사 방법의 치밀함이라든가, 개연성의 밀도를 의미한다기보다는 인물간의 관계와 사건 전개에 치중하고 있다는 의미이다. 따라서 인물의 내면 풍경보다는 그 인물이 처한 상황에 소설적 관심이 집중되고 있다. 그런데 주목되는 것은 이번 소설집에 실린 두 편의 중편에서는 조금 다른 분위기를 연출하고 있다는 점이다. 「메리 퀸을 부르는 여자」와 「슬픔의 마지막 잔」에서는 주인공들의 내적 갈등이 매우 흥미롭게 그려지고 있다. 서사의 요건이 내면 묘사 여부에 달린 것은 물론 아니지만, 유익서의 소설적 향방이 지향하는 단서를 발견할 수 있기 때문이다. 그의 소설적 관심이 현실의 다양한 문제에 걸쳐 있으면서도 삶의 부침을 견뎌 가는 고독한 개인을 놓치지 않고 있다는 점을 두 편의 중편에서 확인할 수 있다.

「메리 퀸을 부르는 여자」는 카페 '향수'와 그곳에서 술을 마시며 〈메리 퀸〉이라는 노래를 부른 임항실이라는 여자를 그리기 위해 만들어진 작품이다. '향수'와 임항실의 노래를 제외한다면 이 작품은 성립되기 어렵다는 의미이다. 가령 그녀가 노동운동에 가담하거나 명동성당의 시위대나 5·18 광주항쟁 재판정의 방청석에 앉아 있거나 하는 문제는 이 소설의 본질과 무관하다. 그녀가 부른 애절한 노래, 그리고 작고 어두운 술집이 소설의 중요한 배경이 된다. 특히 임항실과의 만남이 단 한번으로 끝났다는 사실이 이 작품의 핵심을 이룬다. 이 작품은 두 가지의 경우의 부재(不在)를 확인시켜 주고 있다. 임항실 스스로 신문에 낸 '심인 광고'는 일종의 부재에 대한 자기 확인과 같은 것이다. 자신의 부재를 타인에게 알리는 방법으로 신문 광고가 선택된 것이다. 주인공에겐 환상의 실체에 대한 결핍이면서 그녀에겐 자신의 불우한 현존을 알리는 방법이다. 이 두 가지의 부재가 만나는 공간이 카페 '향수'로 그려지고 있다.

「슬픔의 마지막 잔」은 한 비극적 주인공의 삶을 다루고 있다. 종군위

안부 출신인 어머니를 끝내 이해하지 못하고 갈등을 빚은 아내, 그리고 어머니의 임종, 이후 그 아내와 아이들의 돌연한 사망, 사촌누이의 파멸 등 잇달은 충격을 극복하려고 산사를 찾은 주인공의 돌탑 쌓기가 이 소설의 줄기를 이룬다. '정명암(靜明庵)'에서 살아가는 사람들과 주인공 민숭구는 내면에 존재하는 공동감(空洞感)에 대한 극복 의지를 지닌다는 공통점이 있다. 여기서 소설의 핵심은 민숭구의 수난과 그가 산사를 떠나는 것을 두려워한 만안심 보살의 탑 쌓기 방해이다. 민숭구에게 정명암은 자신을 속죄하는 공간으로 인식되고 있다면, 만안심 보살에겐 새로운 삶을 준비하는 대상으로 인식된다. 욕망하는 대상의 차이는 만안심 보살의 탑 쌓기 방해를 통해 무화되고 만다. 그녀는 민숭구가 탑을 다 쌓으면 절을 떠난다고 믿었던 것이다. 탑 쌓기를 방해하는 인물이 만안심 보살임을 모르고 있었던 민숭구에게 그녀는 죽임을 당한다. 결국 민숭구의 속죄와 구도는 욕망의 무모함 앞에 무너지게 된 것이다. 부재를 통한 자기 이해와 그것을 극복하는 열정이 그려진 작품으로 「단검의 길」과 「무명가수」가 있다. 「간검의 길」은 복수의 대상으로 향하는 집착의 무서움을, 「무명가수」는 가난했지만 정이 있었던 과거가 현실의 물신적인 욕망 앞에 철저하게 배반당하는 모습을 각각 그리고 있다. 유익서 소설이 갖는 중요한 특징 가운데 하나인 소설적 재미를 이들 작품에서 찾아내기는 어렵지 않다.

4

기술적 합리성이 강조되는 사회에서는 내면적이고 심리적인 문제들은 주변적인 요소로 인식되는 경우가 많다. 계량화되지 않은 것은 없는 것이고, 상대적으로 덜 중요하며, 몰가치적인 것이라는 생각이 만

연되어 있는 듯하다. 소설이 담당해야 할 몫은 드러나지 않은 부분, 합리성과 도구화의 기준에 미달된다고 보이는 문제를 발굴하여 재평가하는 것이다. 인문학의 위기를 논의하는 차원으로 문제를 확대하지 않더라도, 도구화된 사고와 삶의 방식은 일상의 미세한 영역에 침투해 있다.

「겨울환자」는 생명성과 도구적 기술의 논리 사이에서 고민하는 의사를 통해 진정으로 아름다운 삶이란 무엇인가를 묻고 있다. 정신 질환을 앓는 난폭한 아들로 인해 파탄지경에 이른 가정과 뇌수술을 통해 아들의 난폭성을 치유하고자 하는 어머니, 이들의 요구에 난감해 하는 의사의 갈등이 그려지고 있다. 이 작품의 전반부는 신경외과 전문의인 주인공이 수술을 앞두고 고민에 빠진 모습을 길게 묘사하고 있다. 그는 수술을 앞두면 늘 참고서적을 몇 번씩 확인하는 습관이 있다. 그런데 이번의 경우 그의 고민은 "전두엽(前頭葉)의 백질(白質) 일부를 절단하여 시상(視床)과 연락을 끊는 수술"(26쪽)이 갖는 기술적인 부담 때문이 아니라, 윤리적이고 인간적인 차원의 갈등이다. "진정제가 지배하는 것보다 더 참혹한 상태에 떨어져 있"(21쪽)는 청년에게 그는 측은한 마음이 생겼던 것이다. 결국 요양소 치료를 더 받도록 청년의 가족을 설득하고 나서야 그는 홀가분한 마음이 된다. 이 작품은 생명 윤리와 기술적 합리성이 빚는 상충된 가치관을 잘 보여준다. 이와 함께 청소년 보육시설을 배경으로 한 「누네누니」에서 명호의 탈출을 계기로 보육시설의 상황과 수용된 청소년들의 갈등, 그리고 '성길이 형'으로 상징화된 권력의 폭력성에 대한 묘사는 유익서 소설이 가지는 비판의 최대치에 해당된다고 할 수 있다. 「사라진 바다」에서 그려진 판소리와 전통음악 교육의 문제 역시 이 같은 문제 의식을 지니는 것이다.

추상적인 표현을 빌면, 인간적인 가치라고 믿는 신념의 체계가 곧바로 현실 사회에서 동일한 무게를 갖고 사회 구성원들에게 수용되지는 않는다. 개인과 집단, 또는 제도와 권력에 의해서 가치는 상대적으로 이해되고 재단되며, 심지어는 왜곡되기도 한다. 가장 아름다운 가치가 구현된 삶이 존재한다는 이상주의적 관점은 이 경우 비판의 역할을 수행하기 위한 방법론이 된다. 경제성과 효율성을 골격으로 한 합리주의, 혹은 이로부터 파생된 제도가 인간을 억압하는 기제로 작용하는 현상을 두고 도구화된 삶이라고 이른다면, 소설은 가장 이상적이고 매력적인 삶의 수준을 내부에 간직해야 할 것이다. 유익서의 소설이 때론 매우 낯설게 읽히는 이유는 역설적이게도 1990년대 이후 소설 독법이 매우 비현실적인 상태에서 이루어졌음을 반증하는 일이 된다. 그의 소설이 유효한 것은 이 때문이다.

5

유익서의 『겨울환자』는 삶의 다양한 부문에 대한 관심이 모아진 작품집이다. 새로운 시간이 시작되는 즈음에 발간된 이 작품집이 갖는 의미는 서사 문법의 복원을 시도하여 비판적 생명력을 얻어내고 있다는 점이다. 1990년대의 한국소설은 서사의 약화로 특징지워진다. 이야기성의 부재와 극도로 주관적이고 내면화된 욕망의 현현이 1990년대를 장식한 것이다. 문제는 이 같은 경향이 동시대의 모순과 억압된 양상을 복원하는 데 그리 긍정적이지 못했다는 점에 있다. 정치와 이데올로기의 문제에 사로잡혀 욕망하는 개인들의 다양한 층위를 소홀히 했던 과거의 문학으로부터 질적 변모를 시도했다는 점은 평가될 만하지만, 그러한 경향이 문화적 상대주의 혹은 욕망의 절대화로 이어지면서 사회적 모순에 대해 무력한 모습을 보여준 것이다. 소설의 주인공들이 걷는 길은 여전히 밖으로 열려 있어야 한다. 그들의 길이 비록 거대한 세계, 자본주의의 울타리에서 끝나 버리는 고독한 여행이 될지라도 당분간 그들의 패배와 인내를 지켜봐야 할 것이다. 한국소설이 비판적 모더니즘의 얼굴로 새롭게 태어나야 하는 이유가 여기 있다. 유익서의 소설집 『겨울환자』는 '여전히 찾아야 할 삶의 본질'에 대한 질문이 유효하다는 점을 보여주고 있다. 사랑과 욕망, 자기 해탈의 염원이 가져다 주는 인간 이해와 사회, 제도, 공동체의 삶이란 무엇인가 하는 윤리적 자의식을 이번 소설집은 동시에 담고 있다. 균형감각을 바탕으로 한 그의 비판적 생명력이 앞으로 어떻게 작품화될지 주목된다.

이야기와 소설의 육체

—유만상, 『땅 끝에서』의 세계

최근 한국소설에는 이야기가 없다. 서사가 인물이 등장해서 자신의 주변과 대립하거나 갈등을 일으키면서 세계와 자신의 존재 방식을 문제삼는 양식이라면, 1990년대 중반 이후에 나타난 소설들은 적어도 이런 서사양식의 기본에 미달하거나 그 이상이다. 최근 이야기 부재의 서사는 모순에 대한 인식의 부재, 그에 따른 대결 의식의 소멸, 그리고 인물의 내면이 절대 우위에 서는 주관주의의 확산이 낳은 결과이다. 여성작가에 의한 성장 체험의 형상화가 강력한 반향을 불러일으킨 원인도 이 같은 사실과 무관하지 않다. 한국소설에 이 같은 현상이 미만하게 된 원인은 여러 가지 방향에서 탐구될 수 있다. 첫째, 거대담론의 약화에 따른 탈중심주의, 탈정치주의 욕망의 심화, 둘째, 변혁을 갈망하는 진보주의 문학관의 현실적인 좌절과 헤게모니 상실, 셋째, 글쓰기의 위상에 대한 위기감과 출판 상업주의의 효과적인 결탁 등이 우선적으로 고려되어야 할 것이다. 문학의 위기론은 실상 이야기의 부재가 낳은 대중적 관심의 소멸과 밀접한 관련이 있다. 대중의 관심이 변한 마당에 여전히 과거의 문제, 민족 내부 문제에만 집착하는 일이 소설의 위기를 가져온 가장 중요한 원인 제공자였다는 인식이 팽배하고 있는 것도 사실이다. 다시 말해 작가의 문학적 상상력의 토대를 제공했던 불행 체험, 가령 한국전쟁, 군사정권, 독재, 노동의 문제, 가난 등의 역사적인 문제가 더 이상의 흥미 있는 이야기의 소재로 작용하지 못하고 있다는 판단이 설득력 있게 제기된 것이다. 이 같은 보편 체험의 함몰지대로부터 이야기의 부재 현상은 나타난다. 최근 들어 상황을 인식하는 인물의 내면과 감수성만이 치밀하게 묘사된 작품이 자주 등장하고 있는 것은 소재의 빈곤과 문제의식의 결여가 낳은 현상이라고 할 수 있다.

유만상의 소설쓰기는 이 같은 공동지대(空洞地帶)에 대한 자기 인식으로부터 비롯된다. 그의 소설적 관심은 광주항쟁의 문제에서 사소한 생활의 문제에 이르기까지 다양하다. 그가 직조해 가는 이야기들은 지금까지 잊혀졌거나 일상 속으로 묻혀 버린 사건들이다. 극적인 변화나 충격적인 반전은 나타나지 않으면서 세밀하고 미묘한 사건 진행이 그의 소설에서 특징적으로 드러난다. 또한 작품의 주인공으로 소년이 자주 등장하는 것은 매우 의미심장한 현상으로 볼 수 있다. 「늪」의 경우 한 농촌사회를 배경으로 벌어지는 남녀의 사랑을 소년 화자를 내세워 관찰하고 있는 작품이다. 이 작품의 시간 배경은 '육 이오 전쟁이 끝난 지 얼마되지 않은 어느 해 여름'으로 설정되어 있다. 이 같은 설정은 이 소설이 설화적인 구조와 닮아 있음을 알게 한다. 즉, 현재적인 시간의 개입이 차단된 상태에서 이야기가 진행되고 있다는 것이다. 최근의 소설들이 작가나 화자의 현재적인 삶의 모습을 그리는 데 치중하고 있다면, 이 작품은 그 배경 설정이 과거 어느 한 시점으로 설정되어 있다는 점에서 다르며, 이야기 역시 한 여자를 사랑했던 남자의 불행한 삶이라는 이야기 자체의 완결성만 강조되고 있다. 즉, 무시간성을 특징으로 하는 설화와 유사한 구조를 하고 있다는 점이다. 탈현재적, 초역사적인 설화의 존재 방식과 같은 이야기 설정에서 중요하게 부각되는 점은 등장인물들 사이의 사회적 관계성이 아니라, 인물 자신의 숙명적인 결정 관계이다. 전쟁 때 유탄을 가지고 놀다가 한쪽 다리를 잃은 만주 홍복이가 미순이를 사랑하는 과정에서 소년이 중요한 역할을 한다는 것, 강제로 추행을 당한 미순이가 연못에 자살하고 얼마 후 홍복이마저 연못으로 뛰어들어 자살한다는 이야기는 그 자체로는 큰 흥미를 지니지 못한다. 그런데 이 작품에서 주의 깊게 살펴야 할 대목은 만주 홍복이가 소년에게 얼마쯤의 돈을 건네 주고 있다는 사실이다.

소년은 주머니에 찔러 둔 지폐를 흠뻑 땀에 젖도록 매만지며, 그 지폐의 감촉이 주는 풋풋한 기분과는 달리 이제 자기는 영영 구제될 수 없는 나락으로 곤두박질칠지도 모른다는 막막하고 참담한 환각에서 허우적거렸다.

소년이 '한 장의 지폐'를 받고 미순이 누나를 감독으로 불러 내 오는 일에 동참해야 한다는 사실로부터 심각한 죄의식을 느끼는 부분이다. 여기서 이 작품이 단순한 설화와 구별되는 이유가 엿보인다. '교환이 전제된 인간 관계'가 드러나기 때문이다. 그것은 본질적인 가치의 훼손을 의미하는 것이다. 소설의 마지막에서 소년은 미순과 홍복이가 죽은 후 홍복이로부터 받은 지폐를 강물에 띄워 보내고 말지만 이미 되돌아갈 수 없는 지점에 그는 서게 된 것이다. 한 젊은 남자의 불행한 삶과 사랑에 관한 이야기는 그 자체로서는 매우 폐쇄적인 구조를 지니는 것이지만, 순수성의 거세, 세계의 훼손성에 대한 작가의 지적이 의미 있게 자리잡고 있다는 점에서 이 작품의 존재 의의가 있다. 이는 유만상의 작품 전체를 관통하고 있는 주제 의식을 내포하는 것이기도 하다.

「땅 끝에서」는 두 개의 이야기가 그려진다. 하나는 소설의 주인공 준호의 형 영호의 실종 문제이고, 다른 하나는 땅끝 마을에서 며칠간 지내고 간 사나이에 관한 문제이다. 영호 형은 '광주난리' 때 집을 나가 행방은 물론 생사조차 알 수 없는 지경에 이른다. 영호의 실종 이후 '집안은 온통 청천벽락을 맞고 무너진 꼬락서니'가 되어 간다. 이 두 개의 사건을 연결하는 인물이 바로 소년 준호이다. 그러던 어느 날 준호는 낯선 사내의 민박을 주선해 주고 그와 며칠간 만나면서 친해진다. 사내가 떠난 후 그가 시국 사건에 연루된 수배자였음을 알게 된다. 물론 그 사내가 광주항쟁과 어떤 연관성이 있다는 정보는 없다. 중요한 것은 영호가 준호에게 했던 말, 즉 '정의의 깃발 뒤에 숨겨진 더 큰 폭력'에 관한 인식의 문제에 소설적 관심이 모아져 있다는 점이다.

1980년대는 광주항쟁으로부터 시작된 불행한 시대였다는 점은 주지의 사실이다. 따라서 정권의 도덕적 정당성은 그 근거를 갖지 못했다는 판단이 가능하다. 암울했던 1980년대의 기억은 이 같은 불법적인 군사정권에 대한 저항과 희생으로 점철된 것이었다. 특히 체제 비판적인 학생과 진보적 지식인에 대한 용공 조작은 과거 군사정권이 가장 손쉽게 이용했던 탄압의 수단이었다. 사내를 간첩으로 인식하는 마을 주민들, 그리고 땅끝 마을에 대한 서울 사람들의 부동산 투기 등의 문제를 통해 작가는 제도화된 폭력과 경제적 모순에 대하여 고발하고 있다. 광주항쟁은 부패한 권력과 구조적인 모순에 대한 범시민적 인식이 결집된 결과였다는 점은 이미 증명되지 않았던가. 이 작품에서도 주인공으로 준호라는 소년이 설정되었다는 점이 주목된다. 소년은 아직 훼손되지 않은 가치를 상징하고 있기도 하지만, 유만상 소설의 기본틀이 계몽구조로 되어 있다는 사실과 좀더 관련이 깊다. 다시 말해 세계의 허위성과 진실, 삶의 의미에 대하여 눈을 뜨게 되는 과정을 보여주고자 하는 작가의 의도가 빈번하게 소년이라는 인물을 등장시키고 있는

것이다. 이는 개인적인 의미에서는 성장 체험이지만, 그 체험의 보편
성을 강조할 경우 계몽적인 '기획'의 일환으로 볼 수 있기 때문이다.
한 인물이 세상의 질곡과 모순을 경험하면서 세계의 허위성을 이해하
고 거꾸로 이를 통해 삶의 문제에 천착하고자 하는 태도는 변증법적
세계 인식의 태도라 할 수 있다.

그런데 삶이란 언제나 양가적인 가치를 지니고 있다는 점이 중요하
다. 선택의 망설임이 존재하는 이유는 이 때문이다. 「강변」은 이 같은
인간의 이율배반에 관한 문제를 선명하게 그려내고 있다. 평판이 좋지
않았지만, 쉽게 단념할 수도 없었던 한 여자 아이에 대한 소년의 사랑
이 그로테스크하게 형상화된 이 작품에서, 미순에 대한 그리움이 외로
움과 공포로 변화되는 마지막 장면은 이 같은 이율배반성을 잘 보여주
는 대목이다.

나는 외로웠다. 아니 새삼스러운 공포인지도 몰랐다. 어둠을 끌어안
고는 강처럼 누워 움직이지 않은 여자 아이에 대한 난데없는 적개심이
타올랐다. 그 주검처럼 버려진 그녀의 얼굴은 바로 미순이의 그것이었
다. 그녀를 향한 감당할 수 없는 살의가 어둠처럼 자라 올랐다. 나는 마
침내 그녀, 아니 미순이의 목을 죄기 시작했다.

친구들이 데려온 여자 아이를 윤간하는 장면에서 주인공 '나'의 행
위는 미순에 대한 형언하기 힘든 그리움에서 비롯되었다기보다는 삶
의 갈피 속에 깊게 각인된 치욕과 분노라는 이율배반이 낳은 결과로
볼 수 있다. "나는 어른들의 기호와 위선을 얼마나 저주했던가. 그리고
그 환멸과 혐오의 비릿한 느낌과는 달리 배반처럼 일어서던 내 몸, 그
부덕의 뚱딴지 같은 이율배반에 얼마나 치를 떨었던가"라고 되뇌이는
주인공을 통해서 작가는 본질적인 가치(미순)의 선험적 상실로 특징지

워진 삶의 고뇌에 대하여 말하고자 한 것이다. 「미로 학습」에서 나타난 어린아이의 도벽 역시 이와 같은 맥락에서 이해할 수 있다.

「고릴라 잡기」는 일상성 속에 내재된 폭력과 이 같은 폭력에 대응하는 방식에 대한 탐구가 흥미 있게 그려진 작품이다. 택시 운전을 하는 주인공 '나'는 주인집 남자가 새벽에 틀어대는 라디오 소음에 시달리게 된다. 소음의 고통으로부터 빠져 나오는 방법을 궁리하다 헤어 드라이어를 작동시키면 전파 방해로 주인집 라디오가 들리지 않는다는 사실을 우연히 발견하게 된 '나'는 주인집 남자를 골탕먹이는 일로 재미있어 한다. 전파 방해를 받다가도 자신이 소리를 지르면 제대로 나오는 라디오에 대해서 주인 남자는 급기야 라디오에 귀신이 붙은 것으로 알고 집을 팔아 버리게 된다. 소음을 퇴치하려 했던 '나'의 노력은 오히려 한겨울에 이사를 가야 하는 불행으로 이어지고 만다는 이야기이다. 그러나 이 소설에서 그려진 주인집 남자의 폭력에 가까운 라디오 틀기는 한 가지 중요한 문제점을 내포하고 있다. 즉, 그가 이산가족이라는 점, 그래서 밤마다 이산가족의 안부를 전하는 '먼 땅 좋은 기별'이라는 프로그램을 청취한다는 사실, 그리고 주인집 남자의 유학 간 아들의 잘못된 생활 습관에 대해 주인 남자는 심한 상실감을 느끼고 있다는 점이다. 따라서 밤에 숙면을 취해야 하는 택시 기사 '나'에게 가해진 주인 남자의 폭력은 '배후'가 존재하는 것이었다. 주인 남자역시 역사와 현실에 대한 보편적 상실 체험을 지닌 인물이기 때문이다.

중편 「병영일기」 역시 군대라는 조직사회 속에서 개인의 자유와 인격이 어떻게 유린될 수 있는지, 개인의 진실이 얼마나 쉽게 망각되거나 무시될 수 있는지를 보여준 작품이다. 물론 이 작품은 결국 순진한 박 일병의 승리로 이야기를 맺어 화해의 가능성을 보임으로써 기존의 질서를 승인하고 있지만, 개인적 진실과 집단의 허위성이 어떤 형식으

로 구체화될 수 있는지를 보여주었다는 점에서 의미가 있다. 이는 일
종의 정치적 알레고리라고 할 수 있다.

자본주의 사회에서 개인의 진실이란 정치적인 억압으로부터의 자유
와 함께 경제적인 지위에 대한 일정한 보장 없이는 확보될 수 없다. 소
시민적 일상성은 이 같은 경제적 안정으로부터 기인되기 때문이다. 직
업을 갖는다는 것은 단순히 경제적인 지위를 얻는다는 차원과 함께 사
회에 대한 소속감, 실존에 대한 확인을 가능하게 한다는 점이 새삼 강
조될 필요가 있다. 「수인선(水仁線)」은 직장을 찾아 나선 한 남자의 이
야기이다. 사내는 인천에서 수원을 오가는 낡은 협궤열차를 탄다. 열
차가 달리면서 소설은 진행되고 있다. 따라서 이 작품은 작가가 쓴다
기보다는 기차에서 만들어지는 이야기이다. 가령,

어느새 협궤열차는 남동역을 지나고 있었다. 멀리 안개가 스러지고
있는 갯벌 쪽으로 띄엄띄엄 검은 콜타르 지붕의 염막이 나타나기 시작
했다. 해가 짧은 계절의 소금밭은 언제나 황량하고 쓸쓸해 보였다.

라는 진술 속에서 이 작품의 구성 원리는 확연하게 드러난다. '각종의
고무제품을 생산하는 아세아 화학 공업 주식회사'에서 사원들의 복지
문제로 회사측과 갈등을 일으키다가 결국은 사표를 내고 새로운 일자
리를 찾아 나선 사내의 과거는 어디서든 들어봄직한 이야기이다. 문제
는 이 소설이 여로형 구조를 갖고 있다는 점에 있다. 인천에서 수원으
로 가는 길이 곧 이야기를 만들어내는 것, 이 과정에서 드러나는 가진
자들의 부도덕한 삶과 가난한 사람들의 이야기는 풍속적인 차원에서
그려지고 있다.

현란하게 나붙은 분양 광고의 현수막처럼, 진짜로 수려한 전원을 갊

아먹은 그 도시는 폐허의 환상처럼 삭막해 보였다. 반월 디스코, 신천지 OB라운지, 행운 복덕방, 백설 세탁소, 중화요리, 베드로 유치원, 약손 병원, 고호 미술학교, 로타리 스탠드바, 청운장 여관, 승리 체육관, 해변 사우나, 사계절탕, 도화 물침대……. 작은 빌딩에 다닥다닥 붙은 어지러운 간판들 맨 꼭대기 옥상엔 높다랗게 십자가가 걸려 있었고, 그 너머로 산등성이를 깎아낸 광활한 벌판엔 띄엄띄엄 아파트를 쌓고 있었다.

이는 1960년대의 서울 풍경을 매우 사실적으로 묘사하고 있는 김승옥의 「서울 1964년 겨울」, 그리고 멀게는 일본제국 시절 경성의 풍경을 그려낸 박태원의 「소설가 구보 씨의 일일」과 그 기법적인 면에서 맥을 같이 하고 있다. 수도권의 외곽에 새로 들어서는 신도시의 황량하고 메마른 풍경에 대한 묘사는 주인공 사내의 궁핍한 삶과 적절히 대응되고 있다. 여기서 소설의 결말 부분, 즉, 사내가 또다시 일자리를 알아보기 위해 수많은 인파 속으로 사라지는 장면은 자본주의적인 일상성의 무한 순환 과정 속으로 편입할 수밖에 없는 기호화된 존재에 대한 쓸쓸한 응시라고 할 수 있다. 「안개 속 안개」 역시 이와 유사한 구조를 갖고 있다. 주인공 대도는 무작정 서울로 올라온다. 물론 돈을 벌기 위해서이다. 서울에서 대도의 생활은 도시의 주변부를 맴돈 유전적(流轉的) 삶 그 자체였다. '서울역 대합실에서 이틀밤'을 보내고 '지하 술집의 뽀이'를 거쳐 마침내는 사창가에서 한 여자의 '뚜장이'가 되어 살게 되지만, 탄광촌에서 태어나 진폐증으로 아버지가 쓰러지자 생계를 잇기 위해 어머니는 주점을 차렸던 가난했던 과거로부터 조금도 나아지지 않은 자신의 삶을 보고 그는 '돈을 벌자, 무슨 수를 써서라도'라는 적개심에 가까운 결심을 하게 된다. 급기야는 정아라는 소녀를 유괴해서 자신의 다락방에 가두고 그의 부모에게 3천만 원을 요구한다. 하지만 소녀의 천진난만한 행동에서 대도는 오히려 '오누이가 된

착각에 더럭 황감한 기분이 들곤' 한다. 그것은 대도에게는 '저주받은 행복'으로 느껴진다. 어린 시절 도살용으로 잡혀 온 황구를 풀어 주었다가 곤욕을 당했던 기억은 대도의 심성이 기본적으로 악행을 할 사람이 아니었음을 알려 주는 소설적 복선이다. 순수성의 훼손은 부패한 사회구조로부터 기인된다는 판단이 가능한 것도 이 때문이다. 결국 대도는 소녀를 집 근처에서 풀어 준 뒤 돌아서 뛰다가 '이 세상에서 가장 농밀한, 또 하나의 안개'에 걸려 '허리가 꺾이며 나동그라'지고 만다. 「수인선」에서 인파 속으로 묻혀 버리는 사내가 기호화된 일상성으로의 흡수를 상징적으로 보여주었다면 이 경우는 제한된 틀 밖으로 한치도 벗어날 수 없는 소시민의 자의식, 위상에 대한 불안한 상징이라 볼 수 있다.

소설가는 소설을 쓰는 사람이라는 너무나 당연한 말을 앞에 두고 고민에 빠져야 하는 시대가 바로 요즘이다. 1990년대는 왜 쓰는가, 무엇을 쓸 것인가라는 자의식을 어느 때보다도 강하게 작가들에게 요구하고 있기 때문이다. 이념적인 폭풍이 사라지고 난 뒤의 적막감을 채워 줄 글쓰기에 대한 기대 혹은 절망의 원인 진단이 여러 가지 방향에서 제기된 것도 사실이다. 세상을 바라보는 데 있어서 비판의 척도가 될 수 있는 경험 세계가 상실됨으로써 작가의 문학적 상상력은 극도로 위축되고 남은 것은 문화라는 이름으로 행해지는 일탈과 방황, 정보 매체의 발달에 의한 문학의 입지 축소이다. 과연 이런 시대에도 문학, 소설이 담당할 영역은 존재하는가라는 비관적 질문이 횡행하고 있는 것도 사실이다. 소설도 물론 유통되고, 읽혀야 하는 상품임에는 틀림없지만 그것은 디자인과 기능이 향상되어야 잘 팔리는 세탁기와 다른 구조를 지니고 있다. 다시 말해 일반 소비재 상품은 이 소비사회에 스스로 친숙해지려는 욕망을 타고난다. 빨리 소비되고 잊혀져야 하는 것, 그리고 다시 새로운 디자인으로 환생하는 것, 열망에 가까운 소비욕에 시달리기를 바라면서. 하지만 소설은 이 소비사회로부터 자신이 낯선 존재이기를 바란다. 자본주의의 양수 속에서 잉태되고 자랐지만 자신을 영원한 타인으로 생각해 주길 원하는 욕망, 그래서 문학은 소비사회로부터 원심적인 욕망구조를 갖는다. 자본의 무한한 소용돌이, 모든 것이 한 번 빨려들어가면 산산조각으로 부서져 곧 기억에서 사라지는 무섭고 거대한 흡입구를 피하려는 처절한 몸부림, 그것이 문학이고 소설이다. 이 '낯설게 하기'의 욕망이 여전히 글을 쓰고 읽게 한다. 한국 소설에서 이야기의 부재란 이 같은 자의식의 부재를 뜻하기도 한다. 유만상의 소설이 보여주는 일상성의 문제, 이야기가 거세된 지점에서부터 다시 이야기를 만들어 가는 꼼꼼한 글쓰기, 상업적 욕망으로부터 일정한 거리를 둔 글쓰기의 자세는 일면 당혹스러워 보이기까지 한다. 1935년 카프가 해체되고 난 뒤 소설가 김남천의 글쓰기를 두고, 이념이 사라진 소설, 풍속과 생활만이 남은 소설이라고 하여 '소설의 육체 갖기'라고 명명한 한 평론가의 말이 있다. 이제는 모든 이념적 자장으로부터 벗어난, 그래서 일상의 영역에서 상상력의 자유를 극대화할 작품이 쓰여져야 할 차례이다. 여기에는 필연적으로 생활 세계내에 존재하는 모든 불합리한 요인들에 대한 각개격파식 비판이 수반되어야 할 것이다. 유만상의 주인공들이 걷고 있는 작고 비좁은 길들이 바로 우리의 삶의 위상임을 부정하기는 매우 어렵다. 그래서 그가 앞으로 지향해야 할 방향 또한 주목의 대상이 되기도 하며, 좀더 폭넓은 소설적 관심을 가져 주길 바라기도 하는 것이다.

뿌리 찾기와 상처 달래기의 감각

최일남은 서울대 국문과를 졸업하고 1953년 『문예』지에 「쑥 이야기」
와 『현대문학』에 「파양」이라는 작품을 발표하면서 문단 활동을 시작했
다. 창작집으로는 『서울 사람들』(1975), 『타령』(1977), 『춘자의 사계』
(1979), 『너무 큰 나무』(1981), 『홰 치는 소리』(1981), 『누님의 겨울』
(1984), 『숨통』(1989), 『그때 말이 있었네』(1989) 등이 있고 장편 『거룩
한 응달』(1982), 『그리고 흔들리는 배』(1984)와 여러 권의 수필집이 있
다. 경향신문, 동아일보 문화부장을 역임했으며, 1980년 군사정권이
들어설 때는 해직되는 시련을 당하기도 하면서 오랜 동안 언론 생활에
몸담고 있다. 그의 소설쓰기 역시 언론인으로서 그의 전력과 무관하지
않다. 그의 소설은 일제 말기로부터 현재에 이르기까지 자기 시대의
삶의 단층을 매우 냉철하게 관찰하고 있다는 특징을 지닌다. 문제적인
주인공의 역사적인 삶을 드러내거나, 혹은 가장 거칠고 고난에 찬 하
층민들의 삶을 그리지도 않으면서 삶의 현장을 가급적으로 관찰하려
는 태도를 통해서 일상의 삶에 대한 사실적인 인식을 보여주고 있다.

그것은 평균적인 삶에 대한 이해를 통해 한 시대의 특성을 찾으려는 의도에서 비롯된 것이다. 특히 1970년대 이후 그의 소설은 소시민적인 삶의 애환과 사회적인 혼란을 경험하면서 성장하는 주인공과 그 가족들의 이야기에 관심이 모아진다. 이는 우리 사회의 중심과 삶의 '뿌리'에 대한 소설적 탐색이라고 할 수 있다.

1986년 이상문학상을 수상한「흐르는 북」역시 삶의 뿌리에 대한 인식, 다시 말해 흔히 너절한 기억이라고 치부해 버린 삶의 모습 속에서 생의 근원적인 아름다움을 발견하려는 작가의 노력이 잘 드러난 작품이다. 아들 내외, 손자, 손녀와 함께 한 집에 살고 있는 민익태라는 노인이 있다. 그는 자신의 방에 북을 하나 간직하고 있다. 젊은 시절에 그는 북 하나를 의지하면서 수많은 시간 동안 방황과 편력의 삶을 살아왔다. 손때묻은 북은 자신의 생을 압축해 놓은 상징적인 물건이 되어 버린 것이다. 떠도는 삶은 자신의 가정 생활을 범상하게 유지시키기 힘들었다. 오랫동안 집을 비우고 아내와 아들에게 아버지의 도리를 다하지 못한 것도 그의 마음 한켠에 남아 있는 아픔의 하나였다. 한때 신명을 바쳐서 두드리던 북채를 한동안 잡지 않다가 어느 날 아들의 손님들을 초대한 자리에서 아들 친구들의 권유에 못 이겨 북을 두드리게 되었는데, 아들 내외는 그러한 노인의 행위에 내심 불만이 많았던 것이다. 그것은 아버지 세대의 삶의 초라함을 그대로 드러내는 것이며 아들 자신의 사회적인 활동과 체면 유지에도 방해가 된다는 이유에서이다. 그런데 할아버지의 북 소리와 그에 얽힌 삶에 대해 애정을 보인 것은 노인의 손자 성규였다. 그는 대학생으로 학교 탈춤반의 회원이기도 한데, 어느 날 할아버지가 자신의 탈춤 연극 공연에 고수로 출연해 줄 것을 부탁한다. 민 노인은 마지못해 허락을 하게 되지만, 잃어버린 줄 알았던 북채 놀림에 대한 은밀한 기대로 스스로 흥분됨을 부인할 수는 없었다. 노인은 손자의 부탁대로 탈춤 공연에서 북채를 잡는다.

공연은 성공적으로 마무리되고 노인도 오랜만에 가져 본 흥에 겨워한다. 공연이 있은 며칠 후에 성규가 시위를 하다가 경찰에 연행되는 사건이 발생한다. 아들 내외가 집을 비운 밤에 노인은 손녀의 궁금해 하는 질문들을 제쳐놓고 눈을 지그시 감고 큰 소리로 북을 두드린다.

이 작품은 세대간의 갈등을 주제로 삼고 있지만, 엄밀히 말해 그것은 이해의 부족에서 오는 단순한 갈등이 아니라 삶의 본래적인 면과 현상적인 면 사이의 골 깊은 단절로 그려지고 있다. 조부 세대와 아비 세대 그리고 손자 세대의 삶의 관점을 북이라는 대상을 매개로 압축적으로 보여준 이 작품에서 주목되는 부분은, 아버지 세대가 북을 이해하지 못하고 있다는 사실이다. 일종의 아버지 세대가 갖고 있는 의식적인 결락이 두드러진다는 점이다. 아버지들이란 전후의 어려운 시기를 경험하면서 1970, 80년대라는 험난한 시대를 자신의 가정과 사회를 위해 혼신을 다하여 살아온 세대이다. 그러나 경제적으로도 어느 정도 안정되고 사회적인 신분의 상승과 부의 축적을 위해 애쓴 그들이 보수적인 의식을 가진 것은 당연한 것이다. 그런데 이 작품에서 드러나는 아버지 세대는 한마디로 의식 없는 중산층으로 그려지고 있다. 이는 산업화 시대를 통과하면서 우리가 경험했던 무한 경쟁 의식이 낳은 문화적인 소양 부족과, 한편으로는 가부장적 전통과 새로운 시대감각 사이에서 자기 중심을 찾지 못한 세대의 남루함을 의미하는 것이기도 하다. 그들은 바로 '뿌리 없는' 중산층 의식을 대변하는 것이다. 이에 반해 손자인 성규 세대는 어떤가. 그가 할아버지의 삶을 이해하는 방식을, 탈춤반 공연을 마치고 집으로 돌아와 자신의 아버지와 말다툼을 벌이는 대목에서 성규의 말을 통해 살펴볼 수 있다.

①누군가가 어떤 일에 합당한 재능을 갖고 있을 때, 한쪽은 그걸 표현할 기회를 주어야 마땅하며 한쪽은 기꺼이 그 기회에 편승해서 일이 잘

되면 그보다 좋은 일이 어디 있습니까.

②할아버지와 갈등이 있었다면, 그건 아버지의 몫이지 저와는 상관이 없는 겁니다. 오히려 전세대끼리의 갈등이 다음 세대에서 쾌적한 만남으로 이어진다면, 그건 환영할 만한 일이고, 그게 또 역사의 의미 아니겠습니까?

③제 나이는 또 할아버지의 생애를 이해합니다. 북으로 상징되는 할아버지의 삶을 놓고, 아버지와 제가 감정적으로 갈라서는 걸 비극의 차원에서 파악할 것도 아니라고 봅니다. 할아버지가 자신의 광대 기질에 철저하여 가족을 버린 건 비난받아야 할 일이나, 예술의 이름으로는 용서받을 수 있습니다.

성규는 대단히 논리적이고 자신의 주장을 펼치는 데 있어 적극적이다. ①의 인용은 일의 합리적인 운용과 자신의 의사를 존중하는 보편적인 가치를 내세우는 부분이며, ②는 세대론적인 갈등을 단절이 아니라 '불연속적인 연속'이라는 관점에서 이해하려는 시각의 객관성을 드러낸 곳이고, ③은 할아버지의 삶을 예술의 차원에서 이해하려는 태도가 드러난 대목이다. 성규의 이와 같은 주장은 잃어버린 문화의 뿌리를 찾으려는 신세대적인 감각에서 비롯된 것이다. 아버지 세대는 이러한 감각을 과거의 고통과 어려움을 모르고 하는 단순히 '건방진 짓'으로 치부해 버리지만, 한 시대를 바라보는 관점의 객관성과 합리성이란 고통 체험의 유무와 직접 관련이 있는 것은 아니라고 볼 때, 성규의 이러한 태도가 작가에 의해 크게 지지받고 있음을 알 수 있다. 할아버지의 삶이 비록 누추하고 이해하기 힘든 부분이 있지만, 민족적인 삶의 원형과 기원의 한가닥을 지녔으며, 이에 대한 관심은 자기 문화의 정체성을 찾아가는 과정으로서 일종의 뿌리를 회복하려는 노력임을 성규는 강조하고 있다.

작품의 결말을 처리하는 방법은 또한 이 소설의 완성도와 문학성을 갖추는 데 기여한다. 성규가 연행되던 날 저녁 민 노인은 손녀에게 성규가 잡혀간 것이 이 북과도 관련이 있는지 묻는다. 이러한 노인의 물음에 손녀는 심각하게 반응하지 않고 자신의 궁금증을 물어 온다. 이러한 장면 처리는 북과 관련된 성규의 행동을 여러 가지 방향에서 암시하고 있다. 그의 작품집『그때 말이 있었네』에서 현실사회의 구조적인 모순을 보다 직접적으로 비판하는 자세를 취하면서, 지명 수배자가 된 반체제 인사라든가, 고뇌하는 운동권 대학생, 생존 투쟁에 앞장서는 노동자 등의 문제에 깊은 관심을 보였던 점으로 미루어 성규의 행동도 이와 같은 현실의 문제와 관련이 있을 것이라는 추측을 가능하게 한다. 그러나 작가에 의해 이러한 점이 직접 설명되거나 부기되지 않고 다만 민 노인의 북 소리를 의성어로 처리해서 작품의 분위기를 고조시키는데, 이는 북 소리를 통해 세대간의 단절감을 극복하려는 작가의 의도를 상징적으로 드러내었다고 볼 수 있다. 만약 결말 부분에서 성규의 행동을 노인의 북과 연결지으려는 설명이 추가되었다면 이 작품의 소설적 매력은 반감되었을 것이다.

1980년대만큼 우리의 삶이 정치적이었던 시대는 드물었다. 당대의 잘못된 정치 행태가 빚은 왜곡된 사회 구조와 의식을 개선하려는 의지가 다양하게 표출되었던 시대가 1980년대였다. 최일남에게 1980년대는 개인사적인 면에서도 매우 불행했다. 1980년 군사 쿠데타로 정권을 잡은 신군부에 의해서 언론 통폐합이 이루어질 때, 최일남도 오래 몸담았던 신문사에서 해직된다. 물론 그후 복직이 이루어지기는 했지만 그에게는 상당히 깊은 마음의 상처를 남긴다. 우연한 것으로 보이는 삶의 단면에서도 구조적 연관성을 탐색하려는 그의 태도는 작가의 삶에 대한 성실성에서 비롯된다고 볼 수 있다. 다름 아니라 자신이 선 자리에 대한 끊임없는 관심과 인간에 대한 애정이 그의 작품을 지탱하는 골격을 이루는 것이다. 그의 소설적 문제 제기 자체가 우리 시대의 과제로 남는 것은 이 때문이다.

근대성과 초극의 미학

　조세희를 1970년대 작가군에 묶어 두는 일은 어리석어 보인다. 그가 만들어낸 '난장이'라는 인물은 지금까지도 그 문학적 위의를 잃지 않고 존재하기 때문이다. 그가 동시에 제기했던 두 가지 문제, 즉, 난장이로 형상화된 산업사회의 구조적 모순과 갈등, '뫼비우스의 띠'나 '클라인 씨의 병'으로 상징화된 근대사회를 인식하는 방법론의 타당성 검증 요구는 여전히 우리 앞에 남아 있다. 불합리한 현실을 묘파하면서도 그는, 아름다운 삶이란 무엇인가, 이같이 타락한 자본주의 메커니즘 속에서도 진정한 사랑은 가능한가라는 원론적인 물음을 끝까지 저버리지 않았다. 하지만 이 질문에 대한 답하기의 어려움과 함께 대립적인 세계관을 초극하는 일이 가능할까라는 비관적인 전망 또한 병존해 있음을 부정하기 어렵다.

　1976년에 발표된 「난장이가 쏘아올린 작은 공」이 가져온 문학적 파장은 매우 큰 것이었다. 추상적으로만 언급되었던 민중이라는 의미를 '난장이'라는 인물로 그려냄으로써 자본에 의해서 수탈받던 노동자들의 모멸감, 분노, 자기 연민 등 매우 복합적인 문제를 총체적으로 드러 냈기 때문이다. '난장이'는 가혹한 노동 조건 속에서 철저히 소멸되어 가는 노동자 계급, 하층민 등에 대한 상징물이다. 따라서 생산 수단을 갖고 있는 자본가, 권력을 쥔 계층, 혹은 갖지 못한 자들을 착취해서 상대적 이익을 보려는 사람들이 난장이의 반대편에서 존재한다.「난장 이가 쏘아올린 작은 공」은 이 같은 계층적 대립을 기본 축으로 하고 있 다.「클라인 씨의 병」은「난장이가 쏘아올린 작은 공」연작에 대한 일 종의 결론 부분으로 쓰였다고 볼 수 있다. 그러면서도 난장이 가족이 이 같은 폭력적인 수탈 구조 속에서도 자신들의 삶을 돌아보고, 세계 의 폭력성에 대해 논리적으로 이해하는 과정을 통해 자신들의 정체성 을 확인하는 모습이 제시되고 있어 성장소설적인 면모도 지니고 있다. 「클라인 씨의 병」에서 주인공 영수는 아버지가 굴뚝 청소를 하다가 떨 어져 죽은 이후 은강 방직에서 노동조합 운동을 하게 된다. 영수는 노 동자 교회의 목사로부터 다른 동료들과 함께 노동운동에 대한 일종의 '의식화 교육'을 받는다. "근로자의 손해는 경영주의 이익이라는 단순 한 지적이 우리의 뒤통수를 쳤다. 부의 증가는 저임금 근로자의 수의 증가와 비례해 왔다는 역사를 그가 들춰냈다. 우리는 그를 믿었다"라 고 영수는 생각한다. 하지만 이러한 믿음의 저변에는 많이 배운 사람 들에 대한 그의 열등감이 존재했던 것. 언젠가는 공장을 떠나리라던 영수의 생각을 비판한 사람은 바로 몇 년 전 행복동의 영수네 집을 철 거할 당시 철거반원과 심한 몸싸움 끝에 피투성이가 되어 끌려갔다 돌 아온 지섭이었다. 그는 노동운동가로 변해 있었던 것이다. 지섭은 영 수에게 현장 체험이 결여된 이론은 불필요하다고 역설하면서 노동 현 장을 지키는 일이 중요하다고 강조한다. 영수는 어느 날 과학자가 만 들어낸 이상한 병을 보게 된다. 그 병은 안과 밖이 따로 존재하지 않는 기묘한 형상을 가진 것이다. '클라인 씨의 병'이라고 명명된 이 병의 상징성은 「난장이가 쏘아올린 작은 공」 연작이 제기하고 있는 모든 문제의 해법에 대해 작가가 심각하게 고민한 결과라고 할 수 있다. 아버지가 꿈꾸던 세계는 "달나라의 이름으로 펴 브인 아름답고 순수한 세계"였다. 하지만 자본의 전일적인 지배에 의하 구체적인 유용 노동이 갖는 사용 가치, 인간의 본연적인 순수성은 이미 훼손되어 버렸다. 난장이는 다른 사람에 의해 자신이 난장이로 불린다는 사실보다는 자신이 난장이임을 자각할 때 훨씬 큰 비애감을 갖게 된다. 그들은 최소한의 인간적인 대우를 받지 못하는 사람들이다. 반면 그들을 지배하고 노동력이 만들어내는 잉여 가치를 끊임없이 착취하는 자본가들은 사랑이 결핍된 사람들이다. 그렇다면 이 두 계층의 각각의 결핍은 실상 동일한 선상에서 다루어질 가능성이 있다. 다시 말해 진정으로 아름다운 삶의 건설을 위해 현실 초극은 가능한가의 문제가 대두한 것이다. 작가 조세희는 이 문제에 대해서 매우 깊게 고민한다. 두 계층간의 대립을 변증법적으로 화해하는 방법에 대한 모색이 그것이다. 여기서 도달한 결론이 안과 밖이 없는 뫼비우스의 띠, 클라인 씨의 병의 설정이다. 자본주의적 근대사회가 만들어낸 임노동과 자본의 기본 대립을 근대사회내에서 초극하려는 의지는 자칫 허무해 보이지만, 이 작품이 발표될 당시의 정치, 사회적인 상황에 비추어 볼 때 이러한 문제 제기는 매우 '근본적인(radical)' 질문이었다. 자본이 지태하는 삶이란 실제로는 갇혀 있지 않으면서도 갇힌 것이며, 억압되었다고 느껴서 탈출을 시도해도 역시 제자리로 돌아올 수밖에 없다는 것. 개별 노동자들이 열심히 일만 하면 행복한 미래를 보장받을 수 있다는 사실이 자본의 속성에서 보면 착각이듯, '갇혀 있다는 그 자체' 역시 '착각'인 셈이다. 노동자이든 자본가이든 타자를 인정하지 않으려는 무모한 욕망은 공멸의 길을 걸을 수밖에 없다는 것, 결국 대립을 지양하고 초극한다는 일은 이 사실에 대한 명징한 인식 그 자체이지 않겠는가.

　매우 짧은 대화 처리, 과거와 현재가 뒤섞이는 구성을 통해 소외와
슬픔의 감정을 극도로 절제하면서 '갖지 못한 자'들의 비애를 감동적
으로 그린「난장이가 쏘아올린 작은 공」연작은 인류사적인 문제를
풀어 보려는 작가의 고투가 잘 드러난 작품이다. 우리의 삶의 수준은
여전히 작가가 제시했던 물음의 범위에서 한 발짝도 더 나아가지 못하
고 있다. 삶의 경험적인 차원을 미적 범주로 탁월하게 문제화한 몇 안
되는 소설로 이 작품이 문학사에 남게 될 것이라는 판단은 이런 이유
에서 가능하다.

훼손된 세계를 인식하는 방법

—고원정, 「거인의 잠」

　「거인의 잠」은 고원정의 데뷔작이다. 이 점을 강조한 이유는 이후 그의 소설쓰기가 이 작품의 구성 원리에 일관되게 부합되고 있기 때문이다. 그의 소설집 『거인의 잠』에 실린 대부분의 작품이 그렇고 군대라는 사회를 통해서 한 개인의 진실이 권력의 음모에 의해 얼마나 철저하게 은폐될 수 있는가를 생동감 있게 그려내어 크게 주목을 받았던 장편소설 『빙벽』 역시 이 같은 구성 방법에 의지하고 있다. 그의 소설쓰기 방법을 가장 특징적으로 규정하는 것은 정치적 알레고리라는 기법이다. '알레고리(allegory)'는 일종의 확대된 상징이다. 다시 말해 말하고자 하는 본래의 의도를 숨기고 다른 말이나 이야기를 내세워 원래의 의도를 암시하는 방법이다. 알레고리는 작품의 개별적인 구성 요소들보다는 작품 전체가 유기적으로 만들어내는 종합적인 비유라고 할 수 있다. 따라서 알레고리는 구조적인 상징성을 지닌다. 작품을 전체적으로 조망했을 때 비로소 의도의 윤곽이 드러나기 때문이다.

　이 작품의 공간적인 배경은 한 신생 독립국으로 설정되어 있지만, 실상 그것이 갖는 역사적이고 현실적인 의미보다는 신생국의 권력을 쥐기 위한 처절한 쟁투만이 존재한다는 점이 중요하다. '흰 수염'과 '검은 수염'의 권력 투쟁은 결국 '흰 수염', 즉 '장군'의 승리로 끝나지만 장군의 '검은 수염'에 대한 복수심은 끝날 줄 모른다. 장군의 복수심을 중심으로 전개되는 갈등은 서술자인 '나'와 '장군'의 관계로 표면적인 층위를 형성한다. 그러나 지배자가 지나치게 포악해지는 것을 염려하면서 정치적 욕망의 폭력성을 경계하고 있는 '나'와, '검은 수염'에 대한 끝날 줄 모르는 장군의 복수심을 연극 형태로 재연하여 권력의 중심에 다가서고자 하는 '대위'의 타락한 정치적 욕망 사이의 갈등이 심층적인 갈등 관계를 이룬다. 이때 대위의 욕망은 권력의 자기 재생산의 욕망이다. 이제 갈등 관계의 이분법이 선명하게 드러난 셈이다. 즉, 타락한 세계와 순수성을 지닌 개인의 내면이 그것이다.

훼손된 세계의 구조적인 불합리성은 이 작품에서 장군의 기묘하게 뒤틀린 욕망을 통해 그려지고 있다. '투사의 상'을 세우는 장면과, '장군'의 가족을 폭행하려는 '검은 수염'을 등장시킨 마지막 연극에서 장군의 분노를 그린 장면을 주목해야 한다. '내가 진짜 검은 수염이다'라고 중얼거리면서 자신의 딸 역할을 하고 있는 처녀를 성폭행하는 장군은 신경증적인 증세를 드러낸 것이다. 피해의식에 시달려 왔던 장군이 오히려 가학적인 상태로 자신을 이끌어 감으로써 그 피해의식으로부터 벗어나고자 하는 이상 징후를 보인 것. 여기서 포악한 지배자와 권력의 음험함은 도덕적 판단을 넘어서는 곳에 존재한다는 판단이 가능해진다. 소설의 마지막에서 '나'의 결심은 굳어져 '장군을 재우려' 하지만 오히려 대위의 총에 맞아서 숨져 가는 결말 또한 중요하다. 타락한 세계에 맞서려는 주인공의 욕망은 끝내 실패하고 만다는 비관적인 인식이 뚜렷하게 드러나고 있기 때문이다. 그러나 이를 통해 작가 고원정이 세계에 대해 비극적인 태도를 보였다고 단정적으로 말하기는 어려운 요소가 있다. 소설이라는 장르의 문제가 등장하기 때문이다. 자본주의는 모든 사용 가치를 교환 가치로만 등가화시키는 메커니즘 이므로 인간의 순수성 자체가 자본주의적 생산 양식 속에서는 필연적 으로 심각하게 훼손된다는 점, 따라서 소설의 주인공은 이렇게 타락한 세계를 여행하면서 타락한 방법으로 세계의 본질을 드러낼 수밖에 없 다는 것, 그러나 결국 자신은 패배하게 된다는 점 등이 중요하기 때문 이다. 고원정이 장편『빙벽』을 통해서 세계의 타락한 측면을 권력의 구 조적인 생리와 그에 따르는 무수한 음모를 통해 정치(精緻)하게 그려 냈다는 점을 생각해 보면, 데뷔작「거인의 잠」에서 제기했던 방법론은 작가에게는 일종의 소설적 화두였음을 깨닫게 한다.

　이 작품의 발표 시점이 1985년이라는 점도 고려의 대상이 된다. 진 실이 은폐되었다는 인식이 보편화되었던 시절, 숨겨진 상처, 혹은 떠 나 버린 신(神)에 대한 갈망의 표출 자체가 커다란 정치성(政治性)을 가 질 수밖에 없었던 시대 상황이 정치적 알레고리의 태동 배경이 되었기 때문이다. 그러나 알레고리가 지닌 비판적 성격을 감안했을 때, 이러 한 양식이 지속적인 유효성을 획득하리라고 기대하기는 힘들다. 알레 고리 양식이 지니는 기계성, 추상성을 넘어서 삶의 문제에 생생하게 육박해 가는 현실주의적인 노력 역시 뚜렷한 문학적 입지를 지니고 있 기 때문이다.

불안한 실존의 초상

—박덕규, 「20세기 비오는 날」

현대는 재화와 물질의 직접 생산보다는 문화적인 생산이 더욱 중요해진 사회이다. 한국사회 역시 생존 조건으로서 부의 축적보다는 문화적인 생산과 유통에 더욱 관심을 기울이는 시대로 진입했다고 할 수 있다. 새로운 문화 양식의 개발이 곧 물질적인 생산으로 전환되는 일은 이제 보편화된 현상이다. 생산 현장에서 직접 일하는 노동자들 역시 보다 다양하고 폭넓은 문화를 향유하고자 하는 욕망을 갖고 있기 때문에 모든 물질적 생산은 이제 문화적인 생산 욕망과 만나고 있음을 알 수 있다. 이 같은 자본주의 문화의 생산, 소비 욕망을 가장 예각적으로 보여주고 있는 문화 양식이 바로 출판 메커니즘이라고 할 수 있다. 박덕규의 소설쓰기는 출판 문화를 둘러싸고 벌어지는 인간들의 다양한 욕망을 드러내는 데 그 힘이 모아지고 있다. 최초의 글쓰기에서 출판, 유통, 그리고 독자들의 소비에 이르기까지의 전 과정이 출판 문화의 양식 속에 포괄된다고 할 때, 박덕규의 소설적 관심은 이 같은 여러 층위에 걸쳐 있다. 그의 주인공들은 대개 글쓰기의 문화적 자장에 영향받고 있는 사람들이다. 「20세기 비오는 날」은 출판의 상업적인 이해 관계와 진정한 인간적 삶의 문제를 동시에 제기하고 있는 작품이다.

출판사의 기획부장으로 일하고 있는 30대 기혼여성 민순영과 그녀의 남편, 그리고 사장은 '비오는 날'을 소재로 한 한국소설을 책으로 엮어 출판하는 문제로 소설적인 관계를 맺는다. 그러나 이는 이 작품의 표층 구조에 해당된다. 보다 심층적인 구조는 이들이 각각 상처와 내면적인 결핍감에 시달리는 사람들로 설정된 점이다. '생존을 위한 업'과 '실존의 업'이 배치되는 현상, 이러한 갈등구조가 이 작품을 문제적으로 만들고 있다. 민순영의 경우, 사우나에서 안마 시술을 받을 때 느끼는 '쾌감과 치욕'의 이율배반은 남편과 동거할 당시 남편을 체포하러 왔던 기관원들의 군화발에 찍혀 다친 허리의 상처와, 참신한 기획으로 사장의 '사랑'을 받는 현실의 이중성으로 동일하게 확대된다. 그녀의 남편 역시, 과거 등단하기로 되어 있던 잡지가 강제 폐간당하면서 시인이 되지 못한 상처를 안고, 윤문가로 평론가로 번역가로 생활하면서도 한 번도 자신의 이름으로 된 책을 출판하지 못하는 상반된 삶을 살아가고 있다. 심지어는 자신이 쓴 「20세기 비오는 날에는 어떤 일이 있었나?」의 원고를 아내가 지워 버렸을 때 "이런 개새끼들이, 내 시를 다 짤라 갔잖아!"라고 하면서 정신 이상적인 징후까지 나타내고 있다. 사장도 과거 삼촌을 따라갔던 베트남에서 한 여인을 만나 사랑을 나누었는데 세월이 흘러 24세가 된 아들의 사진을 받아보면서 가정의 불호를 겪는다. 한편으로 출판 사업은 뜻대로 되지 못하면서 "아직 자신이 잘못된 운명의 길을 가고 있다는 사실"에 대해서 고민한다. 뿐만 아니라 조역으로 설정되어 있기는 하지만 빨간색 자동차를 타 보고 싶어하는 13세의 맹인 소녀 안마사의 설정 역시 이 작품의 구성을 일관되게 유지하는 인물로 그려지고 있다. 민순영과 사장이 기획 출판하려는 『20세기 비오는 날』이라는 책이 갖는 출판의 상업적 욕망과 개인의 우울한 삶에 대한 상징성은 인물들의 이 같은 이율배반성을 연결하는 꼭지점으로 작용하고 있다. 출판업이란 새로운 아이디어와 기획이 무엇보다도 중요하다. 참신한 소재는 물론 상업적인 성공을 목표로 하는 일이기도 하지만 당연하게도 이는 문화적인 생산이라는 외피를 써야 하는 것임에 틀림없다. 이것이 자본주의의 윤리가 아니겠는가. 민순영과 사장의 불륜의 정사는 이같이 '자기 모순적'으로 존재하는 출판 문화의 현주소를 가장 적확하게 비유한 부분이라고 할 수 있다. "발기한 남편의 몸을 치욕스럽게 여기고 돌아선" 자신이 "다른 남자의 발기한 몸을 받느라 많은 땀을" 흘려야 했던 민순영과, 민순영과 정사 후 방을 나가 버리는 순영을 보면서 "씨팔, 딴 여자를 찾아야겠네"라고 중얼거리다, "자기 손에 사진이 찢긴, 의외로 콧날 선이 뚜렷한 핏기 없는 아들의 얼굴이 그 여자의 알몸 위에 겹치"는 것을 자각하면서 "뒷머리가 쭈뼛해짐을 느끼는" 사장의 자괴감은 실존의 불안함이면서 동시에 출판 문화의 불안한 입지를 보여준 것이다.

자본주의가 낳은 문화 양식은 생산이면서 동시에 소비이며, 미덕이면서 동시에 타락이다. 박덕규는 글쓰기를 중심에 놓고 벌어지는 인간들의 욕망을 통해 이 같은 문제점을 날카롭게 비판하고 있다. 그러나 이러한 이율배반적인 현상이 출판 문화의 영역에만 존재하는 것은 물론 아니다. 박덕규의 개인적인 이력이 출판 문화 현상에 대해서 자각적일 수 있게 했으며, 출판 문화야말로 자본주의적 문화 양식의 모순을 가장 적나라하게 보여주는 척도가 될 수 있다는 판단이 개입된 결과이다. 최근 그의 소설의 소재가 북한을 탈출한 사람들, 혹은 아사 체험 북한동포 돕기의 문제 등으로 바뀌고 있다. 이는 그의 소설쓰기의 방향성을 예고하는 현상이기도 하다. 다양한 문화의 지층으로 비판의 시선을 확대, 심화시키는 일이 그 앞에 놓인 과제가 될 것이 분명하기 때문이다. 「20세기 비오는 날」은 작가의 이러한 문학적 도정의 전방위에 위치하고 있음은 부인될 수 없는 사실이다.

그대 아직도 방황하고 있는가

—소설의 지향점을 찾아서

1. 함께 살았던 시간의 추억

우리는 지금 너무 멀리 있다. 아주 멀리 와 있는 것이다. 먼 들길을 지나 몇 구비의 고개를 넘고 먼지 이는 신작로를 걸어와 불빛 몇 점 반짝이는 도시의 어느 그늘 밑에 앉아 수많은 시간을 견디며 지나온 길을 돌아보고 있다. 그것은 아주 힘든 기억이면서, 동시에 그래도 이만큼 살아온 것에 대해 적지 않은 위안이 되기도 한다. 그렇지만 떨치기 어려운 것은 과연 지금 이 모습이 정말 제대로 된 걸까 하는 의구심이다. 휘황한 불빛과 잘 차려진 식탁과 남 앞에서 머리를 좀 들 수 있는 체면과 그리 오래 지속되지 못하는 권력을 위해 우리는 그토록 질긴 싸움을 해왔던가 하는 생각이 떠나질 않는다. 이제는 새로운 시대가 열린다고 이구동성으로 말하고 있지만 실상 지금까지 지속되던 삶의 양식과 여전히 찾아져야 할 가치는 존재한다는 믿음이 그리 쉽게 바뀌지 않을 것으로 본다면, 연도의 앞 두 자리가 바뀌는 시점이란 그다지 중요하지 않은 문제이기도 할 것이다. 하지만 그러면서도 우리는 너무 멀리 와 있다는 느낌을 지울 수 없다. 개인들 사이에, 가족들 사이에, 그리고 서로가 서로를 위하면서 살아왔던 시간으로부터 우리는 지금 너무 멀리 와 있다.

그래서 때로는 서로 부둥켜안고 눈물 흘리며, 가난과 고통 속에서 살아왔던 과거 속에서 오히려 삶의 진솔한 체취가 존재했던 것은 아닐까 하는 생각이 들기도 한다. 분화된 현대란 자연과 삶, 사람과 사람 사이에 끊임없이 사물화된 매개가 틈입되는 공간이 아닌가. 인간적 아름다움이란 희미한 추억으로만 남거나 아니면 아예 존재하지 않았던 것으로 여겨지는 사회, 소설은 이러한 삶을 위무하는 고독한 형식으로 자리매김된 듯하다.

그러나 소설은 과거나 사라진 시간을 추억하는 것만으로도 존재할 수 있는 형식이기도 하다. 기억이란 현재의 고독과 단절, 분화된 삶을 이어 주고 연결짓는 장치이다. 특히 오늘날 한국사회에 존재하는 저 우울한 징조들을 볼 때, 소설이 기억과 추억을 통해 살아 있다는 점을 발견하는 것은 조금 위안이 되기도 한다. 그 속에서 우리는 신화적 공동체, 비록 연민과 슬픔으로 채색된 맹목적 추종이나 눈먼 사랑일지라도, 함께 산다는 것의 의미를 발견할 수 있을지 모른다. 파편화된 일상과 메마른 관계를 그대로 언어화하는 일을 두고 '90년대적'이나 '세기말적'이라는 수식을 동원할 수도 있겠지만 이젠 좀더 성찰적인 자세로 우리의 현재와 미래를 생각할 때이다. 일탈과 가치의 상대화를 조장하는 문화적 음모, 특히 북한사회의 변화와 인권 문제 등 식상한 듯 보이는 문제가 실상 우리의 삶에 매우 가깝게 와 있다는 점을 인식해야 할 것이다.

최근 소설을 읽고 떠오른 화두는 공동체의 꿈과 희망이었다. 물론 그것은 사라졌거나 이미 기억에서조차 지워졌을지 모른다. 자연스럽게

체화되어 전해 오던 시절은 가고, 교과서와 미디어에 의존하여 가르쳐야 하는 시대, 그리고 또다시 억압과 굴종을 강요하는 양식으로 공동체의 의미가 탈색되는 과정을 지켜보는 일은 안타깝다. 이제는 다시 비판과 반성을 통해 현실 문제에 깊은 관심을 가져야 할 시점이다. 소외와 무력감, 삶의 중심 찾기에 골몰하는 개인을 그리는 문제가 1990년대의 화두였다면, 이를 '타자'에 의한, '타자'를 통한 모색으로 전환해야 할 시점 역시 지금이다.

2. 상실의 시대, 기억의 소설

박범신의 중편 「그해 가장 길었던 하루—들길 1」은 아름답게, 그러면서도 안타깝게 읽히는 작품이다. 일제 강점기. 한 소박한 농촌 마을은 '경성 방직공장'의 공원 모집을 알리는 '풍장 소리'가 나면서 시끄러워진다. 시골에서 가난하게 살아가는 젊은이들에게 방직공장 취직이란 신기루처럼 보였던 것이다. '쌀밥에 고깃국 먹으면서 광목 천을 코풀이개'로 쓸 수 있다는 공장 생활에 대한 호기심은 순임, 순명 자매에게도 무한한 환상을 가져다 준다. 어머니의 만류에도 불구하고 순임과 순명은 영순네 큰아버지 째보 아저씨를 따라 길을 나선다. 집에 남아 있는 어린 동생과 어머니가 걱정되기는 했어도 순임은 힘들게 이십 리가 넘는 길을 걸어 강경역에 도달한다. 굉장한 소음과 연기를 뿜으면서 달리는 기차를 보면서 놀라기도 하지만, 순임은 끝내 어머니가 걱정이 되었다. 곧 출산할 어머니의 수발을 들 걱정과 어린 동생들을 돌봐야 한다는 생각에 순임은 돌아가야 한다고 결심한다. 먼길을 걸어 돌아간 집에서 어머니는 동생 순명을 데리고 오지 않았다고 야단이다. 그는 다시 길을 걸어 강경역으로 가 순명과 함께 집으로 돌아온다. 육십 리 길을 걸은 아주 긴 하루였던 것이다.

소설의 표면적인 이야기는 이렇지만 이 작품은 몇 가지 점에서 예사롭게 읽히지 않는다. 첫째, 토속적인 정취가 매우 두드러지고 있다. 문장과 단어, 인물들의 어법을 통해서 전형적인 한국농촌의 풍경이 한 편의 그림처럼 그려지고 있다. 가난한 삶과 들판의 풍광을 직조한 묘사는 서정적 슬픔을 자아내기에 충분하다.

독새풀씨와 피씨를 훑으러 순명이와 함께 선돌 마을 너머까지도 가본 일이 있었다. 독새풀씨나 피씨를 훑어다 죽을 끓이면, 맛은 없더라도 오늘 먹은 콩깻묵죽처럼 냄새가 나지 않아 좋았다. 순명이를 데려오면 독새풀씨와 피씨를 훑으러 나가기 전까지, 이쪽 들에 나와 메뚜기랑 우렁이도 잡고 나물도 캘 것이다. 순명이는 들판에만 나오면 맨날 한다는 말이, 이르웋게 들판 넓은디 위째 우리 집만 논이 읎어 하고 이퉁을 부리지만, 순임은 논이야 있든 없든 봄녘 들 가운데 나오면 공연히 속이 쫙 열리는 듯 마음이 안온해졌다.

가난한 삶의 현실과 순임의 내면이 선명하게 교차되는 지점에서 이 소설의 서정성은 크게 부각된다. 들판은 순임에게 평온함과 설레임 자체이다. 들판이 가져다 주는 풍요로움은 순임으로 하여금 현실 순응적인 가치관을 갖게 한다. 순임보다 세 살 어린 순명은 좀더 넓은 세계에 대한 동경을 지니는 인물이다. "크면 기차 타고 멀리 가서 부자 돼 갖고 올겨"라고 그는 중얼거리곤 한다. 넓은 들판과 빈곤한 삶, 그리고 기차를 타고 갈 수 있는 먼 곳에 대한 동경이 이 소설을 직조하는 구성 원리이다. 둘째, 순임이 아버지가 자주 부르던 〈각설이 타령〉과 〈키미 가요〉의 대립이 돋보이고 있다. 어머니는 방직공장의 취직을 반대한다. 그것은 어떤 논리나 지식에 의한 것은 아니다. 나서 자란 들판과 그곳을 떠나서는 한시도 살 수 없는 삶이 그들이 지닌 전부였다. 강경 읍내 장터에서 무언가 내다 팔고 있는 아버지는 '초성 좋은 노래꾼'이지만 순임은 아버지가 키미가요를 '단 한 번일망정' 부르는 모습을 보지 못한다. 공장에 가면 키미가요를 새로 가르쳐 준다는 것, 다시 말해 각설이 타령으로 상징화된 전통사회가 키미가요의 제국주의적 논리로 수용되는 과정이 그려지고 있다는 점이다. 셋째, 전통사회의 붕괴와 제국주의적 근대화의 과정은 순임이 일행이 방직공장으로 취직하러 나선 길과 일치하며, 동시에 그것은 여로형 구성으로 드러나고 있다. 집을 나서, 잡초가 우거진 둑을 지나, 다리를 건너고 개천을 건너 읍내로 나갔다가 다시 되짚어 돌아오는 길, 아주 길고 긴 한낮의 길 가기를 그리기 위해 이 소설은 존재하는지 모른다. 결국 이 소설은 제국주의 지배 시절 왜곡된 근대화가 진행되는 과정에서 전통적인 농촌사회의 붕괴 혹은 그 흔적을 그린 작품이다. 문제는 이 소설이 갖는 의미가 단순 과거형에 속하지 않는다는 점이다. 도구화되지 않은 삶의 순수함, 훼손되지 않은 사랑이 우리의 기억 속에 존재하그 있다는 사실이 선명하게 다가온다. 들판에 무리지어 피어 있는 쇠별꽃이 되어 배고픈 동생들의 바구니에 살포시 얹히는 순임의 꿈을 통해 우리가 받는 충격은 안타깝지만 아름다운 것이었다. 이 아름다움이 지속되고 현재의 시간 속에 재생될 수 있음은 분명 의미 있는 일이다.

물론 단순히 과거의 삶 자체를 '그때가 좋았어'식의 회고적 차원에서만 그릴 수는 없다. 현재의 어떤 결핍, 혹은 부재에 대한 적극적인 인식이 수반되어야 한다. 최인석의 중편 「염소 할매」 역시 아름다웠던 기억과 관련된다. 이 소설은 서울의 변두리, 민둥산 주변에 사람들이 들어와 움막과 천막을 짓고 살면서 형성된 가난한 산동네가 개발의 와중에서 무참하게 헐리고, 그들의 가난하지만 소탁한 꿈이 좌절되는 모습을 그린 작품이다. 1960년대 중반에서 1980년대 초반에 이르는 시간구조를 강하게 암시하면서 전개해 간 이 작품은 일종의 개발 독재와 인권 유린에 대한 소설적 보고서라 할 수 있다. 이 작품은 서술자 '염소 할매'의 목소리를 통해 과거를 회고하는 형식을 빌고 있다. 그러면서도 몇 가지 특징적인 면을 발견하게 된다. 첫째, 극명한 리얼리티와 신비적인 삽화를 결합한 구성 방식이다. 산동네가 형성되는 과정이나 그들의 삶의 모습 등은 매우 사실적인 그림으로 묘사되고 있다. 이는 작품의 배경을 이루고 있는 정치적, 역사적 상황에 대한 개연성을 제고하는 의미로 이해된다. 여기에 고대시가의 하나인 「헌화가(獻花歌)」나 「해가(海歌)」에 등장하는 설화적 요소를 가미하는 형식이 그것이다. 특히 염소 치는 노인은 신비적 요인을 배가시키는 인물 설정이다. 이 같은 구성은 1)잃어버린 공동체의 삶을 효과적으로 조망하기 위해 신화적 모티프를 동원한 것, 2)소설 속의 시간적 간극을 극복하고 극적 긴장감을 배가하기 위해 설정된 장치, 3)잠언적 진술, 즉 "쉬엄쉬엄 허쇼. 천년만년 살 것도 아닌데"와 같은 작가 개입적 태도를 정당화하여 회고적 구성이라는 작품의 특성에 부합하려는 의도 등을 복합적으로 드러내고 있다. 둘째, 개발 지상주의가 낳은 왜곡된 경제 체제가 삶을 어떻게 피폐화하는지를 세밀하게 보여주고 있다는 점이다. 근대화라는 이름으로 가해진 폭력과 감시가 제도화된 시점에서 돌아보는 과거란 '가난했지만 그 시절은 아름다웠다'는 체념과 동궤에 놓인다. 추억 속에 존재하는 따뜻했던 삶에 대한 상실의 기록이라는 점에 이 소설의 의미가 존재한다.

3. 고립된 삶을 넘어, 타자의 자기화를 위해

오늘날 한국사회는 다시 공동체의 문제에 깊은 관심을 가져야 할 시점에 이르렀다. 정치적 무기력과 경제적 혼란을 겪으면서 우리 사회는 지금 어디에 위치하고 있는가 하는 점을 반성하지 않을 수 없다. 포스트모던한 징후와 여전히 함량 미달의 근대성이 우리 주변에 공존하고 있다. 지금 현재를 어떤 수식으로 명명하는가 하는 문제는 별로 중요하지 않아 보인다. '징후'와 '문제'가 동시에 존재하기 때문이다. 징후가 변화 가능성이 현현하는 방식이어서 미래에 대한 대처 방식에 관련된다면, 문제란 과거의 것, 아직 해결되지 못한 질문에 대한 접근 방식일 것이다. 1990년대는 사회 여러 층위에 상존하는 문제를 제대로 보지 않고 징후를 확대 해석하고 과대 포장했다는 비판을 가능하게 한다. 이 경우 이론이 자신을 위한, 혹은 이를 통한 권력의 재생산에 몰두했으며 나르시시즘에 빠져 버렸다는 진단이 가능하다.

공동체의 문제에 관심을 갖는 것은 획일적 교리와 행동양식, 인간 개인의 내면성을 배제하는 과거의 권위주의적 사회체제에 대한 향수와 근본적으로 다르다. 자유로운 사고와 삶이 최대한 보장되지만, 그것이 근본적으로 타인을 통해 산출되는 것임을 자각하는 사회, 자신의 삶이 타자를 통해 수용되고 인정되는 사회를 의미한다. 타자를 통한 자신의 이해, 타자의 자기화에 이른 사회, 그것이 진정으로 아름다운 공동체의 모습일 것이다.

1990년대의 사랑은 타자를 통한 자기 이해에 도달하려는 노력으로 전환되어야 할 것이다. 이승우의 「멀고 먼 관계」는 인간 이해의 기본 단위인 가족관계의 어긋남을 통해 '집으로부터 너무 멀리 와 있는' 존재를 보여주고 있다. 회사 창립일임에도 불구하고 집을 나서 사무실로 출근을 한 여자가 있다. 집에서 하루를 보내는 일은 그녀에게 매우 힘든 일이다. 집에서 걸어서 10분 거리에 치과병원을 개업하고 있는 그녀의 남편 역시 그녀가 아침에 일어나 출근 준비를 하는 일에 관심이 없다. 그들의 아들도 학교에서 집으로 바로 돌아가지 않는다. 무슨 특별한 일이라도 있는 듯, 길가에 오랜 시간 앉아 있는다. 석양이 질 때까지. 그들은 모두 집으로부터 멀리 와 있는 존재들이다. 이 소설의 핵심은 그러면서도 여자에게 맞추어져 있다. 빈 사무실에서 그녀는 옷을 벗고 소파에 눕는다. 잠이 든 그녀를 성폭행하는 사무실 관리인. 그녀는 "불쑥 아이에게 가야 한다는 생각을 했고, 뒤이어서 정말로 집으로부터 너무나 멀리 와 있는 건지 모른다는 생각"을 한다. 이때의 가족이란 모두 고립된 타자에 불과한 것이다. 그 고립에 대한 항거가 자신의 육체를 바라보는 것으로 나타난다. 적어도 여자에게 있어 삶이란 자신을 그렇게 들여다보아야 하는 것, 혹은 그 기회를 빼앗긴 시간으로부터 자신을 보상하려는 충동인 것이다. 물론 그 같은 저항 역시 남성적 폭력 앞에 좌절되고 말지만.

이 같은 어긋남, 단절을 사랑의 문제로 확대해 볼 경우, 조용호의 「그 동백에 울다」가 주목된다. 이 작품은 동백꽃을 주로 그리는 화가와 취재기자 사이의 짧은 만남을 그리고 있다. 여류화가는 사랑을 믿지 않는다. 그녀에게 "사랑이란 건, 전설일 뿐"이다. 그녀는 "꽃과 사람이 함께 타오를 수 있을 때 생의 하찮은 경계들을 허물 수 있"다고 믿는다. 그녀의 이 같은 추상적 믿음은 그러나, 오래 전 한 남자를 잃었다는 경험으로부터 비롯된다. 일몰의 동백숲, 그 붉게 타오르는 핏빛 서해를 배경으로 그녀는 사라진다. 이 소설의 아름다움은 그녀의 사라짐과 타지마할의 전설을 대비시킨 점에 있다. 인도인들의 가슴속에 살아 있는 이승과 저승을 오가는 사랑 이야기가 그들의 삶을 지탱하고 있다. 그러나 인도인의 전설을 믿었던 그녀가 타지마할 궁전에 나타날 것이라던 그의 생각은 빗나가고 만다. 중요한 것은 그의 기다림이다. 그는 서천에서 석양을 배경으로 붉게 울고 있을 그녀를 기다리기로 한다. 그 기다림으로부터 사랑은 비롯되는 것이다. 오히려 기다림이야말로 사랑을 완성하는 것, 자신의 믿음을 지속할 수 있을 때 사랑의 본질

은 체득되는 것이다. 어긋남을 사랑으로 전환하고자 하는 의지, 혹은
욕망, 일치하지 못하는 데서 오는 불안한 시선, 안타까움 등은 김인숙
의 중편 「개교기념일」의 문방구 집 여자 '수'의 적막한 시선에서도 찾
아볼 수 있다. 이혼을 결심하고 법원 앞에서 남편을 기다리던 여자가
목격한 남편의 교통사고 사망 장면. 이후 그녀에게 찾아온 불길한 적
막, 그리고 그녀를 홀로 바라보는 컴퓨터 가게 오씨, 그리고 수가 바라
보는 개교기념일의 비어 있는 초등학교 운동장, 각자 다른 곳을 바라
보는 일이란 죽음보다 깊은 침묵과 고통을 수반한다.

　이 같은 고통은 때론 자기 파괴적인 충동과 타인에 대한 무모한 증오
로 발전할 가능성마저 내포한다. 내면성이 휘발된 상태에서의 삶이란
가볍고 즉흥적이며, 이념에 대하여 적대적이며, 어떠한 가치 판단도
유보한다. 오로지 앞을 위해 진행하는 걸음, 돌아보지 않는 삶이다. 생
을 소비 그 자체로 인식한다. 이 경우 도덕적 판단이란 무의미하다. 박
청호의 「DMZ—청색시대」가 여기에 해당된다. 이 작품에서 'DMZ'란
한반도의 분단 상황과 관련이 없다. 그것은 다만 어떠한 간섭과 편견,
이념이 틈입되지 않는 공간을 의미한다. 따라서 DMZ은 보통명사가
된다. 주인공 '그'는 "끔찍하게 권태롭고 평화로운 시대"에 살고 있다
고 생각한다. 그래서 그는 자기만의 전쟁을 선포한다. 그는 정신 박약
증세가 있는 쌍둥이 형을 죽이고, 정치인 K를 살해하며, 수많은 재물
을 모은 국회의원 X의 집에서 돈을 훔친다. 그리고 그는 자신의 애인
인 은채와 문화부 기자 승혜, 퀵 서비스 직원 명우 등과 함께 카페 '자
우림'에서 술을 마시고 프랑스 영화를 본다. 그들이 모인 자우림은 "서
울 한복판에 있으면서도 이 땅 어디에도 없는 공간에 들어앉은 느낌"
을 주는 공간이다. 그리고 그곳에서 사람들은 "시간이 정지한 채 흘러
가는 것을 볼 수 있었다." 이때의 시간이란 정지된 플롯과 동의어다.
이 소설에서 플롯은 없다. 돌아오지 않는 구성. 깅을 자처하는 주인공

정수의 행위에 어떠한 필연적 동기나 관념의 무게를 덧붙이지 않는 것, 형을 살해하는 일과 정치인을 살해하는 일이 전혀 다른 차원에서 그려지고 있다는 점 등은 이 소설이 플롯의 무화를 기도하거나 플롯이 사라진 지점에서 발생하고 있음을 의미한다.

4. 그대 아직도 방황하고 있는가

개인의 내면과 욕망을 절대화하는 소설쓰기에 대한 반성과 비판이 1990년대를 마감하는 자리에서 작품을 통해 조금씩 엿보이고 있는 것은 주목할 만한 현상이다. 한 인물의 실존적 정황을 깊이 탐구함으로써 우리 시대의 풍경을 제시할 수 있다는 믿음과 방법을 '옳다/틀리다'의 관점에서 구분하는 것은 무의미하다. 그러나 최근 한국소설에서 이 같은 경향이 쉽게 써서 빨리 읽히는 소비구조와 명민하게 조우하고 있음은 경계해야 한다. 특히 문학 매체들의 조급함과 상업적 전략에 의해 작가들의 상상력과 감수성이 고갈되는 현상은 매우 안타까운 일이 아닐 수 없다. 뿐만 아니라 '잘 짜여진 구성'을 혐오하는 신세대 작가들의 의식이 작가로서의 함량 미달을 감추는 도구가 되는 현상 역시 비판받아 마땅하다.

매개되지 않은 인간 관계란 불가능하다. 그러한 관계가 근대 자본주의 사회에서 가능하다는 생각은 순진하다. 그러나 소설은 그 순진함을 통해 본질적 가치를 찾아가는 형식이라는 점을 강조해야 할 것이다. 1990년대 중반 이후 한국소설은 순진함을 상실했다. 아주 예민하게 현실의 변화를 포착했으며, 독자들의 기호 변화에 영합했고, 권력화의 욕망에 사로잡혔다. 매개되지 않은 삶의 시원을 찾아서 헤매는 천진한 주인공을 찾기란 불가능했다. 그러나 이제 우리는 이러한 시원을 타자로부터, 타자의 시간을 통해 만들어 가야 할 것이다. 타자의 자기화를 이루는 과정은 현실 모순과 타자에 대한 인식을 방해하는 제도와 권력에 대한 비판을 동반한다. 헤겔식 표현을 빌면 상호승인을 위한 지속적인 관심이 이루어지고 교류되는 장(場)을 형성하는 데 소설이 기여해야 할 것이다. 고립된 관계와 메마른 삶에 대한 조망과 기억 속에 존재하는 공동체의 흔적을 함께 볼 수 있었음은 이번 계절 소설읽기의 즐거움이었다. 파편화된 개인과 얼룩진 욕망의 흔적을 찾는 일로부터 상상력의 패러다임을 전환해야 할 시점에 이른 것이다. 함께 살았던 시간에 대한 복원은 이제 미래에 대한 상상력, 더 나은 공동체를 향한 꿈꾸기로 연결되어야 할 것이다.

그대, 아직도 방황하고 있는가!

8. 서정의 논리

원형을 찾는 순례

1999년 고은은 미국에 체류하고 있었다. 그가 미국으로 떠나기 직전에 발간된 시집 『머나먼 길』은 연어의 모천 회귀 습성을 그린 장시이다. 이 시집에서 연어의 모천 회귀는 시인 자신의 현실에 대한 근본적인 반성, 자신의 시쓰기가 지향해야 하는 방향의 모색으로 연결된다. 먼 바다의 푸른 삶을 경험한 뒤 새로운 탄생을 위해 죽음과 맞서야 하는 연어의 삶이란, 시인이 실존적 생이 이루어진 공간, 상상력의 근원, 모국어가 존재하는 자리로 회귀하는 모습 혹은 그 욕망과 닮아 있다. 고은의 미국행은 그래서 일종의 제의(祭儀)에 속한다.

소위 민중, 민족문학의 단계를 거치면서 고은의 시는 현저히 생활 세계, 내면 탐구로 방향 전환을 하게 되는데, 이는 타인의 존재, 타자를 통한 자기 이해라는 관점을 바탕으로 한 것이다. 진정한 시민사회로 성숙하기 위해서 필요한 것은 인간 주체가 서로를 인정하고 신뢰하는 것이라면, 여전히 분단과 이로 인한 이질적 문화가 상존하는 현실에서 시민사회로의 진입은 어렵거나 불가능해 보이는 것이 사실이다. 고은의 회귀는 이런 의미에서 매우 의미심장하다. 다시 그는 분단과 그 극복에 대하여 관심을 드러냈기 때문이다. 시집 『남과 북』은 '머나먼 길'에서 돌아온 그가 앞으로 걸어야 할 길의 향방을 가늠하게 한다는 의미에서 주목된다.

> 생애의 절반쯤은
> 나그네였다
>
> 나그네로
> 강산의 뒤를 다녔다
> 이루지 못한 소원이 남아 있다
> 내 자식만이 아니라
> 남의 자식
> 하나나 둘을 기르고 싶었다
> 그런 다음에야
> 누구의 친구가 되고 싶었다
> 누구의 친구가 되고 싶었다
>
> 지금은 남과 북
> 온통 하나의 낙조 속에 가슴 가득히
> 못내 아름다워라

—서시, 「저녁」 전문

시인은 생애의 절반이 나그네로 떠돌았던 시간으로 채워져 있다고 고백한다. 선승으로, 혹은 민주화 투쟁기 옥사 등으로 그의 생은 실제로 방황과 고투로 얼룩졌다. 1960년대 소위 허무주의적 낭만과 1970,

80년대의 민주화 투쟁을 거치면서 그가 도달한 세계는 인간에 대한 깊
은 이해를 바탕으로 하는 원융의 깨달음, 개별적 단위로부터 역사적
층위에 이르는 삶의 다양한 양태에 대한 이해와 스용이다. 문제는 여
전히 그에게는 모국어를 담당하고 지켜야 하는 시인으로서, 자신의 시
적 상상력의 원천이 되는 민족적 현실 혹은 질곡을 해결해야 하는 요
구가 남아 있다. 그에게 이는 당위적인 요청이다. 쿤단 극복에 대한 염
원이 그것이다. 타인에 대한 인정이 곧 자신을 주체로 인정받는 길이
듯이, 오랫동안 다른 체제에서 살아왔다는 기억을 유보하고, 서로를
거울로 바라볼 수 있을 때 진정으로 아름다운 시간이 전개될 것이다.
그는 바로 '남의 자식'을 기르기 위해 길을 간다. 그에게 주어진 여행
의 기회는 우연한 것이었겠지만, 그 우연한 기회를 그는 필연으로 바
꾸어 놓는다. 한반도 동북단 두만강 끝에 위치한 '서수라'로부터 남쪽
땅끝 '토말'에 이르기까지 그의 기행은 '한반도적'이다.

    온갖
    온갖 인습 밖에 내버려져
    울고 있는 곳이 있다
    울다가
    울다가
    언제나 울음이 모자란 곳이 있다
    서수라

    〔…중략…〕

    느닷없이 바위가 일어서서
    커다란 앞바다에 대고

힘껏 파도를 뒤집어쓰고 있다
귀머거리에게
무슨 파도소리냐고
무슨 파도 밑창 조갯속 진주의 작은 어둠이냐고
묻지마라

쓸쓸함이 끝내 힘이라면
아 바람 부르짖는 천막을 치고 싶어라
고아가 되고 싶어라
늙어빠진 과부가 되고 싶어라
산전수전 지친 등짐장수가 되고 싶어라
마지막 기억조차 빼앗긴
스파이가 되고 싶어라
지령 끊어진 지 오래

—「서수라」 부분

해남 토말 갈두마을
거기 살리
거기 살리
유채씨 떨어져
다음해 유채꽃 환한 봄밤
거기 살리

〔…중략…〕

해남 토말 송호리

　　거기 살리
　　반장네 옆집
　　거기 살리
　　더는 갈 데 없이
　　거기 살리

　　갯지렁이
　　무지렁이
　　거기 살리

―「해남 토말」 부분

　전국 각지를 돌며 그가 바라보고 생각한 기행수첩 형식의 이 시들은 그러나 단순한 관람기를 넘어선다. 그것은 지역마다에 깃든 전통적 삶의 형태 혹은 일화, 역사가 사실상 그 개별적인 의미의 한계를 넘어서 민족적 삶의 형식과 내용이라는 접점으로 수렴도고 있기 때문이다. 따라서 한 지역에 대한 그의 관심은 회고적이다. 그러나 여기에는 시인의 일정한 의도가 존재한다. 그것은 분단 극복이 당위적인 요청으로부터 구체적인 대안으로, 실감으로 다가오기 위해서는 남과 북, 어느 쪽에서도 인정되고 수용될 만한 내용이 담겨야 한다고 시인은 생각하고 있다. 가령, "1866년 미국 무장상선 제너럴 셔먼호가/대동강에 들어왔을때/평양의 투석군들이 모란봉 밑에서/돌을 던져 대항하였다/이만춘"(「패수」)과 같은 시에서 나타난 역사적 사건에 대한 복원은 『만인보』 이래로 계속되어 온 시적 관심의 연장에 있다고 볼 수도 있지만, 남과 북이 공유할 수 있는 의식의 본질, 근원에 대한 탐색이라는 관점에서 이해되기 때문이다.

　따라서 시집 『남과 북』은 문학과 삶, 개인과 역사를 '즉자―대자적'

관점에서 통합하고자 했던 1990년대를 지나면서, 다시 부각된 분단 극
복 문제의 시적 대안으로 놓이게 되었다. 민족적 삶의 원형에 대한 탐
색이라는 주제에 몰두하게 된 점이 이를 잘 말해 주는 것이다. 새로운
시간을 맞이하는 시점에서 시인이 던진 화두는 바로 다시 분단 문제였
다, 이런 의미에서 이번 시집에 드러난 그의 길 가기는 매우 근본적인
질문양식으로 존재할 것이 분명하다.

길 위를 걷는 시

—정희성의 근작

정희성 시인은 「저문 강에 삽을 씻고」(1978)라는 시로 널리 알려졌다. 1980년대 초반을 대학에서 보냈던 사람들에게 이 작품은 매우 인상 깊게 각인되어 있을 것이다. 비록 어두운 현실에 대한 구체적, 과학적 인식은 결여되어 있었으나 무엇인가 삶은 더 골똘히 생각해야 할 대상이며, 어쩌면 시란 지상 위에 존재하는 슬픔에 대하여 이야기하는 것일지 모른다는 생각이 미만해 있었다. 메마른 삶에 대한 시적 인식의 필요성을 조금씩 알게 되던 시절, 무엇이 아름다운 시가 될 수 있는가라는 질문에 대한 답으로 가끔 내보이던 작품이 바로 「저문 강에 삽을 씻고」였다. 하루 일을 끝내고 돌아오는 가난한 노동자의 모습과 저무는 강변이 이루어내는 서정적 조화는 이 시에 질긴 생명력을 갖게 하는 요소였다. 고단한 삶의 여정이 어떻게 시로써 탁월하게 형상화될 수 있는지 그는 구체적으로 보여주었던 것이다. 정희성은 이때부터 길을 가고 있었는지 모른다. 1980년대의 험난했던 시간의 길은 그에게 "괴로워라 지금 여기 없는 그대를 위해/나는 술잔을 채울 뿐/눈이 오

는 날은 울고 싶어라"(「눈 덮인 산길에서」)라는 실존의 외로움과, "공주
에서 부여로 넘어가는 길에/우금치 고개가 있지요/(……)/얼마전까지
만 해도 호미질만 하면/이름없는 사람들의 뼈가 걸려 나왔다고/누군가
말하며 울었어요/(……)/조금만 더 가면/신동엽 시인의 생가가 나오지
요"(「우금치 고개」)라는 역사성을 동시에 내포하는 것이었다. 쉽게 쓰지
않는, 과작인 그가 수 년 전에 상재한 시집『한 그리움이 다른 그리움
에게』(1991)의 마지막 작품은 그의 시가 응집력을 지니는 이유를 깨닫
게 한다.

    바닷가에 서서
    수평선을 보느니
    물새 몇 마리 끼룩대며 날아가
    어두운 하늘 저 끝에
    붉은 해가 솟는다
    이상도 해라
    해가 해로 보이지 않고
    구멍으로 보이느니
    저 세상 어드메서
    새들은 찬란한 빛무리가 되어
    이승으로 돌아오는 것일까

—「새 그리고 햇빛」 전문

　험난했던 시간의 터널을 지나 그가 도달한 공간은 육지의 끝, 바다였
다. 그곳에서 시인은 '날아간 물새'와 앞으로 날아올 새들을 본다. 물
론 그가 기다리는 새 떼들은 '찬란한 빛무리'로 전이된다. 중요한 것은
시인의 시각이 새가 날아간 자리와 수평선이 만나는 접점에 닿아 있다

는 사실이다. 그 지점은 종착점이면서 출발점이다. 소멸이면서 생성으로 이어지는 '구멍'을 보는 것, 혹은 그 기다림의 자세가 갖는 아름다움에 주목해야 한다. 그것은 '회귀'이다. 이미 시인의 자리에 그는 돌아와 있었던 것이다.

말이 곧 절이라는 뜻일까
말씀으로 절을 짓는다는 뜻일까
지금까지 시를 써오면서
시가 무엇인지
시로써 무엇을 이룰지
깊이 생각해볼 틈도 가지지 못한 채
헤매어 여기까지 왔다
경기도 양주군 회암사엔
절 없이 절터만 남아 있고
강원도 어성전 면주사에는
절은 있어도 시는 보이지 않았다
한여름 뜨락에 발돋움한 상사화
꽃대궁만 있고 잎은 보이지 않았다
한 줄기에 나서도
잎이 꽃을 만나지 못하고
꽃이 잎을 만나지 못한다는 상사화
아마도 시는 닿을 수 없는 그리움인 게라고
보고 싶어도 볼 수 없는 마음인 게라고
끝없이 저자거리 걷고 있을 우바이
그 고운 사람을 생각했다

―「詩를 찾아서」 전문

'제2회 시와시학상 작품상'을 수상한 이 작품이 제기하고 있는 문제 역시 범상하지 않다. 시인은 먼저 지금까지 시를 쓰면서 살아왔다는 자신을 부끄럽게 생각하면서 삶의 여로를 되돌아본다. 그 반성은 시를 통해서 무엇을 이루어야 한다고 생각해 온 자신에 대한 물음이기도 하지만, 시가 '지금, 여기'에서 어떻게 자리매김되고 있으며 어떤 의미를 지니는가라는, 시의 존재론에 대한 물음이기도 하다. 그 물음은 시인이 산골 절터에서 보게 된 상사화라는 꽃을 통해 구체화된다. 상사화 (相思花)는 수선화과의 다년초 꽃으로 여름에 연한 홍자색의 여섯 잎의 꽃이 핀다. 꽃이 필 무렵 잎은 이미 시들고, 꽃과 잎이 등지고 있어서 서로 보지 못한다고 하는 꽃으로 알려져 있다. 시인은 왜 상사화라는 꽃에 주목했을까. 물론 실제로 그 절터에서 시인이 상사화를 보았는지의 여부는 중요하지 않다. 문제는 시인이 시를 쓰면서 살아오는 일 혹은 시 자체가 존재하는 방법에 대하여 말하고 있다는 점에 있다. 그것은 '어긋남'의 미학이라고 불릴 만한 것이다. 시란 무엇인가를 묻는 행위, 시를 통해 무엇을 이룰 수 있을까라고 다분히 회의적인 목소리를 스스로에게 확인하는 일, 또는 시가 존재하는 방식은 끊임없이 질문의 형태로만 존재한다는 것, 그래서 '시는 닿을 수 없는 그리움'이라고 말할 수밖에 없다는 점을 확인시켜 주기 때문이다. 이 거리감이야말로 시의 존재 이유이면서 가치이기도 하다.

여기서 더욱 중요한 문제가 떠오른다. 최근 한국시의 뚜렷한 흐름으로 감지되고 있는 초월적인 경향에 대하여 이 시는 비판적으로 작용할 가능성을 내포하고 있기 때문이다. 삶의 현장과 직접적으로 대결하면서 문제를 찾아가는 시는 찾아보기 힘들고, 지나치게 현실의 문맥과는 떨어진 자리에서 관조적인 태도를 취하는 작품들이 대량 생산되고 있는 것이 1990년대 중반 이후 한국시의 흐름이다. '마음'이라고 하는 관념적인 대상을 찾아가는 시인들은 대개 불가와 인연을 맺고 있는 듯이 초월적이다. 여전히 치유해야 할 대상, 위로받아야 할 삶이 도처에 존재하는데도 시적 관심은 이들과 비켜 서 있다. 자신의 내면 속에 구심적으로 고착된 언어들은 자기 탐닉적 황홀경을 그리는 데만 열중한다. 이는 자기를 반영의 거울로 삼으면서 세계의 허위성을 전복적으로 드러내려는 모더니즘 예술의 비판적 상상력과는 구별된다. 시적 서정의 본류는 초월과 무관심에 있는 것이 아니라 세계에 대하여 적극적으로 개입하면서 상처받는 자아의 맨얼굴을 드러내는 데 있다. 따라서 시란 '보고 싶어도 볼 수 없는 마음'이라고 생각하고 있는 시인에게 여전히 길은 주어져 있으며, '세계—내—존재'로서의 정체성에 대한 고통스러운 확인 과정이 그에게 뒤따를 것이다. 따라서 그는 쉽게 초월하거나 열반에 들려 하지 않는다. 시를 통해 여전히 찾아야 할 그 무엇이 남아 있기 때문이다. "끝없이 저자거리를 걷고 있는 우바이"란 결국 시인 자신의 모습에 다름 아니다.

결국 정희성의 「시를 찾아서」는 시인 개인의 시작 과정에 대한 고민을 드러내는 데 멈추는 것이 아니라, 오늘날 한국시의 위상에 대한 반성까지 포함하고 있어 주목되고 있다. 문학적 감동이라고 하는 진부한 말이 있다. 하지만 이 단어에 다시 한번 주목할 필요가 있다. 진정성이란 문학적 감동을 유발하는 필수 조건이다. 그렇다면 그 감동은 단순히 시인의 삶과 그의 작품의 윤리적 동일성에서 산출되는 것인가. 이러한 관습으로부터도 역시 자유로울 필요가 있다. 감동은 오히려 그들 사이의 간극, 불일치, 혹은 이를 해소하려는 시인의 노력으로부터 산출된다. 좀더 상처를 드러내는 것, 상처를 만들어내는 것, 그 상처에 대하여 말하는 것, 그리고 너무 쉽게 초연하지 않는 것, 이것이 최근 한국시에서 요구되는 덕목이 될 것이다.

시를 찾아 나선 자는 해탈을 지향하지 않기 때문이다.

마음의 밖을 향한 몽상

—이문재, 『마음의 오지』

이문재는 푸르른 시간을 그리워하며 길을 걷는 산책의 시인이다. 그의 첫시집 『내 젖은 구두 벗어 해에게 보여줄 때』를 아는 사람들은 그의 언어가 지닌 울창한 이미지의 그늘, 나뭇잎들의 지붕이 지어내는 서늘함을 기억할 것이다. 마치 땅거미지는 저녁, 마을에서 피어나는 푸른 연기처럼 그의 이미지들은 따뜻하면서도 한편으로 외로운 모양을 하고 있었다. 첫시집이 외로움을 언어의 깊은 심연으로 이르게 하는 아름다움을 지녔다면, 뒤축이 닳은 신발을 신고 땅 위로 이끌리듯 걷는 산책자의 모습이 뚜렷하게 드러난 『산책시편』에서 그의 걸음은 자주 자동차가 밀리는 거리, 도시와 자본주의로 향하기도 했다.

그의 언어가 『산책시편』에 이르러 첫시집과는 달리 논리성과 시적 지향성이 분명해진 것은 경험 세계에 대한 시인으로서의 '입장'을 밝혀야 한다는 자의식이 작용한 결과로 해석할 수 있다. 1990년대는 그에게, 시라는 미학적 장치에 대한 고려보다는 시인으로 사는 것이 무엇인가라는 질문에 자각적이게 한 시간이었고, 그는 이 같은 물음의 시적 대응에 깊이 번민했을 가능성이 있다. 『산책시편』의 중요성은 이러한 맥락에서 찾아져야 할 것이다. 이 시집에서는 또한 고독한 산책자로 자신을 지칭하면서 도심을 느리게 걷는 일이 부도덕한 세계로부터 스스로를 지켜 나가는 힘겨운 싸움으로 이해되기도 했다. 그의 작품에 자주 등장했던 '옛 집'의 이미지와 기억들은 그를 고독한 존재로 만들기도 하지만, 동시에 그의 시를 만들어내는 제도적 장치로 작용하기도 한 것이다. 그렇지만 그 '옛 집'은 있다가 없어진 것이 아니라 처음부터 존재하지 않은 것이었다. 그 선험적 상실성이 그의 시를 풍요롭게 하는 상상력의 근원이 되었던 것이다. 그의,

우체국이 없어지면 사랑은
없어질 거야, 아마 이런 저물녘에
무관심해지다보면, 눈물의 그 집도
무너져버릴 거야, 사람들이
그리움이라고, 저마다, 무시로
숨어드는, 텅 빈 저 푸르름의 시간

―「저물녘에 중얼거리다」

과 같은 표현에서 그의 시가 갖는 아름다움과 심연이 드러난다고 할 수 있을 것이다. 이번에 간행된 그의 세 번째 시집 『마음의 오지』는 그의 이전 시집과 같은 맥락을 지니면서도 동시에 논리적 지향성이 한층 분명해지는 특징을 보인다.

여전히 그는 산책을 하고 있지만 그것이 현실적인 유효성을 얻는 것은 이전에 그의 "빠른 것은 부도덕해"(「타클라마칸」)라는 생각에 구체성을 담고 있기 때문이다. 그는 "저녁 등명에 가면 불이 켜진다/밤바다, 집어등 사이로/새파란 길이"(「저녁 燈明」) 보이는 곳으로 여전히 길을 걷는다. 그

러나 이 길은 반도시적, 반문명적인 곳으로 닿은 것이라기보다 상실된 체험과 기억을 향한 것임을 강조할 필요가 있다. 그가 현재의 시간 속으로 재생시켜야 할 기억이란 보편적 체험이 가능했던 농업이었음이 이 시집에서 드러나고 있는 것은 새롭다. 정확히 말해서 전원적 삶에 대한 체험이 이제는 사라지고 말았다는 비감이 이 같은 진단 속에 깃들어 있다. 농업과 그에 관련된 삶의 양식은 이제 사전이나 교과서에 수록되어 있고 애써 그것을 문자화하고 지식의 범주로 묶어 두지 않으면 안 되는 상황 속에 놓이게 된 것이다. 체험과 '앎'은 완전히 분리되고 그 간극을 메우기 위해 인위적인 통로를 만들어야 하는 현실 앞에 선 것이다.

「농업박물관 소식」이라는 일련의 작품에서 과거의 체험과 분리된 현재, 혹은 현재의 삶 속으로 제대로 수용되지 못한 경험에 대한 고통스러운 확인이 이루어지고 있음은 주목된다. 박물관은 과거의 경험에 대한 단순한 자료적 집적 이상의 의미를 지닌다. 그 속에서 우리는 과거에 경험했던 기쁨과 아픔, 영광과 좌절을 동시에 가늠함으로써 삶이란 무엇인가라는 물음에 자연스럽게 접근할 수 있는 것이다. 그러나 이문재가 바라보고 있는 '농업박물관'은 그 동시대성, 농업과 박물관의 이미지가 즉각적으로 결합하는 데서 오는 당혹감, 혹은 그 둘 사이의 거리감이 완전히 무화되고 있다는 점에서 문제적이다. 역사적인 안목과 객관적인 측량이 가능한 거리감이 제거된 인접성에 시인의 비감어린 시선이 모아지는 것은 이 때문이다. 불과 수십 년도 안 되는 시간 동안 농업은 박물관에 박제된 동물처럼 전시되어야 한다는 것이다.

　　농업박물관이라—불과 30년 사이에 농업은 박물관으로 들어가게 되
　　었습니다　—「농업박물관 소식: 목화피다」 부분

코드화된 삶 속에서 자연 속의 대상을 재생하는 일은 얼마나 가능하

고 유의미한가. 도시의 삶 밖으로 밀려난 나무들, 새와 풀들을 문자화
하는 일은 어쩌면 의사소통상의 문제를 유발할지도 모르는 일이다. 독
자들은 식물도감이나 동물도감을 옆에 두고 시를 읽어야 할 것이다.
시인들이 자주 선운사나 물푸레나무 등을 시 속에 등장시키고 있지만
어쩌면 그들은 화석화된 관념으로만 그 의미를 지니는 것인지도 모를
일이다. 이문재가 "자연의 일부로 돌아가 온전한 꼼의 존재로 살아가
기를 꿈꾸는 무위(無爲)로써의 글쓰기"(이문재, 「시인이 쓰는 시 이야기:
미래와의 불화」)와 농업에 대한 은유를 같은 맥락에서 이해하고 있다고
밝힌 것은 그의 시가 논리성과 사상적 깊이를 더한 증거로 작용할 것
이다. 그러나 자기 해탈에 대한 염원과 부정적 현실에 대한 비판이 얼
마나 행복한 접점을 찾게 될지는 모두의 관심사로 남을 것이다.

　『마음의 오지』에서 산책과 여로에 분명한 지향성과 목적 의식이 담
긴 것은 새로운 시대를 앞둔 시점에서 삶의 방향과 시인으로서의 운명
을 어떻게 조화시켜 갈 것인가라는 물음에 시인 스스로 자각적이었음
을 반증하는 일일 것이다. 그는 "불안하지 않으면 편안치 않은" "버릇"
(「금빛 개펄」)을 지니고 있다고 고백한다. 시인은 몽상하고 꿈꾸는 자이
다. 그래서 그의 '버릇'은 우리를 조금 위로해 준다. 시인의 잠이 꿈을
상실할 때 삶은 진부해지고 또한 건강성을 잃을 것이기 때문이다. 이
문재는 앞으로도 쉽게 자신의 산책을 그만두지 않을 것이다. 또한 너
무 쉽게 그 화석화된 탈세속적 이미지에 사로잡히지도 않을 것이다.
그의 무위로써의 글쓰기가 좀더 오래 비판적인 효력을 지니는 방법론
이 되기를 바라는 것은 이 때문이다. 길 밖, 산책의 바깥, 도시의 바깥
을 지향하는 일이 갖는 진보적인 의미와 개인을 전체의 삶에 대응하려
는 의지가 생에 대한 막연한 체념으로 끝나 버리지 않는 이유를 여기
서 찾을 수 있다. 그가 좀더 오래 걷기를, 다시 낡은 구두를 벗어서 우
리에게 보여주기를 바라는 마음 간절하다.

‘구멍’과 ‘우물’의 시

— 김수영론

시를 쓴다는 것은 부재의 선험성을 인식하는 것이라 말할 수 있다. 무엇을 잃었다는 의미의 상실보다, 부재란 좀더 근본적인 의미를 담고 있기 때문이다. 부재의 근원을 들여다보는 행위의 중심에 시쓰기가 있는 것은 아닐까. 혹은 자신을 둘러싼 환경으로부터 스스로를 낯선 존재로 대상화하는 작업을 통해 자신을 이해하는 행위, 시쓰기가 본질적으로 고독한 몸부림일 수밖에 없는 이유가 여기 있을 것이다.

새로운 시간이 열리는 시점에서 김수영의 시를 다시 읽는 이유는 시쓰기에 담긴 가장 근본적인 물음에 답해야 한다는 생각 때문이다. 상처를 바라보고 그 상처를 달래며, 자신을 이해하여 자기 이해의 폭과 넓이를 확장시키고자 하는 의지의 꼭지점에 시쓰기가 있다는 것, 자본의 논리로 보면 수준 미달인 시가 왜 오랜 시간 동안 상품 가치와 무관하게 살아남았고, 왜 그래야 하는지를 확인해 보고 싶은 것이다.

김수영(金秀映)은 비교적 젊은 나이였던 1992년부터 문단 활동을 시작했다. 20대 중반이라는 나이는 세대론적 관점을 동반하기 쉽지만,

그녀에게는 이 같은 관점이 잘 적용되지 않는 듯하다. 그의 시가 갖는
일종의 무게감 때문이다. 삶을 매우 깊이 있게 바라보는 시각은 동시
대의 다른 시인들이 보여주었던 가볍고 경쾌하며 때론 경박하기까지
했던 부류와 매우 다르다. 이것이 김수영의 특징이고, 그녀 시가 갖는
힘의 본질이다. 김수영에게 삶은 황무지를 걷는 낙타와 같은 것이다.
"나를 절망케 하는 것은 노역이 아니라/무거운 짐을 지고/이 세상 밖
을 묵묵히 걸어가려 하는/가혹한 믿음"(「낙타」)이라고 그녀는 말해 놓
고 있다.

　　마음의 거푸집, 몸을 빠져나온 마음이
　　황무지 속으로 도망쳐 스스로를 풀어놓는다
　　바람은 어떻게 불어가며
　　그림자는 왜 발끝에서 위태롭게 흔들리는가
　　끓던 지평선이 점차 식어
　　드디어 아무것도 보이지 않을 때까지
　　걷는다, 제 몸도 땅거죽처럼 굵은 금이 깊도록
　　오랜 가뭄을 견뎌내도록

　　먼지처럼 단단해진 마음
　　하늘 아래 무덤없이 풍화해버리는
　　가벼운 영혼도 있으리

—「황무지」 전문

　시인은 메마른 황무지에 선다. 혹은 걷는다. 바람이 불고 그림자마저
흔들리지만, "아무것도 보이지 않을 때까지/걷는다." 그 걸음은 "땅거
죽처럼 굵은 금이 깊"은 선을 만들어낸다. 무거운 삶으로 인해 땅이 파

'구멍'과 '우물'의 시　189

이는 걸음걸이로부터 그녀는 어떻게 자신을 추스르는가. "먼지처럼 단단해진 마음"에서 보이는 역설에 주목할 필요가 있다. 이 진술은 바로 다음 행의 "풍화"되는 "가벼운 영혼"에 의해 뒷받침되지만, 그 자체로서도 매우 아름다운 표현의 효과를 얻고 있다. 즉, 오랜 시간 묵힌 상처의 낱알들이 쌓여 만들어내는 결정(結晶)을 마주할 때 비로소 가볍게 풍화되는 마음의 무게를 볼 수 있다는 것이다.[1]

　성장한다는 것의 다른 의미는 상처를 바라보는 자신을 이해하는 일이라는 점을 김수영은 보여주고 있다. 상처와 기억, 혹은 외로움의 깊이를 그녀는 자주 '구멍'이라는 이미지를 통해 그려낸다. '구멍'은 그의 시에서 매우 다양하게 변주되지만, 공동화(空洞化)된 내면과 그 공간이 빚어내는 울림 등으로 이해된다. 그것은 "삶의 한가운데" 있는 "폭풍"(「고래처럼」)이기도 하고, "부드러우면서도 단단한" "어둠의 씨앗"이 박힌 곳(「구절리에서」)이기도 하며, 스스로가 채워야 하는 절대적 부재(「고욤나무가 있는 너와집」)의 상징이기도 하다. 때로는 작은 곤충의 허물 벗기 모양을 관찰하면서 "허공도 한 바람구멍/나부끼며 매달려 있게 한다"(「나비」)와 같은 표현에서도 드러나듯, 지상에 존재하는 사물들의 존재 원리를 수식하는 데 쓰이는 예각화된 표현 수단이기도 하다. 그런데 중요한 것은 이 '구멍'의 이미지는 자신으로 향하는 길 가기와 밀접히 관련된다는 점이다. 가령,

　　(……)

　바닥이 안 보이게 우물 하나 파고

---

1) 상이한 이미지의 결합이 만들어내는 아름다움은 다음의 표현들 속에서도 찾아볼 수 있다. 가령, "모래의 단단함과 부드러움"(「낙타」), "매서운 눈보라/잉걸만 남아 무한량 일어서는 빛"(「자작나무숲」)과 같은 표현이 그것이다. 또한 「부패의 힘으로」와 같은 시에서 보이는 역설의 구조는 김수영의 시적 방법이자 정신이기도 하다. 그녀의 시가 좀더 양적으로 누적된 후 이루어질 또 다른 김수영론에서는 이 같은 역설의 방법론이 중요한 분석 대상으로 등장할 가능성이 높다.

밤마다 들여다보며 살고 싶지

〔…중략…〕

아무리 퍼마셔도 목마른 물이 있지
끊임없이 솟아도 결코 차오르는 법 없는
밑바닥 없는 구멍
우물바닥은 내 눈보다 더 축축한 검은 빛이지

—「검은 우물」 부분

에서 구멍의 이미지는 자신의 내면적 정황을 드러내는 '우물'의 이미지로 변주된다. 깊이를 알 수 없는 우물은 그녀에게 자주 유년 시절의 경험과 추억을 환기하는 소재로 쓰이고 있다. 그것은 공포와 환상이 교차된 동화 속의 존재이기도 하고, 시적 상상력의 근원으로 작용하기도 한다. 가령, 팔걸이가 있는 낡은 의자를 보면서 "그 의자에 앉아 나는 그리워한다/오랫동안 서서히 건조시켜/돌처럼 단단해진/흔적으로 남은 생의 한 순간"(「팔걸이가 있는 낡은 의자」)이라고 한 데서 드러나듯, 지나간 시간의 흔적에 대한 그리움과 "더 이상 작아질 수 없는 것들은/한없이 아래로 내려가/단단한 바닥이 된다"(「더 이상 작아질 수 없는 것들」)는 하강적 이미지의 교직은 모두 심연의 깊이라는 우물의 이미지로 통합되고 있다. 그녀의 시쓰기가 당분간 과거와 추억 속의 대상에 모아질 것이라는 예상이 이 지점에서 가능하다.

첫번째 시집 『로빈슨 크루소를 생각하며 술을』에서 보여준 안정되면서도 강한 내면적 폭발력이 김수영의 새로움이었다. 최근 그녀의 시는 젊은 날 그녀가 만나고 경험했던 수많은 '구멍' 혹은 상처를 아우르거나 그 무게를 덜어 가는 과정에 진입하고 있다. 그녀에게는 삶이 "꽃잎이 열리는 한 순간보다/짧은 한 생애"(「백년찻집」)로 보일지라도 너무 쉽게 초월하거나 체념하기에는 이르다는 점을 강조해두고 싶다. '우물'의 바닥을 통해 새롭게 열리는 유년 시절의 추억과 경험이 어떻게 새로운 모습으로 등장할지 지켜보고 싶은 생각이 간절하기 때문이다. 사물에 대한 그녀의 웅숭 깊은 시선은 언제나 이런 진술과 연결되어 있는 듯하다. "무엇이 그곳을 이루고 있는 것일까"(「부패의 힘으로」).

그녀의 시는 앞으로 어떤 빛깔을 하고 나타날까. 우물 바닥의 검은색 으로부터 어떤 빛을 만들어낼지 자못 궁금하다.

뿌리로부터 건져 올린 생

― 김규린, 『나는 식물성이다』

뿌리는 묵묵히 고여 있다
탕진되지 않는 한결같은 미더움으로
표류하는 생애의 부질없음까지
말없이 덮으며
―「보이지 않는 뿌리는 영원하다」

자신의 생애가, 보편적이라고 믿는 삶의 양식을 수용하고 따를 때, 혹 기존의 가치관이나 관념에 자신이 무차별적으로 동화되는 느낌을 갖게 되어, 일종의 저항과 위반의 욕망에 사로잡혀 본 시간은 누구에게나 존재할 것이다. 시인에게 존재하는 선험적 불행의식은 귀납적으로 존재한다기보다 방법적으로 존재하는 것임을 인정하기는 어렵지 않다. 특히 서정성의 원리가 기본적으로 자신을 문제삼는 형식이며, 자신으로부터 배태되고, 결국 자신을 중심으로 세계를 구성하는 것이라 할 때, '불행의식'은 자신의 내면과 환경으로부터 형성된다고 할 수 있다. 시인의 불행은 실재성의 여부보다는 의식의 함몰, 혹은 내면적 공황의 깊이, 그것의 언어적 재구성이라는 직조 과정을 통해 드러나므로, 그가 사용하는 언어, 혹은 자주, 빈번하게 등장하는 이미지들은 시인으로서의 자신, '그'를 지칭하는 기호이며, 기호로 인식된 세계의 존재 원리가 될 것이다.

김규린은 '뿌리'의 시인이며, '뿌리'를 통해 자신을 세계와 탈각시킴

으로써 자신을 부정적으로 드러내 보이는, 그리하여 자신을 끊임없이
이 '낯선 세계의 친숙함'이라는 역설적 억압으로부터 벗어나게 만든
다. 그것은 지난한 노력이며, 자신의 욕망을 객관화하고자 하는 열망
이다. 그녀에게 뿌리란, 일종의 뿌리의 욕망이자, 뿌리로 향한 병적인
그리움이며, 뿌리에 순치되는 맨얼굴의 변형적 이미저리이다. 욕망의
문제에 대해 언급할 경우 그녀의 언어는 눈부시도록 슬프고, 그 의식
의 고투 역시 참담하게 아름답다. 이런 찬사가 어울리는 것은 그녀는
이미 그녀의 기표가 된 뿌리가 자신의 거울임을 알고 있기 때문이다.
그 거울을 통해 그녀는 자신의 상처와 내면, 욕망의 흔적들을 고스란
히 보여주고 있다.

　　텔레비전을 보다가 딱 한 번
　　주체 못하게 운 적 있다
　　첩첩산중 외딴집 나무로 지어진 테라스에서
　　흥건히 풀어헤친 셔츠 입은 남자가
　　먼데 응시하며 첼로 켜는 모습
　　다만 감각적인 슬픔쯤으로 첼로를 들던 나에게
　　붉은 꽃 내밀었다

　　그토록 허황한 감각의 잡풀더미에서
　　산산조각난 이마를 쓸어올리며
　　그렇게 그 남자가
　　내 안에 걸어들어왔다
　　나는 가늘게 눈감은 채 악몽처럼 부유하였다
　　빈사의 가을
　　죽은 것들이 눈뜨기 위해서는 긴요한 하나의

근거가 필요하듯이
나는 죽은 내 숲의 정령들을 앞세워
숨겨달라 외쳤다
여태 난 근거없이 삶에 임했을 뿐 귓가에 살아 넘치는 그
소리들이 난해하고 두려웠다

네 번째 눈물이 스며올랐다
어디에서 비롯된 것인지 알 수 없었다
겨드랑이와 가슴과 눈자위를 만지면 쓸쓸한
언덕이 더듬어질 뿐
모조리 눈감고 생각하였다
나는 먼지다
허공을 날아다니는 느낌일 뿐이다

남자가 첼로를 연주하기 위해선
네 번째 눈물이 필요하다

조악한 꽃들에서 뿌리가 번지고 있었다
문득 가슴에서
싹이 만져졌다

—「네 번째 눈물」 전문(밑줄 강조는 인용자)

첼로를 연주하는 한 남자의 모습을 통해서 슬픔의 존재 방식을 서술하고 있는 이 작품의 핵심에는 "긴요한 하나의 근거"로 요약되고 있는 모종의 결핍감이 놓여 있다. 이 부재란 '그', 혹은 '그녀'로 일컬어지는 어떤 대상의 공동(空洞)만을 의미하지 않는다. '내 안'으로 걸어 들어

온 남자의 존재보다 그로부터 파생된 시인의 의식, "악몽처럼 부유"하
거나 "나는 먼지다"라고 절규하거나, 그 슬픔의 기원에 대하여 생각하
는 자신을 들여다보는 행위 속에 이 시가 놓인다는 점이 중요하다. 왜
그녀는 "근거없이 삶에 임했을 뿐"이라고 말하고 있을까. 그녀의 근거
는 어디인가. 자신과 사물을 둘러싼 정황을 그녀는 "허공을 날아다니
는 느낌"으로 요약한 것은 아닐까. 그녀는 자신의 몸을, 자신의 내면을
쓸쓸하게 '만진다', 혹은 '더듬는다'. 이 행위의 요체에 감추어진 의식
의 통증이란 '번지는 뿌리'를 확인하기 위한 제의가 아니었을까. "조악
한 꽃들에서 뿌리가 번지고 있었다"란 진술은 그래서 자신의 욕망과
자신을 '그녀'에게 순치시키고자 하는 몸부림으로 읽힌다. 여기서 그
녀란 뿌리로 환치된 시인의 타자이다.

"나 혼자 꿈틀거린다"(「전화를 기다리는 오후」)라고 그녀는 말한다. 혼
자 있음이란 제한되지 않은 모든 상황 속에 동시에 놓이는 것이며, 어
떤 억압으로부터도 자유스러운 것이지만, 다른 한편으로 스스로를 유
폐적 공간, 닫힌 시간 속에 감금하는 일과 같다. "나는 닫혀 있다"(「거
듭나기」)라고 그녀는 강조한다. 하지만 그 닫힘은 또 다른 지향성을 지
닌다.

門의 방향이 아름다워진다면
많은 꽃들이 문틈에 끼여 죽지 않으리
나는
별안간 뻗쳐오르는 햇살과 삶은 달걀 광주리에 넣고서
당신과 소풍 떠나리
열린 門 또박또박 걸어서
언덕에 이르면
자그만 초가를 지으리

훌쩍훌쩍 웃자란 뜨락의 풀꽃들 곁에는 절대

절대 門을

달지 않으리

—「門의 방향」 전문

그녀의 문은 어디로 향하고 있을까. 그녀에게 문은 밖이 아니라 자신의 내부로, 자신을 향해 있다. 더 정확하게는 타인의 시선이 존재하지 않는 곳에 그녀의 문은 존재하고, 거기서 비로소 열릴 가능성이 있다. 타인과 마주하고, 타인을 바라보며, 타인의 시선을 받아내는 얼굴을 그녀는 거부한다. 그녀가 지으려는 작은 초가란 일단 '꽃들'과 단절된 상태, "웃자란 뜨락의 풀꽃"과 멀다. 이때 초가란 언덕에 이르러서야 볼 수 있는 대상이기보다, 더 깊은 지점, 그녀의 내면이 만들어내거나 내면을 통해서만 그 발아가 보이는 습기의 존재를 연상하게 한다. 그것은 뿌리의 이름이다. 그래서 문의 방향은 한없이 낮은 지점, 꽃처럼 드러난 이름이 아니, 숨겨진 얼굴로 향한다. 이것이 그녀의 방식이고, 그녀가 직조하는 시의 원리이다. 다른 방식으로 말하면 그녀의 유폐적 상상력은 타인과 소통하고 싶은 열망을 드러내기 위한 장치로 쓰이지 않는다. 닫히기보다는 닫은 것. 이 자동사의 행위 속에 그녀가 만들어내고 보이는 뿌리의 다양한 의미의 층위들이 구상화된다.

뿌리로 향하는 상상력의 근간에서 제일 먼저 마주치는 것은 '상처'이다. 그런데 대개 그녀의 상처는, "상처가 아름답다/잘못 자라난 가지 끝"(「벼랑에 핀 남녀」)이라거나, "나는 죽음 곁에서 떠오른 식욕, 뿌리없는/사과알을 찢으며/덧나기만 하는 상처"(「슬픔」)처럼, 언제나 뿌리를 지향한다. 바꿔 말하면 나무를 볼 때조차 가지나 꽃보다는 뿌리를 보고 싶은 열망과 관련된다. 자신을 좀더 근본적인 지점에서부터 바라보고 싶은 욕망은, 그 욕망의 기원이 어떤 시간들의 기억과 상처에서 비

롯되었음을 인정하는 것과 같다. 그것은 일종의 패배감과 다르다. 나
뭇가지나 꽃처럼 드러난 대상을 지향하는 의식은 내면에 들끓고 있는
"야생의 욕망", "나는 튕겨져오르리라"(「끓는 여름」)거나, "아, 殺人하
고 싶다"(「삶은 뱀 껍질처럼」)와 같은 제어하기 힘든 야성성을 다스리고
자 하는 의지로 읽히기 때문이다. 이는 그녀에게 "분명해지는 삶의 외
갈래 길"이며, "왜 나는 점점 거꾸로 날아/억센 기억의 천장에 달라붙
는가"(「내 슬픔 속 용암종유」)라고 반문하지만, 그녀가 걸어야 할 길의
방향인 듯하다.
　김규린은 살아온 시간, 슬픔과 상처 혹은 주어진 삶의 울타리 밖을
향한 열망과 좌절 등 질곡의 경험으로부터 자신을 순치하고자 하는 열
망으로, 생의 다양한 뿌리들에 천착한 것이다. 뿌리는 "출구는 언제나
바늘구멍이다"(「내 위장 속의 무녀」)와 같은 억압적 상황에 대한 극복
의지로 나타나기도 하고, "내가 돌아온 그 많은 골목 어귀의 기억들"
(「뿌리에 관하여」)을 달래는 제의(祭儀)로 변주되며, "뿌리의 통증"(「버
려진 우리의 표정」) 그 자체로 은유화된다. 그 시간의 부침을 지나 그녀
가 도달한 하나의 결론은 "표류하는 생애의 부질없음까지/말없이 덮으
며"(「보이지 않는 뿌리는 영원하다」) 존재하는 '뿌리'이면서, 동시에 '자
신'인 하나의 그림을 제시하는 것이다. 그 그림 속에는 어떤 눈동자,
조금씩 흘러내리는 문, 서서히 열리는 방, 세월의 오랜 길 위에서 다스
려진 내면이 보인다. 이제 그녀가 선 자리에서 만난, 그녀가 속한 하나
의 풍경을 바라보자.

　저토록 환한 석양을
　왜 지금껏 보지 못했을까
　수평선 잘 익은 가지에서 툭 떨어지는 바다
　歷史를 빠져나온 사람 하나

몰래 매달려 있다
먼 데 눈시울 적시던
모든 門들이 조금씩 흘러내린다
머리 굽혀서야 들어갈 수 있는 방이 서서히 열린다
아, 내게도 나만의 방이 있었지 참 오래
그것을 잊고 있었다
외딴 방을 전전하는 사이
눈동자가 많이 무뎌졌다
헛것에 길들여져 온 운명이었다
세월 속에서 되풀이하여 와전되는 길들이
얼마나 길었던가

석양은 내 담홍색 유년을 끌고
산 너머로 진다

―「불타는 난간」 전문

그녀의 회한, 응시가 어떤 문을 향하게 될지 주목하지 않을 수 없다.

생을 건너는 '작은 그늘'의 언어

—권혁웅, 『황금나무 아래서』

시인에게 있어서 자기 인식이란, 자기 자신에 대한 이해와 함께 자신을 넘어선 그 무엇인가에 대한 인식을 포함한다고 말할 수 있다. 자신과 자신을 넘어선 존재(대상)에 대한 인식은 언제나 삶의 전 과정을 통해 지속적으로 이루어지며, 자신의 '밖'을 향한 심정적 열망은 시의 존재론을 설명하는 중요한 단서가 될 수 있다. 권혁웅의 시집 『황금나무 아래서』를 읽는 동안 장 그르니에의 오래된 저서 『섬』의 문장들이 연상된 것은 단절과 연속, 고립과 구원의 이미지들이 그의 시집 저변을 둘러싸고 있다는 생각 때문이다. '자기 인식이 이루어지고 나면 여행은 이미 끝난 것이다' 라고 장 그르니에는 쓰고 있지만, 그것은 어디까지나 여행의 과정, 지속되는 시간의 혼돈 속에서도 어떤 형태로든 존재의 의미를 발견해야 한다는 점을 강조하는 표현일 것이다. 자기 자신을 넘어선 존재를 지향한다는 것이 단순히 물리적인 실재에 대한 갈망이나 규범의 세계에 대한 도전, 혹은 위반의 욕망을 지시하는 것은 아니다. 그것은 오히려 자신의 현존성에 대한 의미 부여를 가능하게 하려는 '전략'일지도 모른다(시인에게 그것은 꿈꾸기이다). 권혁웅은 자신의 외부에 존재하는 것, 혹은 실재하지 않는 것에 대한 그리움을, 사물의 안과 밖, 여기와 저기, 이편과 저편을 동시에 바라보고자 하는 욕망으로 구체화한다. 그의 시는 끊임없이 '저편'을 향한 시선을 드러내고 있다. 하지만 그것은 '현존성'과 '지금, 여기'의 의미를 찾고자 하는 열망으로 귀환하고 있다는 점이 흥미롭고, '저편'에 대한 시적 구상화 과정 자체 역시 주목된다.

> 우리 집은 골목과 골목, 다시 골목과
> 골목을 지나쳐야 해 머리와 목을 늘어뜨리고
> 천천히 걸어야 해
> 구불구불 늘어선 담장들을 걷다 보면
> 거대한 짐승의 내장을 지나치는 느낌이야
> 내가 소화되고 있다는 거
> 하루하루가 녹아서
> 내 뒤에 젖은 발자국을 만들고 있다는 거
> 집으로 가는 길은 누구에게나
> 내면이야 헐어버린 위벽을 훑어간 듯
> 담모퉁이에는 범퍼가 긁은 자국이 있어
> 나는 이탈리앙 베이커리에서 식빵,
> 방학 약국에서 겔포스, 버드나무 슈퍼에서
> 디스 플러스를 사가는 중이야
> 이미 골목과 골목에 관해서는 말했군
> 머리와 목을 늘어뜨리고 천천히
> 걷는 것에 관해 이야기했군
> 골목과 골목은 길이 아니야 그건

><u>집들이 비워놓은 울짱 바깥이야</u>
>내 안의 구멍으로 식빵과 겔포스,
>담배 연기가 천천히 흘러가듯
>나는 다시 골목과 골목을 지나치고 있어
><u>저기가 내 집이야 나는 문을 닫고</u>
><u>양변기처럼 구부려 잠들 거야</u>
>
>　　　　　　—「집으로 가는 길」 전문(이하 밑줄 강조는 인용자)

지금 시인은 내장처럼 구불구불한 골목길을 지나 몇 가지 물건을 사 가지고 집으로 돌아가는 길이다. 하지만 그 길은 마치 자신이 소화되고 있다는 느낌을 갖게 한다. 마치 일상의 시간에 의해 속수무책으로 '소멸'되어 가는 자신을 들여다보게 하듯. 따라서 마모되는 존재는 '젖은 발자국'만을 남기게 될 것이다. 위벽처럼 헐은 내면과 긁힌 자국이 있는 담모퉁이, 쓰린 속을 달래는 위장약과 일용할 양식은 시인 앞에 언제나 공존하는 사물들이다. 이때 중요한 것은 시인은 그 골목길, 혹은 "집들이 비워놓은 울짱 바깥"에서 걷거나, 서 있다는 사실이다. 그 '밖'은 실존의 공간이란 의미에서 삶의 한가운데지만, 무엇인가 그 너머를 지향한다는 점에서는 언제나 변경인 셈이다. "문을 닫고" "양변기처럼 구부려" 잠들고자 하는 욕망이란, 철저하게 현재의 시간을 '유폐적 공간'으로 치환하고자 하는 욕망에 다름 아니다. 그 닫힌 공간의 시적 구상화란 '모더니즘의 주관성'이 빚어내는 표정이자, 권혁웅 시의 방법적 근거이기도 하다.

그가 "나는 처음부터 저 길 너머에 있었다", "나는 세상을 건너갈 수 없었다"(「왕십리」)라든가 "너무 먼 이쪽을 나는 느낀다"(「건너편에 있는 것」)라고 한 것은 일종의 '부재의 전략'이다. 부재란 현존하는 상태의 반대를 이르는 말이기보다 현존의 의미와 가치를 배가하는 개념이라

는 점에서 그의 부재에 대한 인식은 전략적이다. 뿐만 아니라 삶의 현
존성, 현재적 가치의 의미 발굴에 초점화된 시선은 구체성과 현장성을
포회하지 않을 수 없을 것이다. 재단공의 우울한 삶을 그린「하마」, 우
수어린 시선이 돋보이는「산과 마을」, 산동네에서 힘든 생활을 이어가
는 한 노인의 이야기를 서사적인 풍경화에 담은「서울시 신림동 산 77
聖 金福禮의 하루」와 같은 시에서 구축된 정교한 리얼리티는 자신을
묘사 대상의 한 축으로 삼는 주관적 모더니티의 구현 양상으로 이해할
수 있다.
　이 시집에 자주 등장하는 '안과 밖', '이쪽과 저쪽', '여기와 저기'라
는 구도는 그의 시가 어떤 방법을 통해 구성되는지를 알게 하는 또 하
나의 중요한 지침이 된다. 가령,

　　지금, 이 꽃의 바깥쪽과 안쪽을 지탱하는 것은
　　얇은 꽃잎이다
　　꽃의 이편과 저편을
　　진홍과 초록으로 나누는 울음

—「소리 없이 우는 법」 부분

이라는 표현을 주목해 볼 필요가 있다. 한여름 피어 있는 '분꽃'의 절
정을 진술하는 방식의 특이함이 그것이다. 이때 '꽃의 바깥쪽과 안쪽'
은 사물의 존재 방식에 대한 묘사로 이해되지만, 꽃잎의 현존성을 인
식하는 방법이 '울음'으로 표현된 것은, '안쪽'과 '바깥쪽', '이편'과
'저편'을 매개하고자 하는 의지의 드러냄으로 읽힌다. 이는 다음의 작
품을 통해 좀더 분명하게 의미화된다.

　　미친년 치마처럼 커튼이 펄럭였다고

생을 건너는 '작은 그늘'의 언어　203

얼핏 생각했다 커튼은 오래된 비유처럼 낡았지만
나는 비유의 안쪽이 궁금했다
창문은 무슨 소리인가를 실어 내가기도 하고
실어 들여오기도 하다가 잊어버리고
나와 그녀는 어떤 通氣性을 지나쳐 와서……
커튼 바깥은 허공이다
커튼이 풀리듯 그녀가 몸을 굽혔을 때
입안으로 그녀의 머리칼이 흘러 들어왔다
창문과 내 벌린 입을 잇는
어떤 通氣性을 지나쳐 와서……
머리카락은 소리나는 쪽으로 몸을 눕혔다
그녀가 눈을 감고 있었으므로
창문은 무슨 소리인가를 실어 내가기도 하고
실어 들여오기도 하였지만
그녀의 말이 어떤 음절로 나누어지는지
알 도리가 없었다 비유의 바깥은 허공이다

—「커튼이 쳐진 창문」 전문

이 작품은 의미론적 독법을 완강하게 거부하고 있다. 표면적으로 볼 때 '나'와 '그녀'는 지금 창문의 안쪽에 있다. 바람이 불자 커튼이 펄럭였고, 화자는 커튼이 나누는 안과 밖을 보며, '비유의 안쪽'이라는 생각으로 이어간다. 곧 이는 창문의 존재로 연상되어, '무슨 소리'인가를 "실어 내가기도 하고" "실어 들여오기도" 한다는 진술로 표현된다. 이 때 '어떤 通氣性'에 내포된 두 가지 의미에 주목해 볼 필요가 있다. 하나는 커튼의 존재이고, 다른 하나는 '나'와 '그녀'의 존재이다. 안과 밖을 매개하는 것은 커튼이지만, 나와 그녀를 연결하는 것은 입 안으로 흘러든 머리칼이며, 그 머리칼은 다시 창문과 나(벌린 입)를 이어 준다. 하지만 이 같은 상황 구성은 이 작품의 핵심을 이해하는 데 별 도움이 되지 않는 듯하다. 문제는 '나'와 '그녀'는 지금 '안쪽'에 존재한다는 사실이다. 그런데 그 '안'은 비유로 성립된 세계이며, '바깥'은 허공이라는 점이 중요하다. 결국 시인에게 중요한 것은 지금 그녀와 '존재한다'는 사실(모든 존재하는 것의 상징)이며, 그것은 비유로 구축된 언어의 공간이며, 그 밖은 무의미하다는 사실이다. 곧 '언어의 바깥은 죽음이다'라는 결론에 도달하고 있다.

그에게 존재한다는 것은 "圍籬安置된 삶"(「거북아 거북아」) 속에서 종종 맞부딪치는 함몰지대를 건너는 행위로 요약할 수 있다. 하지만 건너는 행위 그 자체 속에 실존의 의미 또한 존재하고 있음을 보여주는 것. 여기에 권혁웅의 시가 놓인다. 어쩌면 그는 늘 "저 너머를 건너다 본다 내가 모르는 것을"(「사소한 기록 1」)이라고 중얼거리면서 걷고 있을지 모른다. 그의 현존은 언제나 '건너가는 삶'의 의미 찾기에 골몰하고 있기 때문이다. 성장 체험으로 읽히는 아름다운 시편에서 그가 이렇게 말한 대목, 즉,

> 지금, 손을 뻗어도 닿지 않는 등처럼
> 오래된 기억이네 그곳을 떠나며 꼬마는
> 돌아가는 길을 표시해 두었지만
> 꽃은 시들고 밥알은 지나가는 새들이
> 먹어버린 거였네
>
> —「挑花源記」 부분

라는 표현이 눈에 띄는 이유도 그의 현존성을 설명하는 중요한 지표가 될 것이다. 돌아갈 길을 잃은 자에게 남아 있는 '오래된 기억'을 추억

하며 살아가는 것과 "시인이라는 이름을 도둑질하고 싶었던"(「뜨거운 양철지붕 위의 고양이」) 욕망은 이제 같은 공간 속에 삼투되면서 시인 권혁웅으로 구체화된 것이다. 그가 "나무도, 그늘 속 나도/무연히 서 있다/기다리는 이가 오지 않는 한,/나는 밀봉되었을 따름이다"(「원형의 감옥 2」)라는 의식으로부터 "어떤 것은 어두워지고, 어떤 것은 환해졌으나 지금은/和睦祭의 시간", "황금의 알들이 부화되는 그곳을/나는 천천히 걸어나온다/가장 작은 그늘이 나를 따라나온다"(「다시, 황금나무 아래서」)라는 모습으로 이행하는 과정이 주목된다. 그가 자신의 실존, 현존한다는 것의 의미를 앞으로 어떤 형태로 구체화할지 기대되는 대목이 아닐 수 없다. 시적인 자기 인식이 "가장 작은 그늘"을 통해 현현되기까지, "두어 편 격절과 비약의 연대기"(「황금나무 아래서」)를 거쳐 '시간의 저편'으로부터 현존에 이르는 과정은, 그가 보여줄 앞으로의 시가 증명해야 할 하나의 거울일지도 모르기 때문이다.

내 안의 타자

―한이각, 『저녁 안개가 켜 놓은 등불』

　문학은 상상의 소산이라는 말이 체험의 영역을 완전히 배제한다는 의미는 아닐 것이다. 경험과 기억으로부터 상상은 의미 있는 힘을 얻을 수 있기 때문이다. 최근 시를 보면서 이런 원론적인 생각을 다시 하게 되는 것은 어쩌면 우리 시대의 시인들은 더 이상 체험의 영역을 확보하지 못한 상태에서 시를 써야 할지도 모른다는 이유 때문이다. 적어도 체험 공간의 협소화, 혹은 그로부터 파생되는 상상력의 빈곤을 감수해야 할지도 모른다. 특히, 자연이나 생명을 노래하는 시들에게서 이런 문제는 심도 있게 논의될 필요가 있다. 궁극적으로 문학이란 생명을 노래하는 것이라는 점에 집착하게 되면 논의는 추상화되고 진전될 수 없을 것이다. 문제는 구체적인 작품에서 자연 현상이나, 생명에 대한 사랑, 혹은 예찬이 극명하게 드러나는 경우이다. 가령, 고도의 산업화, 도시화가 진행되고 있는 시점에서 들판에 피어 있는 꽃, 흐르는 물, 숲의 새벽을 노래하는 새, 바람을 안고 몸을 뒤척이는 나뭇잎들, 이런 존재들은 어쩌면 현대 생활의 영역으로부터 사라져 버린 것은 아닌가. 다만 그들은 우리들이 경험하고 체험할 수 있는 영역의 밖에서 기호로만 서식하는 것은 아닌가. 문학 교육이 강조되는 것도 사라져 버린 생명과 자연을 '기억할 필요'에 의해서 이루어질 수밖에 없는 것도 이 때문일 것이다. 한마디로 삶과 자연의 분리가 진행되면서 자연의 대상은 도감 목록에만 존재하는 것, 따라서 그들은 더 이상 실체가 아니라 관념의 표상인 것, 이런 환경 속에 우리가 놓여 있다는 사실을 전면적으로 부정할 수 있을까.

한이각의 첫시집을 읽으면서 이와 같은 생각이 떠오른 것은 그녀의 첫시집 『저녁 안개가 켜 놓은 등불』에는 작은 것, 혹은 생명에 관한 이야기들이 상상력의 근저에 자리잡고 있기 때문이다. 그러면서도 자신의 내면을 반추하는 동기를 그들로부터 부여받고 있는 모습이 현저하기도 하다. 다시 말해 대상을 바라보면서 그것을 자신의 삶의 원리로 환치하고자 하는 태도가 두드러지고 있다. 물론 이는 서정의 일반 원리이기도 하지만 한이각에게는 이 점이 매우 두드러진다.

그런데 그녀는 지금 여기의 삶으로부터 어디론가 돌아가고자 한다.

그대 마을에도
어둠이 있나요
삼등성 희미한 별 하나
뜨지 않는 나 사는 곳엔
어둠을 밀어낼
바람조차 없습니다
아무리 기다려도
우리가 함께 이야기하던
그런 날은
아마 오지 않을 모양입니다

나는 자꾸 돌아가고 싶어요

—「산내」 부분

　매우 절망적인 어조의 이 시에서 '돌아가고자 한다'는 전언의 의미
는 시집의 여러 곳에서 확인할 수 있다. 그것은 두 가지 층위에서 설명
이 가능한데 하나는 그의 실존적인 고향과 유년의 기억 공간이며, 다
른 하나는 앞에서 말했던 비판적 척도로서의 자연과 생명이다.
　그에게 고향과 유년의 기억 공간은 '우물'의 이미지로 분명하게 드
러나고 있다는 점이 흥미롭다.

그 집 주인은 산파였다
키가 크고 괄괄한 마당발 아줌마
동네 아기들을 다 받아 내었던 그녀
門이 없던 그 집, 넓은 뜰광과 뒤꼍의 탱자나무
그리고 깊은 우물이 하나
나의 놀이터나 다름없던 그 집
무서워 가까이 서면 오금을 펼 수 없었던 우물
속을 들여다보면 동굴처럼
어두컴컴한 하늘이 갇혀 있었다
〔…중략…〕
꿈틀거리는 구렁이가 산다는 금령굴만 같았던
그 우물
따뜻하고 무료한 봄날이면
그 무서운 우물 속을 들여다보고 싶었다

—「우물 깊은 집」 부분

내 안의 타자　209

시간의 저편에서 기억의 공간을 가득 채우고 있는 것은 '어두컴컴한 하늘'의 빛을 닮은 '우물'이라는 점이 선명하다. 우물은 깊고 무섭지만 꼭 한번 내려다보고 싶은 유혹을 자아낸다. 뿐만 아니라 그로부터 모든 이야기는 만들어지고 있으며, 그로부터 상상력의 원천이 형성되기도 한다. 시인에게도 그 우물은 이 같은 비의성을 지닌 대상이며, 회귀하고 싶은 공간이 되기도 한다. 그런데 중요한 것은 시인에게 우물은, 단순히 어디론가 돌아가고 싶다는 소망적 의지를 드러내는 도구의 차원에서 멈추지는 않는다는 점이다. 가령 "낯익은 우울이 걸려 있는 신들의 집//삶의 소리가 묻어나던 괘종시계도 멎고//수면과 각성, 그 한가운데//신들이 놀고 있는 거울이 보인다//거울 안에서 걸어나오는 나, 자유로울 때//그 거울 안에서 신들도 기뻐한다"(「빈집에서」)는 흥미로운 시에서도 확인이 되지만 시인이 주목하고 있는 자신의 존재론적 입지, 즉 "수면과 각성, 그 한가운데"라는 표현을 주의 깊게 볼 필요가 있다. 수면은 우물의 저 깊은 울림과 기억으로의 여행을 가능하게 하며, 각성이란 현재의 삶을 의미한다고 볼 때, 우물은 '나'와 '또 다른 나'를 식별하게 하는 표상이기도 하다. 따라서 우물은 각성의 현재로부터 수면의 상태로 가는 통로이면서 동시에 '나 아닌 나'에 대한 존재론적 질문의 발원지이기도 하다.

지속적으로 '내 안의 타자'의 존재에 대한 질문에 그녀가 민감한 것도 이와 같은 맥락에서 이해된다. 자신의 내부에 존재하는 타자성을 어떻게 인식하는가 하는 점은 사실의 차원이 아니라 방법의 차원에서 접근할 필요가 있다. "나는 다 파내야 한다/꽃잎으로 위장된 네 얼굴의 위험한 눈들을"(「연밥」)이라는 준엄한 질책이나,

밤이 되면 바뀌는 갯벌처럼! 나도 바닷길 따라 나가
몸 바뀌어 뜨고 싶다. 몸 가벼이 둥둥 떠나디는 섬, 초록

섬이 되고 싶다.

—「나를 들어서면, 넘어서면」 부분

라는 열망은 같은 의미를 지니고 있다. 이 같은 초극의 의지 혹은 일탈의 욕망은 여름 산행에서 보았던 나비 한 마리의 날갯짓을 두고 "푸른 산을 끌어당겨 활시위에서 벗어나고 있다"(「여름 산행」)는 비약적 진술을 낳는다. 그런데 이 점이 그녀의 두 번째 방법론, 즉, 비판적 척도로서의 자연 대상에 대한 시화로 이어지고 있다.

> 차츰 어두워지더니 비가 내렸다. 나무 울타리 숲에서
> 자꾸 젖어오는 날개를 파닥이던 새들도 허둥대며 둥지를
> 찾는다. 여름비에 더욱 무성해진 울타리 숲에서 나뭇잎
> 에 흔들리는 초록 종소리, 새소리가 또르르 또르르 나뭇잎
> 사이로 굴러 나왔다.
>
> 세상 밖으로 나가는 길이 보였다.

—「여름의 길」 전문

비가 내리는 여름날의 숲을 매우 정감 있게 묘사하고 있는 이 작품에서 주목되는 것은 '세상 밖으로 나가는 길'이 '나무 울타리 숲'과 등치되고 있다는 사실이다. 그렇다면 화자는 자신만의 어떤 지점, 그것이 집이든 방이든 혹은 인간 관계가 만들어내는 일상의 시간이든, 그러한 공간으로부터 '밖'을 향해서 나간다는 의미로 이 같은 말을 한 것일까. 그런데 그 밖은 숲이었다. 숲은 물리적으로 화자의 생활 공간 외부에 존재하는 대상이지만, 이 경우 숲은 오히려 시인의 내면 공간, '각성'의 상태로부터 벗어나야 한다는 일탈의 욕망이 만들어낸 비의적 공간

이 아닐까. 숲은 그러므로 '안'의 공간일 것이다. 그것은 자동차를 타고 가야 만날 수 있는 전원이나 야산의 풍경이 아니라, 바로 시인 자신이 만들고 싶은 자신의 공간, 일상의 억압과 수행 원칙의 고단함으로부터 벗어날 수 있는 신성한 공간일 것이다. 따라서 이 작품은 시인이 처하고 있는 삶의 현재와, 추구하고 있는 정향점을 동시에 보여주고 있다.

하지만 그녀에게 삶은 이와 같이 관념으로의 초월만이 허락된 메마른 공간인가. 여기서 그녀가 아주 표나게 내세우고 있는 '용서'라는 화두가 주목된다. 용서란 타자에 대한 이해와 승인으로부터 비롯된 가치이면서, 타자로부터 승인되고 싶은 욕망의 표현이기도 하다. 마치 도덕 교과서를 펼쳐든 듯하게 읽히는 시(「그것은 恕니라」)의 명시적 진술보다는, 삶과 죽음의 문제를 아주 미세한 생명 원리로 드러낸 부분이 아름다운 것도, 승인운동의 일반성에 대한 인식이 잘 형상화된 때문이다.

　고목이 어느날 고사했다.
　〔…중략…〕
　바람 불어 마른 잎새 다 지고 사철 내리는 눈, 비에 죽은 몸이 살 떨리게 썩어갔다. 저물녘이면 몸 아픈 짐승처럼 꼼짝 않고 웅크린 채 무덤처럼 세상 지키더니 어느 가을날 온 몸에 하얀 꽃을 피웠다. 밑둥부터 큰 가지 갈라지는 머리까지 더덕더덕 부스럼같이. 백혈구의 활발한 운동같이 제 몸 죽어 큰 몸 살리듯 하얗게 하얗게 화경버섯을 피워내고 있었다. 어둠 속에서 빛을 내뿜는 신비의 꽃이 죽은 몸에서 살아나고 있었다. 세상에 한 이름을 가지고 태어나는 모든 것들은 결코 죽지 않는다. 바람결에 떨어진 꽃, 바람결에 떨어진 아네모네처럼

—「백혈구의 식균작용」 부분

오래된 나무의 죽음으로부터 시작되는 또 다른 생에 대한 관찰은 생명성에 대해 주목한 결과라기보다 그로부터 얻을 수 있는 삶의 원리에 대한 이해의 결과일 것이다.

한이각은 이번 시집에서 자신에 대한 질문을 생명성의 문제와 결부하여 보여주고 있다. 여기서 존재론적인 질문과 생명 현상은 단순히 비유의 차원인가 아니면 세계관의 문제인가를 따져볼 필요가 있다. 서정은 일반적으로 대상을 통해서 자신을 드러내고 이야기하는 형식이 아닌가. 그렇다면 모든 대상은 방법론상 시인의 '자기 해탈'에 필요한 도구적 존재일 수 있다. 그러나 문제는 생명 현상에 대한 언급 자체가 비판적인 인식의 바탕 위에서 이루어져야 한다는 사실이다. 즉, 세계관의 변화를 전제하지 않는 생명론이란 실상 소재적인 차원에 멈출 수 있다는 것이다. 한이각에게 유년의 기억 혹은 경험의 공간은 현재에 대한 비판이면서 동시에 자신의 실존에 대한 물음으로 연결된다. 그러면서 자연과 생명에 대한 천착을 자기 초극의 의지로 환치하고 있는 모습에서 그의 시가 갖는 힘과 동시에 어려움도 발견하게 된다. 가령, 다음과 같은 시는 우리의 현실, 모순과 고통이 잔존하고 있는 상황을 감안할 때 너무 먼 것은 아닌가 하는 우려가 그것이다.

너무 밝은 빛에 눈멀 듯
하얀 영혼에 마음 먼 내가

날마다 눈을 씻는 별

—「초저녁 별」 전문

아마도 그의 영혼이 너무 맑은 탓이리라.

건조한 일상, 뿌리까지 내린 비
— 문정영, 『더 이상 숨을 곳이 없다』

시가 읽히지 않는 시대는 불행하다. 삶에 대한 열망이 부재하고 있기 때문이다. 꿈꾸는 일이 별로 재미 없어진 시대, 꿈꾸는 일보다는 눈앞에 놓인 대상을 즉각적으로 소비해서 즉물적 존재로 스스로를 이해하는 시대에 시가 들어설 여지는 없어 보인다. 주체와 대상 사이에 놓인 닿기 힘든 거리감이 만들어내는 환상이 여지없이 제거된 건조한 사회, 삶의 외연은 확장된 것처럼 보이지만 내면의 공동화에 따른 자기 소외감이 오히려 증폭되고 있는 시대의 삶은 안타까움을 자아낸다. 소위 이념의 시대가 사라지고 난 1990년대 중반 이후의 삶을 두고 '90년대적'이라는 수식으로 설명하는 일이 이제는 철저한 자기 반성을 요구받기에 이르렀다. 한때 사랑했던 경험이 있거나, 외로운 현재를 달래기 위해 도시의 밤거리를 배회한다든지, 혹은 낯선 사람과의 만남을 관습의 억압적인 권위에 저항한다는 논의로 위장하는 것이 마치 시대 정신을 대변하는 듯한 현상을 목격하기도 했다. 또한 여성의 정체성에 관한 자기 응시가 오히려 남성들의 엿보기 심리를 자극해서 다시 '대상

화'되기도 했다. 이제 실존의 영역, 존재론적 인간 탐구라는 이름으로
행해졌던 방만하고 일탈적이며 무책임한 담론으로부터 공동체의 삶의
문제, 인간의 근본 문제에 대해서 문학적 관심으 방향이 바뀌어야 할
시점에 서 있는 듯하다. 다시 근원으로 돌아가서 생각하는 자세, 상대
주의적인 문화가 양산한 거품을 걷어 버리고 시적 진정성을 향한 정신
의 고투를 기다리게 되는 것도 이 때문이다.

　문정영 시인의 첫시집『더 이상 숨을 곳이 없다』는 건조한 삶의 환경
속에서 자신을 깊이 있게 응시하는 진지한 자세가 드러나고 있다. 그
가 바라보는 세계는 메마르거나 닫혀 있다. 가령,

　　지상을 나서면 멈춘 듯 느리게 가는 자동차 행렬의 스트레스
　　싱싱한 피들을 날려야 하는 길들이 터지고 막혀서
　　내지르는 통증이 오래 가고 날카롭다

—「동맥 경화」 부분

라거나,

　　나는 물방울이 사라진 일상에
　　익숙해져 갔다

—「낙타의 혹처럼」 부분

라는 진술 속에서 시인이 자신을 인식하는 태도를 이해할 수 있다. 이
같은 자기 인식은 물론 개별적 체험의 특수성을 드러내고 있는 것은
아니다. 그러나 스스로를 주변적 존재로 인식하거나 일상성에 깊이 침
윤된 존재로 이해하는 일은 같은 맥락에 놓인다. 삶에 대한 '불행의식'
이 전제되지 않고서는 주체와 대상, 시인과 세계 사이에 존재하는 간

극을 볼 수 없으며, 그 간극이 만들어내는 열망, 꿈꾸기의 아름다움을
인식할 수 없기 때문이다. 따라서 닫힌 공간, 시인과 세계 사이의 소통
이 차단된 상태, 메마르고 건조한 일상성에 순치되는 삶 등에 대한 시
적 인식은 문정영의 시가 만들어지는 토대가 되고 있다. 그래서,

> 껍질을 벗기고
> 토실토실한 속살 채 혀 위에 올려놓으면
> 입 안 가득 고인 침 속에서
> 원시의 식욕이 꿈틀거린다
>
> 그때 너의 살을 갉아먹던
> 자두벌레 한 마리
> 테러리스트처럼 내 가슴까지 잠입해 들어와
> 무명으로 가려진 욕망의 기름통에
> 불을 지른다
>
> —「자두」 부분(이하 밑줄 강조는 인용자)

와 같은 작품에서 선명하게 드러나는 자의식을 주의 깊게 볼 필요가
있다. 시인은 자신의 욕망을 '원시의 식욕'이라고 다소 상투적으로 표
현하고 있다. 욕망은 주체가 대상을 향해 자신의 생각을 관철하고자
하는 자각적인 의지 작용이면서, 동시에 맹목성과 반복성도 내포하고
있다. 욕망 충족의 상태를 지속적으로 요구하기 때문에 주체의 욕망
행위는 어느 한 곳에서 멈추지 않는다. 욕망 충족이 이루어지는 순간
맞이하게 될 죽음의 상태를 욕망하는 주체는 너무도 잘 알고 있다. 그
래서 욕망 행위는 죽음을 유예시키려는 고통스러운 지연 과정이라고
할 수 있다. 대상을 향한 욕망 행위의 맹목성은 이같이 죽음에 대한 두

려움과 밀접히 관계를 맺고 있다. 그런데 '원시의 식욕' 앞에서 시인을 당황하게 한 것은 갑자기 침입한 '자두벌레 한 마리'라는 존재 때문이다. 이는 대상으로 향하는 무한하면서도 때로는 폭력적이기까지 한 주체의 욕망 행위에 제동을 거는 존재이며, 욕망하는 주체의 욕망을 바라보게 하는 낯선 사물이다. 물론 그의 욕망 행위는 메마르고 닫혀 있는 공간에서 자신의 내면을 들여다보고 자기 정체성을 확인하는 행위이지만, 동시에 당혹스러움 때문에 그는 망설이기도 한다. 고단한 현실의 삶은 순응하는가, 아니면 거부하는가의 단순 선택의 문제가 아니다. 오히려 선택 불가능성을 깨닫는 것, 선택을 유보하고 망설이는 것이 삶의 본질일 것이다. 문정영의 경우, 그 망설임의 표정에서 유년기에 대한 기억이 명시적으로 부각되고 있다.

처음엔 햇살에 등이 붉어지도록
내가 가야 할 풀밭길을 홀로 걸었다
강둑 아래로는 여치며 쓰르레기의 울음들이
흩어져 떠내려갔고
나는 커다란 돌무덤 아래서
작은 포물선을 그으며
몇 번을 소용돌이치기도 했다
그러다가 강둑 위를 맴도는
유년의 불꽃놀이를 보았다
아, 마른 풀잎들이 타들어 가며 내는 소리를

—「삶의 물줄기들은」 부분

　그가 보게 된 '유년의 불꽃놀이'란 두 가지 의미로 해석이 가능하다. 우선 시의 문맥을 그대로 따라가 보면 그는 풀밭길을 걷다가, 강둑을 보았고 풀벌레들의 울음소리를 들었으며, 커다란 돌무덤을 만난다. 그리고는 "마른 풀잎이 타"는 소리를 내는 불꽃놀이 광경을 본 것이다. 또 하나, 이 시를 시인이 걸어온 삶의 역정이라고 상징적으로 유추하여 해석하는 방법이다. 하지만 이 경우 정밀한 독법이 요구된다. 시의 문맥을 이끌어 가는 어법의 흐름에 주의해야 하기 때문이다. 자세히 보아야 할 부분은 "내가 가야 할"이라는 진술이다. 대개의 경우 현재 진행되고 있는 시점에서 '가고 있는' 혹은 '가는' 등으로 서술되기 마련이다. 또한 '처음엔'이라는 부사는 분명히 이미 지나 버린 과거의 시점을 가리키는 말이기 때문에 '가야 할'이라는 미래형과 함께 하나의 통사구조 속에 병치된다는 것은 모순이다. 즉, 위의 시구를 문법에 맞는 통사구조로 고쳐 보면, '나는 풀밭길을 홀로 걸었다'가 되어야 한다. 따라서 이 같은 서술은 화자의 의지가 강하게 개입된 것으로, 길의 방향성, 혹은 삶의 정향점에 대해서 그가 매우 자각적인 상태에 놓여 있음을 드러낸 것으로 보아야 할 것이다.

그에게 유년의 시간은 외로움과 황량함, 고통스러움 등과 반대편에 놓인다. 그의 유년은 대개의 경우 그렇듯이 동경과 호기심, 닿을 수 없는 듯한 거리 밖에 존재하는 세계에 대한 무한한 그리움을 내포했던 시간이었다. 즉,

> 둑을 혼자 넘어가는 호박넝쿨을 따라가 보면
> 팽나무 그늘에서 거친 숨을 몰아쉬는
> 강물의 넓은 등이 보였다
> <u>나의 가벼운 돌팔매로는 중심에 다다를 수 없어</u>
> 물가로 헤엄쳐 오는 어린 물결들을
> 대신 건져내곤 했다
>
> ──「유년의 이파리들은 내 가슴 어디에나」 부분

라는 진술에는 세계의 넓음이 가져오는 환상적 그리움이 묻어나고 있다.
이런 그가 유년의 그늘을 벗어나 성장기에 접어든다는 것, 다시 말해 전
원의 울타리를 벗어난다는 것은 무엇을 의미하는 걸까. 그것은 철저히
경쟁의 원리가 존재하고 타인과의 관계가 허위와 가면으로 가득차 보이
는 세계에 대항한다는 것을 의미한다. 살아간다는 일은 억압적인 세계에
던져진 자신의 실존성을 증명하는 것이기 때문이다. "어머니 치마폭 같
은 토란대 잎사귀 하나로도 찬바람을 막을 수 있었던 시절은 끝나고" "점
점 과묵해져" 가는 자신을 발견하면서, "문 밖을 나서면 모두가 낯선 풍
경으로 다가와 홀로 지내는 시간이 늘어나"는 경험이 많아지는 것이, 유
년기에 대한 기억이 지속적으로 시의 문맥으로 떠오르는 이유를 설명해
준다. 하지만 유년의 기억만으로 모든 어려움을 이겨낼 수는 없다.

> 나, 는,
> 전복되지 않기 위하여
> 달릴수록 관성이 강화되었다
>
> ―「나, 는, 누구인가」 부분

> 그의 이런 말과

> 길 가운데서
> 〔…중략…〕
> 더 이상 숨을 곳이 없다
>
> ―「더 이상 숨을 곳이 없다」 부분

라는 말은 같은 맥락 위에 놓인다. 자본주의의 경쟁사회에 순치되는
자신을 발견했다는 고백으로 읽을 수 있기 때문이다. 아름다웠던 기억

의 부재 혹은 사라짐을 통해 시인이 강조하고자 한 것은 물론 현재적 삶의 고달픔이지만, '세계―내―존재'로서 시인이 모색해야 하는 시적 정체성은 외부에 놓인 현상들에 대한 비판적인 태도만으로 정립되는 것은 아니다. 그의 현실 비판적인 태도가 종종 인식론적 경향을 갖는 것은 그의 시가 지향하는 방향성의 일면을 예측하게 한다. 환경 문제를 비판하고 있는 한 작품에서 그가 "사람들 마음에 검붉게 번져 있는 두드러기의 환부를/도려내지 않는 한/우리가 물려주어야 할 다른 희망마저/타임캡슐 속에서 함께 썩어 갈 것이다"(「오존주의보」)라고 내린 결론에 주목할 필요가 있다. 중요한 과제로 떠오르고 있는 환경오염 문제가 사실은 보다 근본적인 곳에 문제점이 있다는 사실은 널리 알려진 바와 같다. 즉, 인간 주체 중심주의가 낳은 배타성과 폭력성에 대한 반성이 그것이다. 문정영 시인이 도달하고 있는 지점 역시 이 같은 인식론적 지평일 것이라는 점은 예측 가능하다.

마음 안 쪽에 작은 씨앗 하나를 심었지 줄기가 커가면서 불꽃을 피우더군 모든 탈 것들 연기를 날리며 중심에서 밖으로 세차게 번졌지 더 이상 태울 것 없을 때 제 몸 잘라서 여문 불씨를 살려갔지 팔다리 하나씩 잘라넣고 서로를 바라보던 눈을 심장의 펄떡거림을 던져주고 나니 가슴은 더 이상 태울 것이 없더군 아름다운 독설들만 사윈 재처럼 날아갔지

뒷날에 뿌리까지 내린 비로, 떨어져 사윈 재들 흔적없이 떠내려갔지 그 빈자리에 고인 물들 환희와 쾌감의 그릇 밖으로 경쾌한 보폭의 길을 만들며 나아갔지 흐르면서 마음의 앙금들 다 가라앉히고 하류쯤 가서 삼각주 하나 만들거나, 혹은 지하로 지하로 숨어들어가 오랜 세기를 턱 괴고 있다가 뜨겁게 솟구치며 포옹하는 유황천으로 다시 만나야 해

―「이젠 물로 만나야 해」 부분

타인과의 만남과 이별, 사랑과 증오의 감정 등은 사실 서로에게 얼마만큼 인정받고 상대를 수용하는가 하는 문제, 즉 상호인정 가능성과 심도의 문제를 제기한다. 서로를 인정한다는 것, 혹은 자신과 세계의 공존을 인정한다는 사실은 매우 고통스러운 인내의 과정을 요구한다. 그런데 모든 갈등의 원인과 그 해결의 단서마저 자신의 내면으로부터 찾고자 하는 자아성찰적 태도는 판단과 선택의 기준을 무화시키거나 흐리게 할 가능성이 있다. '더 이상 태울 것이 없는 아름다운 독설'이 '재'로 남고, '뿌리까지 내린 비'로 그 재마저 '흔적없이 사라지고' 그 자리에 고인 물이 '환희와 쾌감'이 되어 흐르는 이미지의 변주 과정을 그려냄으로써 '마음'의 정화 과정, 상호인정 과정에서 나타나는 대립을 초극하여 화해에 도달하는 의식을 보여준 이 시는 그러므로 현저하게 인식론적인 경향을 갖는다. 즉, 시인과 세계에 놓인 간극을 인식하는 방법론으로 선택된 초월주의적 태도가 지배적으로 드러나고 있는 대목이 아닐 수 없다.

하지만 시는 시인의 경험적 세계와 시의 미학적 경험 사이에 존재하는 불일치, 세계의 허위성을 밝히려는 주체의 운명을 건 싸움이 전제되어야 한다. 세계에 대한, 자기 영혼의 넓음과 좁음을 스스로 인식하고 맨살을 보여줄 때, 낭만적 아이러니가 드러내는 시적 감동의 결을 보여줄 수 있다. 문정영 시인의 첫시집은 너무 빨리 초극하고자 하는 태도를 보여줌으로써 가볍지만 치열한 문제 의식을 놓치고 있는 것은 아닐까. 앞에 인용된 긴 시에서 "경쾌한 보폭의 길"을 만들며 흐르는 마음의 상태를 드러낸 부분이 있지만, 그것은 화해의 지평만을 강조하는 표현은 아닐 것이다. "마음 안에 갇혀 있는 수많은 창들은/단단한 벽돌의 집이 완성되면/다시는 열리지 않습니다"(「마음의 빗장을 열고」)라고 그가 이미 경계했지만, 혹시 그는 다시 그 '마음'이라는 관념적인 영역 속으로 침잠하려는 것은 아닌지. 이런 물음 앞에 문정영 시인뿐 아니라 최근 한국시가 망설이는 표정을 지어 보인다는 사실을 발견하는 일은 안타깝다. 하지만 문정영 시인이 그런 질문에 정면으로 대응하고자 한다면 그의 시적 여정은 여전히, 그럼에도 불구하고 밝을 것이라고 판단된다. 그가 오래도록 시인으로 우리 곁에 남아 줄 수 있는가의 문제는 그가 이 문제에 대하여 얼마나 냉철하면서 자각적인 의식을 갖는가 하는 문제와 밀접하게 관련되어 있음을 솔직하게 인정하지 않을 수 없기 때문이다.

무너지는 생, 환생의 욕망

— 고진하의 시

어떤 이가

새가 된 꽃이라며,

새가 아닌 박주가리 꽃씨를 가져다 주었다

귀한 선물이라 두 손으로 받아

계란 껍질보다 두꺼운 껍질을 조심히 열어젖혔다

놀라웠다

나도 몰래 눈이 휘둥그래졌다

새가 아닌 박주가리 꽃의

새가 되고 싶은 꿈이 고이 포개져 있었다

그건 문자 그대로 꿈이었다

바람이 휙 불면 날아가 버릴 꿈의 씨앗이

깃털의 가벼움에 싸여 있었다

하지만 꿈이 아닌,

꿈의 씨앗도 아닌 박주가리의 生

어떤 生이 저보다 가벼울 수 있을까

어느 별의

토기에 새겨진 환한 빛살무늬의 빛살이

저보다 환할 수 있을까

몇며칠 나는

그 날개 달린 씨앗을 품에 넣고 다니며

어루고 또 어루어 보지만

그 가볍고

환한 빛살에 눈이 부셔, 안으로

안으로 자꾸 무너지고 있었다

　고진하의 시에는 새로운 생명 현상에 대한 시인의 경험이 차분하게 직조되고 있다. 「새가 된 꽃, 박주가리」를 보자. 이 작품은 서술 중심이다. 화자의 구체적인 경험이 평이한 언술로 그려진다. 화자는 누군가로부터 박주가리 꽃씨를 전해 받는다. 꽃씨의 껍질 속에 날고 싶은 씨앗의 꿈이 자리잡고 있다고 화자는 생각하면서 놀란다. 물론 '새가 되고 싶은' 꽃씨의 '꿈'은 화자의 것이기도 하다. 날아오르고자 하는 욕망의 주체는 '씨앗'이지만, "바람이 휙 불면 날아가 버릴 꿈의 씨앗"이라는 진술에서 화자는 씨앗의 욕망을 욕망하고 있다. 씨앗의 꿈이 아니라, '꿈의 씨앗'이기 때문이다. 그러나 씨앗의 삶은 지상의 구속성에서 한치도 벗어나지 못한다. 단지 산과 들, 어디에서나 그냥 쉽게 피고 지는 풀일 뿐. 그러나 화자는 깃털의 가벼움에 싸여 있는 꽃씨의 생을 가볍고 환한 것으로 이해한다. 어떤 생보다 가볍고, "어느 별의/토기에 새겨진 환한 빛살무늬의 빛살"보다도 밝다. 화자가 그 꽃씨를 보면서 "안으로 자꾸 무너지고" 있음을 고백하는 것은 생의 무거움과 어두움 때문일 것이다. 그런데 그 무거운 생이란 화자의 것인가, 화자로 극화된 시인의 것인가, 아니면 우리 모두의 것인가. 어느 경우든 삶이 무겁고 어두운 것이라면, 그 의식을 가능하게 한 경험의 구체성을 이 작품의 맥락에서 찾아내기란 힘들지만, 비판적 척도의 토대로 작용하는 전원적 상상력이 이 작품의 구성 원리로 작용하고 있음을 유추하는 것이 중요하다. 씨앗 속에서 깃털에 싸인 씨앗의 꿈을 생의 무거움으로부터 벗어나고 싶은 인간의 초월 욕망으로 읽어내고자 하는 시인의 태도는, 물론 삶의 현실적 맥락에서 볼 때 긴장감이 떨어지고 있는 것도 사실이다. 그러나 산업화 시대의 코드화된 삶으로부터 벗어나기란 가능할까, 혹은 현실 문제에 대한 인식의 출발점은 무엇이어야 할까라는 질문 앞에 최근 이 같은 시적 모색이 갖는 중요성이 놓인다고 보인다.

　불행의식을 문학적 상상력의 토대에 놓았던 시인들에 대한 관심이 저 암울했던 1980년대를 지켰던 힘이었음을 우리는 기억하고 있다. 실존적 정황에 대한 인식이 '신성성의 상실'이라는 보편 명제와 어울려 시적 긴장감을 유발했으며, 시쓰기란 이러한 상실 체험이 빚어낸 정신적 공동화(空洞化)에 대한 보상 욕망이나 적어도 회복해야 마땅할 어떤 가치에 대한 그리움을 내포한 것으로 인식되었던 것이다. 그러나 코드화된 일상성의 가공할 위력 앞에 최근의 시는 여지없이 무너져 내리는 경험을 해야 했다. 헐벗은 나뭇가지 사이로 보이는 휘황한 도시의 불빛들 앞에 가슴속에 감추어야 할 아름다움, 혹은 그 무한한 열망이 낳는 생의 아이러니를 발견하기란 불가능해진 것이다. 순수성을 지닌 인간이 왜곡된 현실 앞에서 느껴야 했던 심각한 좌절이나 번민, 그로 인한 심리적 딜레마를 더 이상 가질 필요가 없는 시대로 진입한 것이다. 거꾸로, 실제로는 현실 문제에 전혀 관심을 갖지 않았던 인간이 느껴야 했던 죄의식 역시 필요 없는 시대가 눈앞에 펼쳐진 것이다. 주체와 대상 사이의 닿을 수 없는 거리감이 빚어내었던 열망 앞에 곤혹스러워하고 밤을 지새웠던 기억이란 빛 바랜 흑백 필름으로 인화되어 먼지

쌓인 서가 한구석쯤에나 꽂힐 것이 아닌가. 나의 욕망이 곧바로 현실 속에서 증명되는 단순 명쾌한 삶이란 얼마나 편리하고 아름다운가. 그러나 바로 주체와 대상 사이의 거리감이 무화되는 지점에서 삶은 한없는 환멸감을 가져다 줄 것이다. 환상이 제거된 사회란 그야말로 전체주의적 삶과 다를 것이 없기 때문이다. 사소하게 여겼던 것들, 풀 한 포기, 돌멩이 하나, 바위에 부딪쳐 튀어오르는 물방울 하나에 대한 관심이 단순하게 개인의 차원에서 이해되기보다 좀더 보편적 울림이 되는 이유를 여기에서 찾을 수 있다. "날개 달린 씨앗"을 품에 넣고 다니며 어루만졌다는 진술이, 비록 극화된 양식으로써 내면을 표현하는 기술적 차원의 언표라 할지라도 그 자체가 새로운 대상에 대한 개안, 혹은 삶의 양식에 대한 진지한 모색 행위로 보이는 것은 이 때문이다.

그의 다른 시 「대관령 수도원」이라는 작품 역시 이 같은 관점에서 설명이 가능하다.

그곳에 당도하려면
빽빽이 우거진 소나무 숲을 더듬어야 한다
물론 서늘한 계류의 물소리를 거슬러가도 된다
그곳에는 수도사도 없고 염주 돌리는 손도 없다
최신식 나무보일러를 돌리기 위해 처마 끝에 쌓아 놓은
장작과 도끼날을 받아 허리 잘록 패인
모탕이 경건에 이르는 고통을 웅변할 뿐이다
언젠가 그곳 관리인의 초대를 받아 간 적이 있다
나보다 몇십 배나 큰
고로쇠나무를 쳐다보며
고로쇠나무의 눈물같은 수액을 받아먹던 날을 떠올리면
내 목숨이 그곳의 나무들과

구름과 바위와 물소리에 연이어져 있음을
섬뜩하니 깨닫곤 한다 그곳에는
저 스스로 택한 가난이 있고 생명의 진액이 있다
누구나 그 진액을 받아먹고 취할 수 있는 것은 아니다
바로 아랫마을 어흘리에서 스멀스멀 피어오르는 고운
실비단 안개에 붙잡혀
하산하는 이가 대부분이다
그렇지만 그곳은 聖山이다 모탕과 고로쇠나무의
그곳을 휩싸는 실비단안개에 자기의 魂을 내맡길 수만 있다면
그곳에 가다가 파릇파릇한 소나무 숲에서 실종될 용기를 가질 수만
있다면!

시인은 지금 길을 가고 있다. 우거진 소나무 숲과 계곡의 물 소리를 들으며 시인이 가고 있는 길이란 비의적(秘義的) 공간을 향한 길 가기이다. 이때 그 공간의 실재성 여부는 중요하지 않다. 어쩌면 이 공간은 시인의 내면 속에만 존재하고 있을지도 모르기 대문이다. 상식의 관점에서 보면 "수도사도 없고 염주 돌리는 손도 없"는 대관령 수도원이란 일종의 허구이다. 수도원에 수도사가 없다니! 그렇다면 그것은 더 이상 수도원이 아니기 때문이다. 그러나 상식과 지배적인 관념에 길들여진 사고의 '허'를 찌르는 것에 이 작품의 의미가 존재하고 있다. 비유 대상과 드러내고자 하는 속성 사이의 논리적 비약을 통해 보여지지 않던 삶의 층위를 드러내고자 하는 기법은 선시의 화법에 가깝다. 따라서 '대관령 수도원'이라는 공간 설정은 역설의 호법, 모순의 수식을 통해 전복적 삶 읽기를 시도한 것으로 읽을 수 있다.

시인이 찾아간 대관령 수도원에 고로쇠나무가 있다. 약재로도 쓰인다는 그 나무의 수액을 받아 먹었던 기억(사실 여부는 중요하지 않다)을

통해 시인은 생명 현상의 우주적 연관에 대하여 말하고자 한다. "내 목숨이 그곳의 나무들과/구름과 바위와 물소리에 연이어져 있음을/섬뜩하니 깨닫곤 한다"는 고백이 이 시의 제작 배경을 명시적으로 드러내고 있다. 그런데 시는 여기서 끝나지 않는다. "누구나 그 진액을 받아먹고 취할 수 있는 것은 아니다"라는 진술이 등장하기 때문이다. 대부분의 사람은 "고운 안개에 붙잡혀 하산"하거나 혹은, "실비단 안개에 자기의 혼을 내맡"기거나 "소나무 숲에서 실종될 용기"를 갖지 못했기 때문이다. 여기서 이 작품은 잠시 계몽적 의도, 혹은 작품의 미적 구조의 범위를 벗어나는 진술을 시도한다. 대관령 수도원이 놓인 공간에 대한 신비로운 느낌보다는 시인의 경험 세계가 시의 미적 경험을 압도하고 있기 때문이다. 선시의 역설구조를 '證心相照 洞然自得'이라는 깨달음 속에서 찾을 수 있다면, 이 작품은 비판적 상상력을 회복하고자 갈망하는 자성의 시적 일갈(一喝)로 존재하고 있는 것이다.

세계와 자아의 일체감이 존재했고, 서정적 자아가 구성하는 대상물이 자연 자체였던 아름다운 시대가 있었다. 그러나 코드화된 일상성의 거대한 공룡 앞에 문학적 상상력은 고갈되어 버린 지금, 조화로웠던 삶에 대한 기억을 회복할 수 없을까. 이 질문에 최근의 시가 어떤 식으로든 대응해 가고 있는 징후를 발견하기는 어렵지 않다. 다시 자연을 노래하고 살아 있는 생명에 자주 주목함으로써 인간 중심주의가 낳은 폭력구조를 개선하고자 하는 노력을 읽을 수 있음은 다행한 일이 아닐 수 없다. 그러나 이 같은 시쓰기에 우려할 만한 점이 없는 것은 아니다. 자연을 탈역사적인 대상으로 인식하는 오래된 관점이 인류를 병들게 했듯이 자연을, 개인의 초월 욕망을 만족시키면서 공동체 삶의 아름다움을 회복해 가는 매개물로 이해하기를 거부한다면 또다시 자연에 대한 탈역사화, 물질화는 가속화될 것이기 때문이다. 최근 새로운 형태로 자주 시화되고 있는 자연 친화적 상상력은 인간 주체 중심주의, 물질주의에 대한 준엄한 성찰의 계기를 마련하고 있는 것이 사실이지만, 인식의 폭을 좀더 확대하여 인간 실존의 문제에 대한 깊이 있는 관심을 드러내려는 노력이 부족하다는 비판을 받는 것도 사실이다. 고진하의 두 편의 시는 강렬한 주장과 팽팽한 긴장감을 갖고 있지 않지만, 삶에 대한 근본적인 반성의 계기를 가져다 준 것으로 그 시적 의미는 충분하다고 판단된다.

그늘, 내성(內省), 현존(現存)의 언어

—고은, 송수권, 김종해의 근작

1

『서정적 진실을 찾아서』라는 저서의 한 글에서 평론가 유종호는 밀란 쿤데라의 '서정 시인은 어떤 것도 증명할 필요가 없다. 시인 자신의 감정의 강렬함이 유일한 증거이다'라는 말을 인용하고 있다. 시인의 경우 논리적 일관성에 의심이 가는 진술을 한다 해도 중요한 것은 그의 비논리성을 지적하는 것이 아니라, 선험적이며 외재적인 독법을 차단하고 개별 작품을 깊이 읽어내는 일이라고 그는 주장하고 있다. 이것이 외국의 이론가의 말을 빌자면 '구심적 읽기'라는 것이다.

시읽기에서 체계와 방법론이 개별 작품의 온전한 의미를 훼손해서는 곤란하다는 의미에서 유종호의 주장은 매우 설득력이 있다. 개별 작품들의 유의미성을 토대로 작품의 내부를 천착해 가는 독법이 요즘 시읽기에서 배제되고 있는 현상은 한편으로 진정한 의미에서 '서정성'은 어디로부터 기인되는가 하는 문제와 같은 맥락에서 바라보아야 할 것이다. 서정의 아름다움은 문학 지식 혹은 시가 놓인 배후를 이해한다고 해서 찾아지는 것은 아니다. 그런 의미에서 '구심적 읽기'란 의미 있는 설명이다.

하지만, 시는 그야말로 '감정의 강렬함'을 증좌하는 형식이라는 점에서 '전언(message)'으로 읽기의 타당성은 무시될 수 없을 것이다. 그것은 삶에 대한 의식의 편린을 의미하기도 하며, 때로는 깊은 무의식의 흐름을 반영하기도 한다. 개별 작품의 미적 완성도는 어떠한 선험적 논리나 체계에 의해서도 침해되지 말아야 하지만 작품들이 갖는 모종의 '관계' 역시 간과되어서는 곤란하다. 한 권의 시집은 개별 작품의 집합이라는 점에서 하나의 '정신'이며, '언설(言說)의 묶음'이라는 차원에서도 시인의 세계 이해의 본모습이기 때문이다.

최근 세 권의 시집을 읽었다. 고은의 『순간의 꽃』, 송수권의 『파천무』, 그리고 김종해의 『풀』은 각기 시 정신의 높이와 깊이를 보여준다. 따라서 그들을 이해하기란 생각보다 쉽지 않다. 때로는 사물과 언어가 단절되기도 하고, 시인을 포함한 시적 주체와 대상과의 괴리를 통해 직관적 세계 이해에 도달하기도 하며, 시인이 바라보고 찾아낸 소재 자체가 갖는 상징적 의미의 난해함이 드러나기도 한다. 그러면서도 아름답고 따뜻한 숨결이 느껴지는가 하면, 준엄한 자기 성찰과 비판이 동반되기도 한다. 문득 이 세 권의 시집을 통해 '늙어 감의 의미'에 대해서 생각하게 되었다고 말하는 것은 과장되거나 불경스러운 일일까. 언어의 이면, 삶의 그늘을 보여주는 것, 삶의 깊은 지층을 바라본다는 점은 늙어 간다는 일의 다른 표현일지 모른다.

2

사람들이 하는 일을 하지 않으려고
풀이 되어 엎드렸다
풀이 되니까
하늘은 하늘대로
바람은 바람대로
햇살은 햇살대로
내 몸 속으로 들어와 풀이 되었다
나는 어젯밤 또 풀을 낳았다

—「풀」 전문

김종해의 『풀』을 이해하기 위한 통로에 작품 「풀」과 「풀 2」가 존재하
고 있다는 점은 중요하다. 김종해의 '풀'은, 김수영이 보여준 관념의
유희와 1980년대 고은이 '비유에서 벗어나라고' 준엄하게 질책했던
그것과 사뭇 다르다. 흥미로운 것은 고은은 『네 눈동자』(1988)에서 같
은 제목의 두 편의 「풀」을 실어 놓았다. 그는 「풀」에서 "문학이 비유일
진대/문학을 죽여라"고 말한 뒤, 두 번째 「풀」에서 "이제 노래하려거든
/반외세보다/반독재보다/앞서 풀로써 비유하지 말라"라고 선언한다.
실제로 고은의 「풀」은 한 연구자에 의하면, 김수영의 「풀」에 대한 반론
이라는 주장을 낳기도 했다(조동일, 「선승이면서 광대인 고은의 시」). 문
제는 고은에게 비유란 일종의 제도권의 언어, 권력 지향적 언어라는
점에 있다. 관념적 비유야말로 민중적 생명력, 때로는 생경한 민중의
언어에서 볼 때 사치스럽다는 것이다.

이런 의미에서 김종해의 「풀」은 소박하다. 그 소박함은 그러나 인간
의 세속적 삶의 현장에서 어느 정도 거리를 둔 후에야 얻을 수 있는 덕

목이다. 그는 세속에 살지만 탈속적 세계를 그리워한다. '사람들이 하는 일'과 '풀이 되어 엎드'리는 일은 대조적이다. 세속적 일상에서 거리를 둔 후에야 하늘, 바람, 햇살 등이 시인과 화해할 수 있었다. 그들이 '내 몸 속으로 들어와' 풀이 될 수 있었다는 진술은, '얽힘'과 '관계 맺음'으로부터 '풀림'에 대한 기원이자, 자재(自在)로 향하는 의지라고 볼 수 있다. 이때 '풀'은 '뿌리'라는 말로 치환되기도 한다. 「풀 2」에서 '풀'은 "저 하찮은 것의 뿌리털 끝에/지구라는 혹성이 달려 있다"는 표현 속으로 옮겨 간다. 물론 이 진술에서 논리적 구성에 대한 욕심이 앞서 시적 사유가 제한되고 있다는 흠이 발견되기도 하지만, '풀'은 '세계 밖'을 향할 수 없는 '세계—내—존재'의 자기 구원 의지로 읽힌다. 일종의 비극적 화해로서 선택된 탈속적 염원이라고 할 수 있다.

시집 전체를 관류하고 있는 아름다움과 따뜻함의 근원에는 이와 같이 삶을 비껴 선 채 바라보는 시선이 존재한다. 그 비껴 섬이 물론 쉬운 초월이나 체념은 아닐 것이다. 한밤에 깨어나서 "밤새 바람이 하는 일을 지켜보고 있다. 짐은 부끄럽다. 나라 안의 좁은 사물마저 좌지우지 못하고 뜬눈으로 대적하니, 사는 일이 부끄럽다"(「불면에 대하여」)라는 고백은 진솔한 아픔을 동반한다. 가령,

흙은 원고지가 아니다. 한 자 한 자 촘촘히 심은 내 텃밭의 열무씨와 알타리무씨들, 원고지의 언어들은 자라지 않지만 내 텃밭의 열무와 알타리나무는 이레만에 싹을 낸다. 간밤의 원고지 위에 쌓인 건방진 고뇌가 얼마나 헛되고 헛된 것인가를 텃밭에서 호미를 쥐어보면 안다. 땀을 흘려보면 안다.

—「칠월, 아침 밥상에 열무김치가 올랐다」 부분

와 같은 표현에서 구체적인 삶의 현실이야말로 그의 시이고, 시의 '텃

밭'일 수 있음을 확인하게 된다. 이는 세계관의 변화를 전제하지 않으면 성립될 수 없는 진술이며, 그 세계관의 토대에는 타인과 삶에 대한 짙은 애정과 사랑이 놓여 있음을 강조하지 않을 수 없다. 우산 속에서 젖지 않기 위해, "외로움으로부터 슬픔으로부터 서로 젖지 않기" 위해 "물결 위로 혹은 꿈 위로 얕게 튀어오르는/빗방울 같은 우리 시대의 사랑법"(「우리들의 우산」)이 작지만 아름다운 이유이다.

김종해의 시가 탈속적 세계에 대한 그리움을 드러내면서, 여전히 지우기 힘든 현실의 무게를, 눈 내리는 모양을 보고 "서로가 서로를 업고 있기 때문에" "눈이 내릴 동안/나도 누군가 업고 싶다"(「눈」)는 진술로 경감시켜 가는 모습을 보여주었다면, 송수권의 『파천무』는 언어의 존재론, 언어의 그늘을 통해 삶을 하나의 상징으로 이해하고자 한다.

> 큰 상징은 한시대의 정신을 찌르고, 작은 상징은 하나의 삶을 바꾸어 놓는 시침(時針)과 같다. 그러므로 큰 상징은 종교와 철학에 있고, 작은 상징은 시(詩)의 언어 속에 있다. 그건 가을날의 느릿한 괘종(卦鐘) 소리와 같이 언어의 오묘한 그늘 속에서만 들린다. 그늘을 갖지 못한 시, 그늘을 갖지 못한 삶, 그늘을 갖지 못한 사랑은 푸석거리는 먼지와 같다.
>
> —「작은 상징」 부분

그늘은 여백이며, 틈이다. 그늘 속에서 관계는 서로를 반성적인 태도로 돌아보게 한다. 그것은 단순한 체념도 아니고, 초월에 대한 집착 또한 아니다. 그것은 우리들의 내부, 삶의 현장에 존재하면서도 쉽게 현현되지 않는 아름다움이기도 한다. 때론 사물들 사이의 물리적 거리이면서, 욕망 주체의 내면에 존재하는 갈증이기도 하다. 일종의 시로 쓴 시론(詩論)처럼 보이는 이 작품에서 그는 줄곧 언어적 실험을 시도한다. 그 실험은 그러나 기괴한 유희가 아니라 언어를 통해서는 볼 수 없

는 대상에 대한 집착이기도 하다. 즉,

　　　—인디언 염색법 삼베올로 짜낸 씨앗 묻은 꽃베개
　　　—꽃이 마르면 마른 꽃을 비벼서 베겟솜으로 시집갈 때 가마 속 놋요
　강 속에 숨겨가는 꽃
　　　—숨비소리 숨찰 때도 푸른 물굽이 남실남실 실어놓고, 물 밑 저승바
　닥까지 비추어보라고, 연보라색 등(燈)

과 같은 표현들은 일종의 언어화할 수 없는 것들에 대한 언어적 욕망
으로 보인다. 위의 작품에서도 그는 일종의 상징법을 가르쳐 주고 있
는 셈이다. "꽃베개", "놋요강 속에 숨겨 가는 꽃", "연보라색 등"이 지
시하거나 내포하고 있는 사물은 없다. 어쩌면 그것은 '그늘'에 대한 상
징일지 모른다. 그늘의 언어화, 언어화된 그늘을 그는 그와 같은 사물
들로 묶어 놓은 것일 뿐이다. 그의 이 같은 시쓰기는 종종 언어는 존재
하지만 대상이 없거나, 대상은 있으나 언어가 없는 지점을 지향한다.
가령, 다음과 같은 시를 보자.

　　　볏잎 뒤에 붙은 밀잠자리 한 마리
　　　속나래와 겉나래 두 닢

　　　저 수많은 땡볕과 폭풍우 치고와서
　　　겹눈을 뜨고 날개는 수평 그대로인 채

　　　손을 댔더니 겹눈도 나래도 바스라져
　　　섬뜩해라, 폭싹 재가 되는 걸!

무얼 남기겠다고
주접 떨지 마라

아 저 시원한 늦가을 창공
한 자락.

—「고승」 전문

이 작품의 표면적인 내용은 화자가 잠자리의 날개를 잡아 보았더니 재가 되고 말았다는 이야기다. 그러나 자세히 보면 이 시는 상당히 흥미로운 구성 원리에 입각하고 있음이 발견된다. 시인은 잠자리의 날개와 눈 모양을 보여주면서 볏잎 뒤에 앉아 있는 모양까지 제시하지만, 실제로 시인이 의도하고 있는 의미는 "저 수많은 땡볕과 폭풍우 치고 와서" 존재하는 '밀잠자리'의 의미이다. 오랜 시간의 풍상을 겪어서 세월의 흐름을 온몸으로 증거하는 존재, 곧 무수한 인연의 순환 끝에 도달한 현존성에 대한 지적일 수 있다. 곧 현실의 시간 속에 존재하는 사물의 덧없음에 대한 자각인 것이다. 결국 삶은 아무것도 남길 수 없는 무위의 시간이라는 것, '늦가을 창공'과 잠자리의 대비가 얼마나 무의미한 것인가라는 각성 등이 돋보이는 작품이다. '말은 끊어져도 뜻은 이어지는 辭斷意屬'(정민,『한시 미학의 산책』)의 지경에 그의 시가 도달하고 있다는 의미이다.

고은의『순간의 꽃』은 의미 연관이 없어 보이는 대상들을 포착하는 시인의 시선이 매우 날카롭게 드러나고 있다. 이 시집은 하나의 제목으로 이루어져서 연작 형태를 취하고 있지만 개별 작품의 의미의 층은 모두 다르다는 특징을 지닌다. 시인의 의도와 발화된 언어 사이의 물리적 거리를 넓혀 놓는 방법, 聲東擊西의 원리가 작용하고 있는 듯하다.

4월 19일
첫 뱀이 나와 죽어 있구나

내가 너무 오래 살았구나 (12쪽)

라는 부분에서 '4월 19일'과 '첫 뱀의 죽음', 그리고 '시인의 삶'은 표면적인 연관 관계는 없어 보이지만, 이 짧은 구절 속에 역사와 현실, 그 현실 속의 시인의 삶에 대한 이야기가 함축되어 있음을 알 수 있다. 그는 "내 생애 가운데서 가장 불명예스러운 사실은 내가 4·19 혁명의 현장에 없었다는 사실이다"라고 고백한바 있다(졸저, 『고은 시의 미학』). 그에게 4·19란 가장 역사적이면서도 시적인 울림을 주는 시간이었다. 그만큼 역사 속의 실존성에 대한 자의식이 그의 시에 강하게 채색되어 있다는 의미이다. 따라서 위의 시를 이와 같은 독법에 따라 읽으면 '첫 뱀의 죽음'은 4·19 세대의 혁명적 순수성의 훼손과 연관되고, 다시 그 순수성을 회복하지 못한 자신에 대한 자책감으로 이어지는 것이다. 전후의 신세대로서의 감수성을 모더니즘 감각에 취입하고자 했지만, 시적 감수성과 실존적 상황(승려)의 괴리감 가운데서 고민해야 했던 고은의 1960년대가 이번 작품집에서 흔적으로 등장한다는 점은 흥미롭다.
　"눈길 산짐승 발자국 따라가다가/내 발자국 돌아보았다"(25쪽)는 평범해 보이는 표현 속에 고은 시의 입지가 선명하게 드러난다. 보이지 않았으나 존재했던 것들의 문제, 미시적 태도를 통해서만 얻을 수 있는 삶의 살아 있는 울림 등에 대한 포착이 가져오는 예각적 지평이다.

내려갈 때 보았네
올라갈 때 보지 못한
그 꽃 (50쪽)

방금 도끼에 쪼개어진 장작
속살에
싸락눈 뿌린다

서로 낯설다 (70쪽)

　힘들게 산을 오를 때는 보지 못했던 꽃을 내려갈 때 볼 수 있었다는 말과 방금 쪼개어진 장작에 살짝 눈발이 내려앉은 풍경의 묘사는 사물을 포착하는 시선의 깊이를 알게 해준다. 길을 가야만 하고, 산을 올라야 한다는 신념은 때로는 삶의 외연을 확장시키고 풍부한 의미를 가져다 주기도 하지만, 그 과정에서 무수한 아름다움, 오히려 그러한 아름다움으로 인해 확장된 삶의 가치가 배가되는 그 작은 세계의 존재들은 배제되기 쉽다. 그가 철저하게 현존성을 강조하고, 지금 여기에 존재하는 불운한 운명의 시인이 되기를 마다하지 않는 것도 같은 맥락에서 이해된다. "재가 되어서야/새로운 것이 될 수 있다 하더이다/10년 내내/제 불운은 재가 되어본 적 없음이더이다//늦가을 낙엽 한 무더기 태우며 울고 싶더이다"(95쪽)에서 보이는 처절한 자기 반성과 응시의 태도는 그는 여전히 쉽게 탈속의 경지에 이르지 '않을' 것임을 예고한다. 그래서 그는 여전히 기다린다. "천년의 추억을 가졌다고 말한 사람 있지/천년의 미래 진작 다녀왔다고 말한 사람도 있지/바람부는 날/나는 버스를 기다린다"(19쪽)와 같은 진술에 주목하자. 그 기다림은 역사 속의 실존에 대한 증명 방식이기 때문이다.

날아오는 제비들이 있는 한
나에게 살아야 할 까닭이 있습니다
그 제비들

돌아가는 바다 저쪽
강남이 있는 한
내일을 기다리는 까닭이 있습니다

내가 당신을 그리워하는 까닭이 있습니다. (83쪽)

그의 기다림과 그리움 속엔 여전히 무수한 타인들의 이름이 담겨 있을 것이 분명하다.

3

"이 땅에는 도사와 신선이 된 시인들이 많다"(「해식동굴」)라고 송수권은 말하고 있다. 적강된 존재의 불행에 대해서 보들레르가 노래한 바 있지만, '감정의 강렬함' 만큼이나 현재의 삶 역시 강한 시적 상상력의 원천이 되어야 할 것이다. 생명에 대한 사랑을 노래하는 정신에는 왜곡된 현실에 대한 준엄한 비판 의식이 전제되어야 하는 것처럼 아름다운 서정의 언어 속에는 삶을 문제적인 시각으로 바라볼 수 있는 예리한 날을 포회하고 있어야 할 것이다. 이런 의미에서 이번의 세 시집 『풀』, 『파천무』, 『순간의 꽃』을 읽는 즐거움은 컸다. 이들의 작품은 한결같이 시간의 풍상 속에 지친 삶을 위무해 주는 따뜻함과 함께, '역사 속의 실존'이라는 명제에 대해서도 자각적이었다. 남북한 정상이 만나는 장면을 지켜보다 불은 라면을 먹을 수밖에 없었던 김종해(「유월의 녹슨 철조망은 유월에 걷는다」), 바닷가 수평선을 향해 있는 동굴에서 '한 시대의 궁핍한 정신'을 보거나 '슬픈 시인의 운명'과 '불꽃 같은 삶의 운명'을 알게 되었다는 송수권(「해식동굴」), 매일매일의 삶을

"앓는 짐승이/필사적으로/서 있는 하루"라고 노래하는 고은, 이들의 시가 여전히 건강하고 매력적으로 다가오는 이유가 여기서 조금 설명될 수 있을까.

낱낱의 작품들이 지닌 아름다운 결과 함께 깊은 정신과 만나게 된 소중한 체험은 '서정적 진실이란 무엇인가'라는 질문을 한층 의미 있게 만들어 주었다.

건물들 사이에서 황홀한 노래를 듣는다

—강인한, 김수복, 이영진의 시

나무 그늘이 깊은 곳에 앉아 시를 읽는 모습이 어딘가 어색해 보이는 시대를 산다는 것은 조금 부끄럽다. 그렇지만 이제 그런 모습이 부끄럽다고 다시 말할 수 있다는 점에 위로받고 싶다. 시간이 많이 흘렀다는 의미일 것이다. 새로운 시대가 열렸다는 지존, 정치와 역사, 투쟁과 갈등의 오랜 시련이 이제는 정말 다 사라져 버린 듯한 시간 앞에 우리들은 거의 속수무책으로 방치되고 있다. 문득 이런 시대에 시를 찾아 읽는다는 것이 정말 힘겹고 지루하고, 고독한 일이라는 생각이 들곤 한다. 시를 읽기 위해 결의에 찬 의지를 다시 확인해야 한다는 사실 앞에 난감해지는 것도 부인할 수 없다. 그러나 이제야말로 다시 시의 아름다움, 혹은 아름다운 언어를 찾아 나무 그늘 깊은 곳으로 가야 할 시간이라고 여겨진다. 모든 어지러운 소리들로부터 벗어나 서정의 본류를 찾아 나선 사람들의 목소리에 귀기울일 필요가 있다. 이슈를 상실한 시대에 또다시 논쟁적인 문제를 찾아 나서는 일이 가능하다면 그것은 바로 '서정의 힘'에 대한 확인 작업, 혹은 언어의 유현(幽玄)함이 빛어내는 삶의 향기에 대한 그리움에 대해 말하는 것이리라.

강인한의『황홀한 물살』, 김수복의『모든 길들은 노래를 부른다』, 이영진의『아파트 사이로 수평선을 본다』는 아름답게 읽히는 작품이었다. 이들의 작품에서 서정적인 목소리의 힘, 기억 속의 노래와 사소해 보이는 사물과 일상에서도 삶의 의미를 찾아내는 그윽한 음성을 들을 수 있었다. 계량적 기준에 의해 재단되는 삶과 경제적인 가치 기준이 전일적으로 지배하는 현실에 대한 비판적인 척도로 이들의 작품이 작용하고 있다는 사실을 확인하면서도 그러한 논리적인 시읽기조차 배제하고 싶은 충동이 들었던 것도 사실이었다. 이러한 판단 역시 1990년대 한국문학을 체계적으로 읽고자 하는 일련의 의지와 무관하지 않겠지만 이제는 적어도 시의 근원, 서정적 목소리가 지향하는 시원 탐색의 여정에 대해 한층 관심을 가질 시점임은 부인할 수 없다.

1. 눈부신 각성

빗속에 쓰라린 적막 속에
떠도는 비의 향기 홀로 깊어가는 밤
내가 읽는 문장 위에
홀연히 꽂히던 붓끝이여.

—「관음죽」 부분

강인한은 '적막'의 서정을 자기 시의 본류로 삼고 있다. 그에게 삶은 자신의 내면을 다듬고 어루만지며, 고통에 대한 견인(堅忍)의 자세를 스스로에게 보이는 과정으로 이해되고 있다. 그의 시는 "아픔을 견디다 견디다/혼자 눈 떠보는 밤"(「산수유꽃 피기 전」)의 고통으로부터 "꿈 같

은 이승 속에/한점 빠알간 기쁨이 켜"(「눈 내리는 날의 정물화」)지는 황
홀한 세계로 나가는 도정이라고 할 수 있다. 그의 사물과 세계에 대한
포용과 넉넉함에 이르는 과정은 삶에 대한 치열한 응전과 반성의 시간
이 가져다 준 결과라는 점 역시 인정하지 않을 수 없다. 그가 매우 절
제된 어조로 문명의 자기 파괴적 속성에 대하여 준엄하게 비판하거나
(「호모 에코노미쿠스의 미라가 발견된 지층」), 속도와 질주의 욕망을 통해
진실에 대한 물음을 우화적으로 드러낼 때도(「출발은 일단입니다」) 그는
숨겨진 삶의 아름다움을 발견하고자 노력한다. 물론 그 노력이 의지
작용으로만 기능한 것은 아니다. 타인 혹은 세계와 자신을 일치시키는
서정의 본래성을 회복하는 지점에 그는 다가서고 있기 때문이다. 길가
에 피어 있는 민들레꽃과 대화하는 형식으로 쓰여진 시에서 자연의 존
재성을 일깨우는 방식의 소박함에 주목할 경우 그의 시가 도달한 지점
은 보다 명확해진다.

　일하러 가니?

　길섶에서 앙증스레 고개를 드는
　키 작은 풀꽃

　쏘나타로 아반테로
　크레도스로 다들 일찌감치 지나가버린
　그 길을

　꿈결같이
　민들레꽃 샛노란 웃음같이
　걸어서 걸어서.

—「민들레꽃」 부분

매우 사소하고 무표정한 듯한 어조로 그려진 이 작품에서 드러나는 고요함이란 앞에서 보여주었던 적막함의 다른 이름이다. 그것은 때로 '푸른 하늘을' 날고 있는 새의 '꽃빛 울음소리'를 "내 마음의 빈 허공에/얼음빛으로 남은/한줄기 부재"(「부재」)로 인식하는 시인의 태도와 같은 맥락으로 보인다. 그러나 그의 시의 주류를 이루고 있는 적막함은 아무것도 존재하지 않는 비어 있음, 혹은 권태로움이 자아내는 허무와 근본적으로 다른 색채를 띠고 있다. 오랜 시간이 흐르는 동안 그 속에 조금씩 쌓여 갔을 생에 대한 차분한 긍정, 그 시선의 깊이를 잘 보여주고 있기 때문이다. 비에 섞여 내리는 첫눈을 "홀연히 나를 찾는 당당한 발걸음/한 줄 아픔 위에 또 한 줄 아픔을 긋는/유리가루 같은 것, 서슬 푸른 칼날 같은 것/한밤의 내 몸속을 꿰뚫는 눈부신 각성이여"(「겨울을 기다리며」)라고 노래하는 시인의 음성에서 무겁지만 아름다운 삶의 속살을 확인할 수 있다는 사실은 즐거움 그 자체가 아닐 수 없다.

2. 비의적 대상을 향한 그리움

김수복의 시에서 보이는 서정적 울림은 좀더 근원적인 성격을 갖고 있다. 파괴적이고 폭력적인 세계 앞에 무기력하게 노출된 삶을 근본적으로 반성하는 방법 가운데 하나는 존재하지 않는 대상을 그리워하는 일이다. 문학적 상상력의 사회적 의미를 묻는다면 바로 이 같은 전위적 꿈꾸기가 가능하다는 사실을 보여주는 데 있을 것이다. 그가 노래하는 자연과 혹은 현실에서 사라진 대상에 대한 시적 복원이야말로 이같은 꿈꾸기의 전형이 아닐 수 없다. 그는 쉬지 않고 비실재의 공간을 찾아 나선다.

　　무릉역을 지나면 眉川에 닿는다 우리 한평생 넘어 오는 가을 등 뒤로
연기를 내뿜는 지친 무릉의 어깨를 지나면 眉川에 닿는다 사람이 내리
지 않는 역사 뒤 늙은 공장 연기 사이로 가을은 사라지고 돌아오지 않는
眉川을 따라가면 사람이 내리지 않는 역사를 지나서 眉川은 노을 속으
로 갈 길을 서두르고 새들은 사라진 가을의 등 뒤를 날아오른다

―「무릉역을 지나며」 전문

　　그가 찾아 나선 무릉역과 미천의 실재성 여부는 중요하지 않다. 오히
려 이들의 비실재성이 그의 시를 풍요롭게 하는 요소로 작용할지 모른
다. ‘사람이 내리지 않는 역사’가 갖는 의미심장학에 이 작품의 핵심이
놓여 있다. 이 시는 일종의 풍경화이다. 중요한 것은 작품의 풍경 속에
사람이 존재하지 않는다는 점이다. 다만 가을날을 배경으로 낡은 역사
의 뒤편 어디쯤에서 연기가 피어오르고 황혼을 배경으로 새 한 마리가
고독하게 날아오를 무렵, 화자가 미천의 끝자락을 먼 발치에서 지나치
며 바라보는 풍경이 그려지고 있을 뿐이다. 결국 사람이 내리지 않는
역, 열차가 서지 않는 낡은 역사를 감싸고 흐르는 미천에 대한 그리움,
혹은 그곳에 닿아 보고 싶은 충동이 이 시를 의미 있게 한다. 그렇다면
궁극적으로 무릉역, 혹은 미천은 인간의 현실적인 삶의 공간 밖에 존
재한다는 말이 될 것이다. 부재하는 것, 혹은 경계의 저편에 존재하는
대상을 찾아가는 순례가 김수복 시의 의미망을 형성하고 있다.
　　여기서 주목할 것은 그의 시에 ‘바다’에 관련된 이미지가 자주 등장한
다는 점이다. 그런데 그 바다는 작품의 배경을 이루거나 소재의 차원으
로 그려지기보다 시인의 내면적 상흔이 깊게 침윤된 형태로 드러나고
있다. 그 바다는 가령 “붉은 울음이 숨차오르는 기억의 바다”(「흰뼈」)이
거나, “검은 숲이 된 바다”(「남양만」), “집으로 돌아가는 아이들이 자꾸
넘어지는 저녁바다”(「저녁바다」), “추억 속으로 길들이 자꾸 빠지는 밤

바다"(「등대에」)이고, 혹은 "시퍼렇게 멍이 든 바다"(「睡蓮 2」)이거나 "울고 있는 바다"(「9월」)이거나 "비어 있는 바다"(「사월의 바다」)이다. 한편 이와 같이 어둡거나 비애에 점철된 듯한 바다의 이미지와는 달리 바다 자체가 그리움 혹은 갈망의 대상으로 그려진 경우도 있다. 즉,

> 허기진 마음으로 밤바다를 지날 때
> 물빛 아롱지는 바다 속
> 은은한 궁전같은, 당신
> 남해금산,
> 나는 종일 당신의 푸른 바다 속을 날아다녔습니다
>
> —「꽃밭」 부분

와 같은 작품이 그렇다. 여기에 오면 바다에 관한 그의 관심은 단순히 부정적인 기억으로 존재하는 대상이 아니라 비실재적 자연에 대한 복원이라는 그의 시적 관심에서 비롯된 것이었음을 깨닫게 된다. 김수복이 훼손된 삶을 비판하는 방법으로 선택한 자연 대상 찾기는 비의적 아름다움을 향한 열망이라고 해석할 수 있다. 그 대상을 찾아 나선 길이 "너무, 너무 멀다"고 느껴질지라도 그는 "다리가 아프도록"(「저문 거리에서」) 걸음을 멈추지 않을 것이다.

3. 건물들 사이에서 황홀한 노래를 듣는다

> 나는 내 부음이 실릴 때까지 이 거울 속의 저주로부터 자유로울 수는 없다
>
> —「정치적 패턴」 부분

　도도하기까지 한 이 같은 선언에 주목하지 않으면 이영진의 작품 세계를 정확히 이해하기 어려울 것이다. 자신의 존재 방식에 대한 자의식, ‘거울 속의 저주’로부터 스스로 자유롭지 못하다는 강박 관념이 그를 고통스럽게 하면서도, 한편으로 이로 인해 그의 시는 시적 긴장감을 획득한다. 그는 환멸의 삶에 대응하기 위하여 쓰는 듯하다. 그는 “갈등 없이 견디는 일이 어디 쉬운 일이랴”(「開岩寺 2」)라고 말한다. 그렇다. 그는 갈등이 없는 삶, 문제 의식이 사라져 버린 삶을 환멸스럽다고 생각하고 있는 것이다. 많은 변화를 겪으면서도 시인은 자신 앞에 펼쳐지는 삶을 선뜻 받아들이기 어려웠을 것이다. 그는 과거를 기억한다. 그 과거란 ‘온 세계가 언어보다 더 먼저 다가와 있던 때’였다. 그 과거가 물론 낭만적 순수성에 매몰된 비과학적인 언어로 치장된 것일지라도 한때 그 같은 시간을 보냈다는 사실 자체에 그는 커다란 의미를 부여하고 있다. 그래서 그는 자신의 현재를 두고 “나의 밥은 나의 모멸이다”(「이렇게 말해보자」)라고 말한다. 이영진의 시쓰기는 이 같은 모멸감에 대한 극복 의지 혹은 그러한 심리 상태에 대한 자의식의 드러냄으로 모아진다.

　그래서 그는 다시 자신이 발 딛고 선 자리가 충만한 느낌으로 가득하기를 꿈꾼다. 그가 선 자리가 “가슴이 더워오는 지상의 한 中心”(「다시 서울이 바다가 되기 위해 5」)이 되기를 그는 바라고 있다. 그러나 그 앞에 펼쳐진 시간은 “긴 배반의 시절”(「다시 서울이 바다가 되기 위해 6」)이었다. 그래서 그는 “이 무관심한 거세의 세월을 더 이상 기념해서는 안 된다”(「다시 서울이 바다가 되기 위해 7」)고 외친다. 가장 완벽하고 아름다웠던 과거의 시간을 기억하는 일은 자신의 현존성을 의심하게 하고 견딜 수 없는 고통을 가져다 준다. 과거의 자신을 송두리째 부정하거나 아니면 불우한 현존을 인정하는 길만이 고통을 덜어내는 일임을 알아차리기는 쉬워도 진심으로 수용하기는 어려울 것이다. 그는 결국 이렇게 생각한다.

기억은 나와, 아니 오래도록 지속되는 이 세계와 무슨 상관이 있단 말인가.
기억이 필요없는 쇠창살은 잔인한 것이다. 비애로 떨어져 내리는 자유도 완성하지 못한 채 풍경 밖으로 가는 봄비가 온종일 내렸다.
—「풍경은 어디에서 태어나는가」 부분

물론 이는 패배나 수모는 아니다. 기억으로부터 자유로워지기 위한 자기 결단, 즉, 현재의 삶을 있는 그대로 수용하면서 기억 속의 시간을 언제까지나 내면 깊숙한 곳에 감추어 두는 길, 때로는 기억과 현존 사이에서 고통스러워할지라도 그 고통을 상쇄할 다른 대상과 삶을 모색하는 행위, 그것을 시인은 풍경 속에서 찾고자 한다. 고통을 풍경으로 전환하는 것, 내면에 대한 철저한 응시를 통해("나는 파랗게 날이 설 때까지 면도를 합니다/내 얼굴이 보일 때까지", 「낯선 귀가」) 타인과 세계를 이해하고자 하는 것, 그 속에서 새로운 언어, 대상을 만들어내는 일, 그래서 "언어로 불리어지는 모든 이름과 미처 언어로 불리어지지 않는 모든 것들 사이로 왜 꽃은 피어오르는지"(「죽음이 밀어내는 환한 봄꽃」)를 생각해 보는 것, 혹은 그런 자세를 보여주는 것, 이영진의 시는 이 지점에 이르러 생의 심연으로 향한 걸음을 떼기 시작한다. 그래서 그는 어느 날인가의 산행에 이르러 "아무 이름 없이도 꽃들은 피었다 지고 잃은 것도 얻은 것도 없이 물은 흐른다"라고 말한다. 그리고 그는 "아무 기다림 없이도 산을 오를 수 있다"(「도솔암」)라고 한다. 하지만 그의 마음 비우기란 상처와 분노를 숨기고 있는 것임을 짐작하기란 어렵지 않다. 애써 태연한 그의 표정을 통해서 지난 시절의 아픔과 기억 속의 시간을 부정해야만 하는 고통을 읽어내기란 곤혹스럽다. 그가 여전히 "기억을 가진 자의 행로는 기억 속으로 기울어져 있다"(「지나간 기억은 내 모든 선택에 개입한다」)라고 말하고 있지만 이젠 그가 환한 생의 이편으로 걸어오기를, 백반 쟁반을 머리에 이고 지하도로 들어서는 밥집 여자의 뒷모습을 보면서 "종묘 안의 꽃들이 어디서 오는지를 알게되었다"고 고백했듯이(「죽음이 밀어내는 환한 봄꽃」) 좀더 자주 일상의 시간, 사소한 삶의 갈피를 열어 보여주길 바라는 것이다.

　강인한이 보여준 적막한 세계의 아름다움과 김수복이 찾아 나선 비실재의 공간, 이영진이 보여준 기억과 그로 인한 아픔 등은 매우 깊은 서정적 울림을 준다는 특징을 공유하고 있다. 서정의 빛깔도 또한 매우 다채롭고 층위 역시 다양할 수 있다. 더욱이 서정적 아름다움이 역사에 대한 이해, 불우한 삶에 대한 고발 의지 등으로 표출되는 현상 역시 관심 있게 지켜봐야 할 덕목임에는 틀림없다. 그러나 이제는 가슴한 켠을 쓸어 내리면서 나무 그늘 깊은 곳에 앉아 시를 읽는 '풍경'에 도취되는 시간이 그립다. 그들이 보여주는 밀도와 긴장의 진원지는 모두 다를 것이다. 또 그래야만 한다. 하지만 그것이 무엇이든 시를 읽고 아픔을 공유하는 시간이 자주 우리 앞에 찾아왔으면 좋겠다. 이 소박한 바램이 비논리적, 관념적이라고 비판받을 수 있겠지만, 시의 존재 의미에 대하여 묻고자 하는 논의에 일조한다면 얼마든지 감수할 것이다. 또 그래야 한다고 생각한다.

길 위의 사랑, 길 밖의 사유

—최근 시의 내면 풍경

　얼마 전 고은 시인이 미국으로 떠났다. 때마침 그의 시집 『머나먼 길』(1999)이 출간되었는데, 그 시집의 첫머리는 "떠나야 한다/떠나야 한다"로 시작되고 있다. 그러나 그의 길은 다시, 철저하게 되돌아오기 위한 떠남일 것이다. 먼 바다로 나아가 푸른 삶의 시간을 보낸 후 탄생의 기억이 존재하는 곳으로 회귀하는 연어의 삶이 그렇듯이 고은에게도 그런 준비된 '회귀'가 필요했으리라. 그렇지만 그 떠남은 완성된 자아에 대한 갈증과 아름다운 삶에 대한 그리움을 동반하는 것이리라. 바다는 실존적 생의 출발과 마감마저도 포괄하는 힘이 될 것이라는 믿음이 그에게 있는 듯하다. 그래서 "내 취한 영혼이/비로소 일체의 감정을 놓아" 주는 경험에 대한 간절한 희구가 반영됐을지도 모른다. 그때서야 그는 '나는 내가 아니다'라는 부정적 인식의 핵심에 육박할 수 있을 것이다. 길 떠남의 진정한 의미는 이같이 부정적 자기 이해가 지향하는 제의적 해탈에 있는 것은 아닌지. 20세기가 끝나 가는 시점에서 고은의 길 떠남이 그 어느 때보다도 문학적인 울림을 주는 이유이다.

그는 문 밖으로 나선 자가 된 것이기 때문이다. 얼마간의 시간이 그에게 제한적으로 주어졌을지라도 그의 외출은 경계를 넘어서는 행위로 보일 것이다. 그렇다. 그것은 한 시대의 숙명으로토부터의 벗어남이다. '다시' '더욱' 철저하게 되돌아오기 위한 준비로서의 이탈. 문제는 그러한 이탈과 '경계 넘어서기'에 대한 갈망이 시인을 더욱 시인이게 한다는 데 있다. 적어도 지금은 그렇다.

　시인들의 근작에서 '길 가기' 혹은 '길 위에서의 명상', 그리고 '길' 과 '밖'의 모티프를 발견하는 일은 그래서 의미심장하다. 시인들의 길 가기가 한층 고뇌와 망설임을 동반하는 것도 지금이 새로운 세기를 맞이한 시점이라는 사실과 무관하지 않은 듯하다. 물리적인 의미에서 시간의 흐름에 대한 강박 관념이나 불안감이 요즘처럼 강하게 다가오는 때도 없었으리라. 정말로 새로운 세기는 오는 것인가. 삶은 어떻게 뒤바뀔 것이며, 무엇이 좋아지고 나빠질 것인가에 대한 불안한 희망이 그것이다. 일상에 그어진 시간의 줄을 벗어나지 않고 밟아 가는 일이 왜 이렇게 힘들고 어려운가. 황지우의 『어느 날 나는 흐린 酒店에 앉아 있을 거다』에서 드러나는 회한의 음성, 백무산의 『길은 광야의 것이다』에서 보여준 경계 넘어서기, 그리고 최정례의 『햇빛 속에 호랑이』와 권경인의 『변명은 슬프다』, 그리고 이흔복의 『서울에서 다시 사랑을』에서 자신을 바라보며 걷는 길의 힘겨움, 심호택의 『미주리의 봄』에서 나타난 고요함 등은 모두 우리 시대의 표정을 적확하게 드러내는 징후이다. 삶을 좀더 낮은 곳으로부터 바라보고자 하는 그들의 고투에 묻어나는 불안한 그림자는 역설적이게도 우리를 편안하게 하는 힘이 깃든 것도 사실이다. 그들의 길 떠남은 그래서 아름답다.

1. 바깥에 대한 사유

> 이부자리에 엎드려 머리카락을 움켜쥐고,
> 이건 삶이 아니야
> 이렇게 사는게 아니었어,
> 속으로 울부짖는 나는
> 비닐 봉지 속의 금붕어를 생각하고 있었다
> 머리맡에는 '한계레신문'이 놓여 있다
>
> —「비닐 봉지 속의 금붕어」 부분

자신의 삶이 "비닐 봉지 속의 금붕어"라고 황지우는 생각하고 있다. 투명한 비닐에 갇힌 금붕어는 자신이 속한 물 속 세계를 떠나는 순간 곧 죽음을 맞이하게 된다. 하지만 물 밖 세계 역시 엄연히 존재하고 있다는 사실을 알고 있는 존재는 시인 자신이다. 금붕어란 존재는 실체이다. 그가 속한 물 속 세계와 물 밖의 세계를 엄연히 구별하게 하는. 그러나 물 속 세계와 물 밖 세계의 대비는 시인의 의식 속에 그려진 '형태'이다. 물 밖의 세계는 시인의 관념 속에서만 존재하고 있기 때문이다. 시인은 밖에 대한 관념이 허락되지 못하는 세계에 대하여, 혹은 일상에 편재하는 불온한 권력의 음모에 대하여 의심한다. 이 '안/밖'의 사유, 혹은 그 경계에서 황지우의 『어느 날 나는 흐린 酒店에 앉아 있을 거다』의 의미는 발생하고 또한 존재한다.

그러나 그에게 '밖'이란 전략적 회의의 산물이다. 그러나 "바깥을 보는 것까지는 할 수가 있지" "한번 바깥으로 나가보"아도 그곳이 밖이 아님을 알고 있기 때문이다. 그래서 그는 가끔 "아아 울고 싶"(「유혹」)기도 하다. 밖은 없기 때문이다. 관념의 형태에서 존재하는 밖이란 실상 '절대적인 밖'이 무화(無化)된 '안'이라고 말할 수 있는 것이다. 그의 밖에 대한 사유는 자신이 발 딛고 선 '안'에 대한 반성적 사유와 동일하다는 판단이 가능하다. 그 '안'에서 확인할 수 있는 것은 일기를 훔쳐볼 수 없도록 성장해 버린 딸 아이나 혹은 아프리카에서 굶주리는 사람들을 위해 성금을 내야 하는 일상, 혹은 '뚱뚱한 가죽부대에 담긴' 자신을 혐오스럽게 바라보아야 하는 시간이다. 그래서 그는 '흐린 주점에 앉아' '완전히 늙어서 편안해진 가죽부대를 걸치고/등뒤로 시끄러운 잡담을 담담하게 들어주'(「어느 날 나는 흐린 酒店에 앉아 있을 거다」)어야만 할 것 같은 자신의 모습을 그려보는 것이다. 이런 그를 자신 스스로 인정하고 수용하느냐의 여부, 그 망설임의 표정과 "비참할 정도로 나는 편하다"(「살찐 소파에 대한 日記」)라는 자조적 고백은 변화된 삶의 환경에 쉽게 적응하기 어려운, 혹은 적응하기 싫은 자의 반항적 무기력을 드러내고 있다는 점에서 같은 맥락 위에 놓인다. 그에게 미래란 '삶을 통째로 배신할 수 있는 기회'가 상실된 현재와 같다. 하나의 신념 체계를 위해 헌신하고자 하는 열정이 사라져 버린 삶이란 우울하다. 자신의 영혼을 증명할 수 있는 시간은 '소비에트가 무너지던 날'과 함께 없어진 것이다. 대신 "부패에서 올라온 거품의 浮力"(「우울한―거울 2」)에 떠 있는 듯한 느낌만이 지배하는 현재에 그는 존재하고 있다.

황지우의 '바깥에 대한 사유'는 궁극적으로 자신의 현존성에 대한 근원적 반성과 닿아 있으며 종종 그러한 반성은 제도와 권력, 언어와 관습으로부터 벗어나고 싶은 초월적 욕망이나 그 욕망마저 휘발된 공동화(空洞化)된 지점으로 이어지곤 한다. 가령 "이 세상은 문득 이 세상이 아닌 듯,/고요하고 한없이 나른하고 無窮과 닿아 있다"(「세상의 고요」)라거나, "가장자리를 밝혀 중심을 비추던/그 따갑게 환한 그곳; 세상으로부터 잊혀진/中心樹"(「물 빠진 연못」)라는 진술에서 이 점은 확인된다. 현존성으로부터의 이탈을 꿈꾸는 이 같은 목소리는 백무산의 『길은 광야의 것이다』에서도 잘 드러난다.

2. 하나인 사랑

백무산은 다양하고 상반된 욕망을 다스리는 방법으로 적극적인 해탈을 지향한다. 그는 삶의 지엽적인 맥락, 경험과 사건들을 좀더 논리적인 관점에서 분석하고 결국 진리란 무엇이며, 억압적인 욕망의 사슬로부터 벗어나야 하는 이유는 무엇인가를 묻는다. 이런 모습은 시적 진술의 고유성과 서정성을 차별적으로 드러내지 못하는 요인이기도 하지만, 그의 시에 철학적 깊이를 갖게 한다. 그가 지향하는 삶의 방식은 관습적 판단의 제어 범위를 넘어서는 곳에서 빚어진다. 그는 길을 가면서도 돌아오고 있고, 삶의 역경을 건너 또 다른 세계를 지향하면서도 건너는 일의 맹목성에 함몰되지 않는다. 그래서 그는 "아직도 무거워/먼 길 가는 길"(「역광」)이라고 말하지만, "건너는 일은 더 이상/내게 목적이 아니다"(「적어서 갈 길은」)라고 표현하기도 한다. 이 같은 상반된 진술은 "그만 걸음을 멈추어라/돌아서라 그리고 통과하라"(「통과하라」)라는 대목에서 어느 정도 논리적 윤곽을 드러낸다. '이것/저것', 혹은 '안/밖'이라는 이분법을 넘어서는 곳에 대한 형태 그리기가 그것이다. 가령,

> 사람 사는 소리가 웅얼거려 알 수가 없다
> 밖으로 가니 안이 그립고
> 안으로 가니 밖이 그립고
> 안팎을 하나로 하겠다고
> 얼마나 덤볐던가
> 저 물빛은 안인지 밖인지

오늘 아침 얼음물에 빨래를 하는데

그 물빛이 어찌나 눈부시던지

안과 밖을 동시에 구유(具有)하고 있는 '물빛'이 눈부시다는 진술이 갖는 문제적 의미는 선시적 역설의 세계에 접점을 두는 순간 발생한다. 얼음물의 차가운 촉감을 '물빛'이라는 시각적 이미지로 치환하는 기교의 빼어남뿐 아니라, 대립되는 사물을 하나로 통합한 후 그 통합된 인식의 차원마저 무화시켜 정형화된 관념의 허를 찌르는 선적 기법이 이 작품에서 극명하게 표출되고 있다. 이 같은 시적 깨달음은 백무산 시의 정점을 형성하고 있다. 이 정점에서 볼 때, 일상의 다양한 모습들에 대한 시인의 관점과 태도는, 불교식으로 말해 분별심과 그로 인한 집착을 철저하게 지우려는 노력들로 일관되고 있음을 발견할 수 있다. 관능적인 아름다움을 지닌 여인을 묘사한 후 그 여인을 바라보는 자신을 향해 "이것은 조화인가 착각인가/[…중략…]/어디까지가 자연의 착각이며/어디까지가 인간의 고의인가"(「인연」)를 묻는 시인에게는 지상 위의 육체성을 지닌 모든 존재들은 한낱 허상일 뿐, 한시도 변화하지 않는 사물이란 없다(諸行無常)는 깨달음만이 중요하게 자리잡는다. 주변적 대상으로 밀려나 있던 자연과 '작고 천한 것'으로부터 생명적 충일성, 혹은 "사랑도 하나", "생명도 하나"(「하나인 사랑」)라는 각성의 깊이를 드러내는 대목은 백무산 시가 필연적으로 도달할 수밖에 없는 귀착지라고 판단된다.

3. 세상에 없는 여자

　권경인의 『변명은 슬프다』와 최정례의 『햇빛 속에 호랑이』는 내면의
흔적을 따라 길을 가는 모습과, 생활 세계와 일상의 시간을 밀도 있게
그리고 있다. 권경인에게 삶이란 언제나 길을 가는 행위로 인식되고
있다. 그 길 위에서 시인은 삶의 갈피마다에 깃든 작고 연약하기도 한
감성들을 일깨운다. 봄날 길 위에 떨어지는 꽃잎을 두고 "남루함을 피
하여 재빨리 죽음에 이르는 꽃잎 몇 장"(「봄날 2」)이라는 표현으로 자
신의 삶을 빗대는 모습이 권경인 시의 줄기를 이루고 있다. 이는 최정
례가 "나는 모래 남자와 살다 모래아이를 낳고 걸/어다니는 사막이 되
는 거지요 모래를 퍼먹고 있어요"(「사막편지」)라고 말할 때의 그 황량
함과 같은 맥락으로 보인다. 권경인이 삶이 남루하다고 했을 때 그녀
는 이미 자기 자신만이 그로부터 벗어나게 하는 구원의 주체임을 알고
있듯이, 최정례 역시 사막을 건너는 일로 삶을 비유하면서 자신을 위
로하고자 한다(권경인의 시 「먼길」에도 "눈부신 외길/사막의 길"이라는 표
현이 등장하는 것은 흥미롭다).

　"가장 힘든 길은 언제나 내 안에 있으니"(「변명은 슬프다」) 살아가는
일은 타인의 시선이면서 동시에 자기 '안'의 눈이라는 점을 권경인은
매우 담담한 자세로 보여준다. 그녀의 길은 자신을 검증하면서 일상의
욕망에 순치되는 법을 배우는 곳으로 열려 있다. 그녀가 "어느 길을 걸
어 나를 만날까"(「회귀」)라고 묻고 있지만, 이미 그녀는 "낮아서 지혜
로운 영혼"(「삶의 형식」)이야말로 가장 아름다운 삶을 이룬다고 말하고
있다. 그렇다면 권경인이 수없이 던지고 있는 길 가기에 대한 물음은
그 물음 자체, 그 물음을 던지는 형식에 좀더 비중이 실린다고 볼 수
있다. 길은 목적이 아니라 유의미한 삶을 향한 방법이기 때문이다. 그
녀도 "길이 끝난 곳에서 길은 다시 시작된다"(「허수아비」)는 사실을 잘

알고 있는 것이다.

　최정례에게 길은 살아온 흔적들을 없애는 통로이다. 살아온 길은 과거의 것이다. 시간의 흐름과 그곳에 덧칠해진 결핍과 상실의 흔적이 그녀를 놓아 주지 않는 듯하다. 가령 이런 것, "낯선 옛집 앞을 유령처럼 흘러간다"(「옛집 앞을」)와 같은 진술에 주목해야 한다. '흘러간다'는 '지나친다'는 뜻과 '전혀 관심이 없는 것은 아니다'는 의미가 기묘하게 섞인 표현이다. 마치 아무 일도 없었다는 듯이 '지나치지만' 사실은 매우 아픈 통증의 기억을 수반하고 있다는 사실을 은연중에 드러낸 것이다. 그녀의 통증은 구체적으로 어디로부터 파생된 것인가. 그녀는 "무슨 뜻일까 수년을 생각"(「끝장면」)했다고 말할 정도로 기억되는 꿈이 있다고 한다. 한참을 어디론가 걷다가 집 한 채와 불타는 듯한 붉은 꽃을 만나고, 두 남자를 보게 되는데 하나는 아이고 하나는 기억할 수 없다는 것, 꽃을 달라고 했을 때 거절당하자 "두말 않고 돌아서 걸었"다는 것, 바람이 불고 나뭇잎들이 쏟아져 내리고 '벌판이 삽시간에 잿빛으로 변했"다는 것, 아이가 꽃을 주려 했으나 받지 않고 돌아서 왔다는 내용이다. 이 작품은 두 가지 점에서 흥미로운 단서를 제공하고 있다. 꿈의 내용은 의식이 감당해야 하는 책임의 범우에서 조금 비껴 서 있다고 할 때, 꿈이라는 모티프의 사용은 자신의 정직한 감성이 향하는 곳을 애써 지우려는 듯한 태도에서 비롯되었다고 추측할 수 있고, 여기에 상실 혹은 사람 사이의 단절로부터 파생돈 고통이 시적 체험 속에 깊이 음각되어 있다는 점이 드러나기 때문이다. 이는 앞서 말한 '흘러간다'의 중의적 표현을 생각나게 한다(그녀의 시에 '꿈'이라는 단어가 명시적으로 드러난 시는 「끝장면」 외에 「마당을 덮어가는 그림자」가 더 있는데, 이 시에서도 '남자'와 '아이'가 등장하고 있다).

　그녀의 이 같은 아픈 기억과 체험을 은폐하거나 재생하는 시적 장치로 자주 등장하는 소재가 '나무'이다. 그녀는 더떤 '그'를 "나무 속으

로 밀어 넣어 버렸다." 그리고 그녀 역시 "나무 속으로 들어가 아무것
도 아닌 표정"(「드디어」)을 짓고 있다. 그 '아무것도 아닌 표정'이 만들
어내는 깊은 음영이 그녀 시를 감싸고 있다. 말하자면,

> 이 봄은 믿을 수가 없지요
> 그녀를 눕혔던 자리 아지랑이 피어오르고
> 그녀가 천천히 날아가지요
> 산벚꽃나무 너무 늙어 겨우 꽃잎
> 두 장 매달았다 떨구지요
> 또 봄은 가지요
> 그녀는 세상에 없는 여자고
> 그래도 그는 그렇게밖에 살 수 없지요
> 산벚꽃나무하고 여자 그림자하고
>
> —「산벚꽃나무하고 여자 그림자하고」 부분

에서 드러나는 쓸쓸한 풍경에서 눈을 떼기란 어렵다. 자신이 살아온
흔적을 늙은 산벚꽃나무에서 떨어지는 꽃잎, 그리고 '또' 지나 버리는
봄과 여자 '그림자'로 그려 놓은 모양은 봄날 양지바른 마루 한쪽 벽에
걸린 소묘와 같은 느낌을 준다. 이 그림을 그리고 있는 시인과 작품 속
에 그려지고 있는 '그녀' 혹은 여자의 모습이 만들어내는 거리에서 그
적막한 풍경이 주는 감동이 배가되고 있다고 할 수 있다.

4. 서울에서 다시 사랑을

> 길 밖이 문이라니?

문 밖이 길이라니 ?

―「을지로 순환선을 타고」 부분

라는 물음은, 이탈과 회귀가 결국 동일한 직선 위에 존재하는 것이라는 회의와 같다. 이흔복의 이 같은 회의는 종종 "이곳 서울에서 우리가 산다는 것은 분노"(「서울에서 사랑을」)라는 격한 감정으로 이어지곤 한다. 그래서 그의 길 가기는 의지적인 행위로 비쳐질 때가 많다. "때로는 우연을 가장하고"(「다시 양수리에서」) 길을 떠나기도 하지만 그에게 길은 자신의 내면 속으로 쉽게 회항하는 경향이 있다 "나는 사랑을 믿는다"(「땅 끝에 서면 몬드리안의 바다가 보인다」), 또는 "나는 영원히 사랑을 믿는다"(「부안행 일기」)와 같은 자기 다짐으로 귀착되는, 그래서 그는 너무 빨리 "이제는 집으로 가고 싶다"(「산중일기」)고 고백하는 것은 아닌지.

이흔복의 시적 여정은 실제로 부안, 해남, 양수리, 완도, 진도 등 그의 여행기로부터 비롯되는데, 그에게는 이 같은 여정이 "떠나지 않으면 살아갈 수 없는"(「황도리 풍어제」) 것이 삶이라는 사실 확인에 멈춘 듯한 느낌을 갖게 한다. 이에 비해 심호택의 『디주리의 봄』은 경험 세계의 영역 확장을 통해 삶에 대한 이해의 폭을 넓히고 있어 주목된다. 미국에서 체류했던 일 년간의 생활 속에서 얻은 느낌을 차분한 어조로 직조한 이 작품의 매력은 "순하디순한 시간"(「흔구름의 기억」)에 순치되는 자세를 드러낸다는 점에 있다. 이 시간은 "엉겅퀴 꽃잎이 소리없이 떨어진다/철없는 풀모기떼 오락가락/이건 또 누구를 겁주자고/자꾸만 흔들어대는 늑대거미냐/너에게도 가을이 왔구나 그러고 보니/쑥대와 억새도 빛깔이 수상하다"(「유에스 하이웨이」)와 같은 미세하고 깊은 떨림으로 다가온다.

현실 세계의 공간과 경계를 넘어서 심호택이 발견한 것은 사소해 보이는 삶이 가져다 주는 작은 감동과 때로는 연민을 동반한 아름다움이다. 가령 눈 오는 밤 술에 취해 고생한 이야기를 늘어놓는 친구(「일리노이 눈 오는 밤」), 엘비스의 고향에서 술과 함께 외롭게 살아가는 여자(「엘비스의 고향」), 충청도 서산의 미군부대 댄서를 지낸 여자와 그녀가 실수로 부서 버린 우체통을 고쳐 주고 있는 "코쟁이 남편"(「우체통을 부순 여자」), 과거 권위주의 시절을 향수어린 어조로 되뇌이기를 좋아하는 김 교수(김 교수 댁에서」), "맨드라미 해바라기가 지키는 마당"이 딸린 집에 사는 마종기 시인(「톨레도의 추억」), 사랑에 실패하여 마음이 상한 딸을 입학시키려는 아버지(「생루이의 서쪽」) 등 사람들의 일상이 진솔한 표현을 통해 재생되고 있다. 집 안에서 일어나는 무수히 작은 언어들을 "가만히 듣고 있던 느릅나무"와 미시간 친구네 뜰에서 "잎사귀 반짝이던 조선배나무" 등에 대한 시인의 기억(「그 나무들에게」) 등이 심호택을 넉넉하게 하는 힘으로 작용하고 있으며, 그것은 그의 무채색의 언어가 갖고 있는 독특함에서 비롯된다고 볼 수 있다.

황지우에게 경계의 '안'과 '밖'이란 한때 진보적인 지식인이 감당해야 할 몫이 부재하는 현실에 대한 우울한 자기 위무로부터 출발했다고 보는 것이 정직할 것이다. 그가 "아아, 옛날에 내 노래를 들어주던 아이들은 어디로 갔는가?/다시 탄압이나 받았으면!"(「서해까지 밀려 있는 강」)이라고 아파하지만, 그의 표정은 여전히 과거의 한때 휘황찬란했던 고통의 기억으로부터 자유롭지 못한 지식인의 초상으로밖에는 보이지 않을 가능성이 있다. 혹은 탄압에 대한 기억과 그 시간을 둘러싼 담론이 어려웠던 시절을 안온하게 보냈던 많은 소시민들에게 자기를 과장하거나 체험을 신비화한 모습으로 비쳐지지는 않을까. 이 물음은 곧이어 백무산의 잠언적 진술이 현대적 삶의 다양한 메커니즘에 대응하는 탄력성을 갖고 있는가 하는 질문을 낳는다.

길을 가는 일은 자기로부터 타인을 거쳐 더 큰 자신으로 돌아오는 일

이라고 말할 수 있다면, 그 타인에 대한 관심이 단순히 방법적 도구로
만 쓰이고 말 것인가라는 질문 앞에 오늘의 시인들은 정직하게 마주
서야 할 것이다. 여전히 길 가는 일을 숙명으로 아는 시인에게 '시간은
주체가 홀로 외롭게 경험하는 사실이 아니라 타자와의 관계 자체'(레비
나스)라는 사실을 자각하는 일은 중요하다. 그 관계 맺음에서 시인은
비로소 아름다울 수 있으리라.

상실과 재현의 시적 의미

　자연과 생명에 대해서 노래하는 시를 읽는 일은 낯설지 않다. 한국의 서정시는 자연에서 숨쉬고 움직이며 날마다 새롭게 태어나는 생명에 대해서 노래함으로써 자신의 정체성을 유지해 오지 않았던가. 그런데 문제는 산업화와 정보화 시대를 살아가는 사람들에게 자연이나 생명이란 한낱 이미지로만 존재한다는 데 있다. 시인들이 노래하는 나무, 숲, 새와 돌멩이들은 경험적인 내용이 사상된 기호로만 인식되고 있다. 실재하지 않는 자연에 대한 시적 관심은 어떤 방향으로 표출되어야 할까.

　최근 몇 권의 시집이 이런 질문 앞에 놓여 있다. 선시적인 풍경을 그려낸 임보의 『구름 위의 다락마을』, 자본주의적 일상성에 대한 비판적 잣대를 자연의 시간 속에서 찾고자 한 김광규의 『가진 것 하나도 없지만』, 화자가 체험한 자연 현상을 정밀화법으로 그려낸 김용택의 『그 여자네 집』, 방황으로 가득했던 지난 시간을 투명한 시각으로 보여주고 있는 이홍섭의 『강릉, 프라하, 함흥』 등이 그렇다. 이들 시집이 몇 가지 중요한 문제를 제기하고 있는 것은 자연을 노래했다는 단순한 이유에서가 아니라, 노래하는 방식에 대해 자각적이라는 점 때문이다. 자연을 노래하되 인식 주체의 위치나, 삶의 방식이 뒤바뀐 지점을 찾아내려는 노력이 엿보이기 때문이다. 『에코필로소피』의 저자가 인용한 문구에서 '자연의 자연성'은 인식 주체로서의 인간, 더 나아가서는 인식 능력의 타당성에 대한 깊은 의구심을 담고 있는 말이다. 오늘날 삶의 특징을 정보화, 코드화로 요약한다면, 생활 세계 속에 존재했던 자연과 자연 체험이란 이미 상실되어 버린 것이다. 자연이 '의식'해야 할 대상이 아니라, 일상의 시간과 '공존'했던 삶은 이제 아득한 기억이나 흘러간 노래 속에서나 찾아볼 수 있다. 이러한 현실에서 자연을 노래한다는 것은 시적 긴장이 사라진 자리에 과거에 대한 향수가 얼굴을 내밀고 있는 모습으로 보이거나, 시의 육체를 만들기 위한 기호놀이에 지나지 않을 가능성이 있다. 자연과 생명을 노래하는 일이 세계를 인식하는 방법과 시각의 근본적인 변화를 전제하지 않는다면 이제는 관심의 대상에서 멀어질 수밖에 없는 이유가 여기 있다.

1. 仙詩, 혹은 禪詩

임보의 『구름 위의 다락마을』은 실험성을 내포하고 있다. 그가 개진하고 있는 세계는 실재하지 않는 공간과 대상이다. 보편적인 삶의 체험 공간과 상상력의 공간이 너무나 이질적이어서 시적 체험을 자기화할 가능성이 매우 줄어들 수밖에 없기 때문이다. 그러나 시인은 이 같은 이질화를 극복하는 방법으로 역설화법을 선택한다. 역설이야말로 전도된 세계, 가치 기준이 혼란스러운 세계에 대한 도전 방법이면서 동시에 시인이 명명한 '仙詩' 양식의 존재 원리이기도 하다. 시의 표면에서 그려지는 것은 초월적 선경이지만, 시가 지향하는 곳은 현실과 관념적 사고에 순치된 일상에 대한 비판이다. 이 시집은 시적 화자가 선경(仙境)을 주유(周遊)하면서 보고 들은 사물과 이야기를 그리고 있다. 가령, 시집에 등장하는 시편들의 제목을 모으면 한 편의 이야기가 만들어지기도 한다. '구름 위의 다락마을'로 향하는 곳에는 '오동나무밭'이나 '목화밭'도 있고 '백하'를 건너며 '노과주'를 마시고 '다슬기'나 '새우', '박쥐'나 '부엉이', '독수리', '원숭이', '다람쥐', '비둘기' 등도 만나고, 대나무나 꽃밭을 거닐기도 하고, '촌장' 마을의 선거를 구경하기도 한다. 물론 시의 내용이 소재의 성격과 완전히 일치하는 것은 아니지만, 이 시집의 구성 원리를 드러내는 특징으로 작용하고 있는 것은 사실이다. 그러나 시인이 그려내고 있는 선경이 단순히 도피적 몽환에 멈추지는 않는다. 삶에 대한 인식 방법의 변화가 시집 구성상 중요하게 자리잡고 있기 때문이다. 즉,

> 우리의 감각으로는 가 닿을 수 없는
> 그런 세상도 있나니
> 보이지 않는 것이라고
> 들리지 않는 것이라고
> 만질 수 없는 것이라고
> 없다고 이르지 말라 (1-10)[1]

라는 진술 속에 담긴 변화된 세계관에 주목할 필요가 있다. 감각할 수 없는 것은 진리가 아니라는 인식 방법이 사실은 많은 문제점을 내포하

---

[1] 괄호 안의 번호는 '분석대상 시집—쪽수'임. 시집은 편의상 1.『구름 위의 다락마을』, 2.『가진 것 하나도 없지만』, 3.『그 여자네 집』, 4.『강릉, 프라하, 함흥』으로 한다.

고 있다는 점에 대한 깨달음이 최근의 중요한 변화가 아니겠는가. 문
학은 반드시 현실에 존재하는 삶의 유형을 통해서 구성될 수 있다는
믿음 가운데 가장 극단적인 형태인 리얼리즘, 혹은 그로부터 파생되는
세계관으로부터 일종의 패러다임의 전환을 꿈꾸는 행위가 이 시집에
잘 드러나고 있다. 그 전복적 상상력의 맨 앞에 역설의 방법론이 놓이
고 있다. 역설의 방법이란 관념의 허를 찌르는 화법이라고 정리할 수
있다. 언표된 사실과 숨기고 있는 의도가 일으키는 충격이 역설적 화
법의 기본형이다. 이를 다르게 말하면 발화된 언술과 관념적 사고의
틈을 보여주는 화법, 작품내의 시간이 진행되면서 형성된 관념을 일거
에 부정하면서 전혀 새로운 세계를 개진함으로써 기존의 사고를 반성
하게 하는 방법이 시에서 자주 쓰이는 역설화법이라고 볼 수 있다. 이
같은 역설구조를 극단으로 밀고 나갈 경우 선시의 화법, 즉 역설적 방
법으로 구성된 의미마저도 부정하는 '부정의 부정'으로 나아가게 된
다. 임보의 시는 역설적 방법론으로 출발하여 선시적 화법에 도달하려
는 노력이 짙게 나타나고 있다.

　①복사꽃이 흐드러지게 피어있는 골짜기를 만나
　　언덕 위에 자리잡아 잠시 쉬고 있는데
　　눈에 익은 보따리 하나가 기어오르고 있다
　　어젯밤 함께 지냈던 원두막집 노인이 아닌가
　②어인일인가 물으니
　　두고 온 내 보따리를 메고 종일 좇아왔다는 게다
　　쓰다 만 시고(詩稿) 몇 편과
　　종이 붓 등속이 들어 있는 것인데
　　귀찮아 부러 버려 두고 온 것을
　　노인이 다시 짊어 온 것이다

③미안한 마음 마땅히 사례할 것도 없어서

　짐 속에 든 시편(詩篇)을 뒤 개 골라읽어 줬더니

④참외밭에 물 주는 일이 차라리 낫겠다며

　서둘러 일어서고 만다. (1-28, 번호는 인용자)

①~②의 내용을 보면 어제 묵었던 원두막집에 시편 꾸러미가 든 보따리를 귀찮은 마음에 두고 왔는데, 주인 노인이 애써 그 보따리를 찾아들고 화자를 따라왔더라는 이야기가 담겨 있다. ③에서 시를 읽어 줌으로써 고마운 마음을 전하려 했던 화자의 마음이 그려지고, ④에서는 일상적 사고를 뒤엎는 반전이 일어나게 된다. 그렇다면 노인이 시 꾸러미를 들고 화자를 찾아 나선 행위와 '참외밭에 물 주는 일이 차라리 낫겠다며' 일어서 버린 행위는 어떻게 설명될 수 있는가. 문맥상에 드러난 내용과 시인의 의도 사이에 일어나는 모순에 주목할 경우 이 시는 역설의 구조를 이루고 있지만, 시쓰는 일을 참외밭에 물 주는 일과 비교하면서 일어선 노인의 행위를 설명하는 어떤 정보도 담겨 있지 않다. 작품의 미적 공간을 벗어나는 언어적 진술 형태, 즉, 깨달음이라는 '비언어적 언술'의 개입이 요구되기 때문이다. 시를 읽고 쓴다는 행위의 부질없음과 언어로 인식된 삶의 유한성에 대한 지적이라고 설명하는 것이 이 시의 의미와 아주 동떨어진 해석은 아니겠지만, 선시의 언술 구조가 기본적으로 언어적 판단의 범주를 뛰어넘고자 하는 데 있다면 이 작품 역시 '證心相照 洞然自得'(정민, 『한시 미학의 산책』)의 경지를 보여주고자 한 것이다. 여기서 시인이 주장하고 있는 '仙詩'라는 명칭과 흔히 알려진 '禪詩'는 어떻게 다른 것인가라는 질문이 가능하겠지만 시의 내용을 놓고 보면, 그 둘의 차이를 규명하는 일은 다소 소모적으로 보인다.

2. 느림의 미학

김광규의 『가진 것 하나도 없지만』은 산업사회의 일상성에 대한 비판이 두드러지고 있다. 여기서 중요한 것은 그 비판의 척도를 자연적 대상에서 찾고자 했다는 점인데, 자본주의적 삶의 소비성, 일회성에 대해 자연의 시간을 맞세우고 있다는 점이 특징적이다. 생활 공간에서 일어나는 다양한 사건에 대한 그의 관심은 매우 민감하다. 동시에 일상의 관점에서는 소외되기 쉬운 삶과 사람들에 대해서 그의 시적 촉수는 예각적이다. 가령 커다란 빌딩의 유리문을 닦는 사람(2-27)이라든지, 도심의 한복판에서 만난 고향 친구 석근이가 "일당 오만 원의 일용 잡부"가 되어 있는 모습을 본다든지(2-23), 교통 경관과 신호를 적당히 속이고 "생쥐처럼 반짝이는 눈"과 "재빠른 움직임"으로 서울의 거리를 질주하는 택시 운전기사가 "변해야 산다"는 말을 했을 때 그를 보고 "젊어진 것 같다"(2-85)고 냉소적인 시선을 보내는 일 등에서 그의 시적 관심이 향하는 곳을 선명하게 알 수 있다. 때로는 정치적 환멸과 역사에 대한 안타까움을 표출하는 것도 자본주의적 일상성에 대한 비판적 관심이라는 그의 시적 주제에 포괄되고 있다. 4·19에 태어난 사람의 나이를 시의 제목으로 하고 있는 「서른다섯 해」라는 작품에서,

아직도 백두대간의 정기와
한민족의 통일과
자유와 민주주의를 부르짖는
열혈 지사들이 있습니까
모두들 돈 벌기에 너무 바빠서
케이블 TV를 볼 시간도 없는데
피 흘리며 싸워서 얻어야 할 것이

라는 진술에 뒤이어 "북한산에 진달래와 철쭉꽃 활짝 피어나면/소쩍새 소리만 옛날과 다름없을 것입니다"라는 말이 선명하게 대조되고 있는 모습에 주목해야 한다. 불연속적이고 단층적인 삶의 정황은 변화라는 미명 아래 가치를 상대화하거나 쇄말적 문화주의를 묵인하고 말았다. 새로운 문화에 대한 천박한 호기심이 깊이 있는 토론을 방해하면서 세기말을 들뜬 욕망으로 얼룩지게 하지 않았던가. 김광규가 주목하는 자연적 대상들은 바로 이 같은 욕망의 반대편에 존재한다.

> 다리도 없이
> 보이지 않는 운명이 퍼져가는 그런 속도로
> 민달팽이 한 마리
> 몸으로 기어간다
> 눈을 눕힌 채
> 생각도 없이
> 느릿느릿 (2-59)

마치 도심 속을 배회하는 산책자처럼 달팽이는 느리게 움직인다. 이는 화자와 전혀 다른 시간의 규칙 속에 존재하는 대상에 대한 관심이다. 그런데 화자의 관심은 화자와 대상 사이의 거리를 좁히는 데 있는 것이 아니다. 어쩌면 그 가능성은 없어진 지 오래되었는지 모르기 때문이다. 자연으로부터 인간의 삶이 탈각된 시간의 심연은 한 개인의 욕망만으로는 메워지기 어렵다. 시인은 자동차를 타고 길을 지나면서 "무심코 지나가 버리는 길/먼 빛으로 눈익은 경치/한번도 걸어가보지 못한 세상/빨리 달려갈수록 내게서 멀어진다/언젠가 덤불로 뻗어 기어가서/닿고 싶은 곳"(2-72)이라고 말한다. 이것이 "중얼"거림, "혼자서 지껄이는 말"(2-12)일지라도 그 의미는 소중하다. 하지만 실존적 개인의 자유나 해탈이 아니라, 인간 종(種) 전체의 해탈이 문제시되어야 한다. 자연에 대한 관심이 개개인의 영역으로부터 출발하지만, 궁극적으로 인간 사회 전체의 인식 전환, 깨달음이 수반되어야 하는 까닭이 여기 있다.

3. 여성성과 자연 표상

　김용택이 보여주고 있는 자연은 정밀화에 비유될 수 있다. 『그 여자네 집』에서 그는 이미 우리의 기억 속에서 사라졌거나 현대 생활의 경험 공간에서는 찾아볼 수 없는 대상을 미시적으로 그려 보이고 있다. 화자는 대개 어디론가 길을 가는 과정에 있다. "나는 집으로 간다"(3-31)라거나, "집을 찾아서" 가거나(3-18), "어제도 걷고 오늘도 걸었습니다"(3-63)라고 말하기도 한다. 그러면 그는 어디로 가는 것일까. 중요한 사실은 그의 목적지가 어디인가를 아는 것이 아니라, 현재 그가 어디론가 발길을 옮기고 있다는 점이다. 그 길 위에서 그는 많은 사물들에 관심을 기울이는데, 물리적인 공간인 자연이 문맥상에 드러나는 대상이면서, 동시에 과거의 시간 속으로 유영하듯 자맥질하는 기억의 편린들에 또한 주목하고 있다. 특히 시간의 제약을 넘어서 자주 등장하는 '집'과 '여자'의 이미지와 상징성은 이 시집의 분위기를 독특하게 만든다. 자연 대상에 대한 세밀한 묘사와 기억 속에 등장하는 집의 이미지가 가장 조화롭게 펼쳐진 시는 「그 해 그 겨울 그 집」이라는 작품이다. 김용택이 이번 시집에서 새롭게 시도하고 있는 산문적 화법이 유려한 리듬감과 함께 잘 살아나고 있는 이 작품을 읽으면 풍경화 속에 발을 딛고 선 듯한 느낌을 갖게 된다. 이때 풍경화란 화자의 기억 속에 펼쳐진 그림이지만 이 시가 주는 감동의 본류에는 유년 시절의 전원 풍경을 사실적으로 제시하는 데 있다. 부엉이가 우는 눈 내리는 밤의 무서움, 그래서 하얀 앞산에는 숫노루가 살고 있을 것이라고 생각하여 잠이 오지 않았던 밤, 잠을 설쳐 새벽녘에야 잠이 든 겨울날 아버지는 소죽을 끓이고, 아궁이에 넣은 삭정이가 타 들어가는 소리를 들으면서 더 혼곤한 잠 속으로 빠져들던 기억, 눈이 하얗게 쌓인 아침 흰 입김을 훅훅 뿜으며 소죽을 먹는 소의 소막까지 눈을 쓸며 길을 내던 아버지 등, 유년 시절 전원 생활에 대한 체험이 아름답게 그려지고 있다. 화자가 지냈던 그 '집'에 대한 기억이 종종 "나만 아는 한 여자를 감추어두고 살았으면"(3-20)하는 바램이나 혹은 "그 여자네 집"(3-12) 처럼 여성과 닿아 있다는 점이 또한 흥미롭다. 그의 기억 속에 존재하는 '그 여자'는 "월남치마에다 빨간 스웨터"(3-7)를 입고 있거나, "웃을 때는 쪽니"를 드러내고(3-8), "까만 머릿결"을 하고 있으며(3-12), 나이는 "열아홉쯤"(3-16)으로 그려진다. 이 시집에서 '여자'는 화자가 기억하고 있는 자연 대상들과 함께 아름다운 삶의 공간을 형성하는 매개로 등장하고 있다. 기억 속에 존재했던 여자의 실재성 여부가 중요한 것이 아니라, 그 여자의 건강성, 순수성이 자연 표상과 어울려 한 편의 풍경화를 그려낸 것인데, 이때 여자는 삶의 구체성을 제고하면서 시적 리얼리티를 부여하는 소재로 볼 수 있다. 따라서 '집/여자', '붉은 감/여자', '구절초/여자', '물동이/여자' 등의 결합은 '실재성 여부가 의심받고 있는 자연(생활)체험/구체성의 표상'이라는 관계로 일반화된다. 『그 여자네 집』은 유려한 산문적 호흡 속에 담긴 이야기가 새로운 시적 성취를 이루는 시집으로 기록될 것이다.

4. 상처를 달래는 방식

이홍섭의 『강릉, 프라하, 함흥』은 매우 정제된 시어를 바탕으로 안정감
있는 분위기를 자아내고 있다. 젊은 날의 무수한 방황과 고뇌, "빼곡이/
자잘한 상처"(4-17)조차 가슴으로 품어 안고자 하는 시선이, 조용한 선방
에 앉은 듯한 느낌을 갖게 한다. 그러나 그가 보여주는 상처, 상처를 바
라보는 그의 시선은 역설적이게도 아름답기조차 하다. 이런 아름다움은,

> 내 멀미의 끝에는
> 언제나 눈부시게 환한 자작나무 숲이 있었지
> 자작나무……
> 한 순간에 온몸을 태워 버린 불꽃나무가
> 흰 수의를 입고 있는 듯
> 자기의 죽음을 오랫동안 애도하고 있는 듯
>
> 그러나 가까이 다가가 보면
> 온몸에 칭칭 붕대를 감고 있는
> 내 청춘의 흰 숲, 자작나무떼 (4-77)

라는 표현에서 보듯, 자신의 가장 내밀한 지점을 투명하게 바라보는
자세로부터 발생한다. 자작나무는 청춘의 방황과 아픔이 밀려올 때면
언제나 기억 속에 환한 빛으로 떠 오는 대상이다. 오랜 동안의 욕망과
좌절의 시간을 화자와 함께 했던 자작나무에 대한 기억은 삶이 출발한
곳, 근원에 놓인 생명이다. 어쩌면 그것은 화자 자신의 모습이면서 동
시에 그를 둘러싼 실존적 공간이기도 하다. 그 공간은 "염소창자 속 같
은 대관령 아흔아흔 구비"를 넘어 존재하는 곳이다. "내곡동 지나/보

쌀 지나/남대천 둑방"(4-15)을 따라가면 바다로 이어지는 공간, 카프카가 살아서 프라하를 떠나지 않았던 것처럼, 시인 역시 자신의 실존적 생이 출발하고 있는 강릉에 대한 강한 애착을 보이고 있다. 강릉은 시인의 생활과 미적 체험이 병존하는 공간이 된다. 그가 자주 꽃의 이미지를 빌어 생의 결락과 상처를 기억하는 일은 자신의 실존적 체험 공간이 시적 상상력의 공간으로 이어지고 있기 때문이다. 오히려 그의 시적 상상력이 생활 세계 위에 덧칠해지기도 한다. 아주 빼어난 기법으로 쓰여진 시 일부를 읽어 보자.

> 내가 비에 젖으면 두 배로 젖고 있는 분재는 아버지가 기르시는 단풍나무 분재. 이상도 하지. 어떻게 저 작은 나뭇잎 푸르러지고, 노란 물들고, 붉어지는지. 사시사철 흥내를 다 낼 수 있는지. 하지만 키 작은 단풍나무 분재를 나는 얼마나 싫어했던가. 잘린 가지를 들고 먼 곳보다 더 먼 곳까지 가고 싶어했지. 그곳에 잠들지 못하는 아버지의 잠을 한아름 안고 오면, 컴컴한 밤, 아버지는 헛기침 소리를 멈추실까. (4-44)

그의 시에 등장하는 꽃의 심상은 결락과 훼손, 홀로 있음, 혹은 화자의 고독한 삶의 정황과 닿아 있다. "깊은 밤/나는 적멸이 되어/꽃 한 송이 피우지 못"(4-16)하거나, "세상의 꽃들이/지금 결락을 앓고 있"(4-20)거나, 혹은 한때 자취방에서 보낸 생활에 대한 기억이 "주인집 노부부가 노란 국화를 바라보는 일"(4-34)로 환치되거나, "부끄러웠던" 지난 시절의 삶이 "물푸레나무처럼 서서 하늘 같은 바닥을 향해/끊임없이 손을 헤젓곤 했다"(4-50)는 표현으로 되살아나는 것처럼, 그에게 꽃은 삶의 심연을 가리키는 표지처럼 인식될 때가 많다. 그러나 그의 시가 목소리 높여 절망하거나, 과장하지 않는 것은 미덕이다. 그에게는 사물을 따뜻하게 바라볼 수 있는 가슴이 있기 때문이다. "내가 아프지 않은데/세상이 어찌 아프겠는가"(4-13)라는 시선이 이를 확인하게 한다. 자신의 내면 깊은 곳을 응시하는 자세야말로 사물과 삶을 온정적으로 이해하게 한다. "투명한 얼음 밑으로/환히 떠다니던 고기 떼/잡지 않고 그냥 들여다보기만 했던/추운 겨울날들"(4-54)을 지내면서 그는 세상을 한층 풍요롭게 바라보는 연습을 한 것은 아닐까. 그리하여 "석류꽃 피고/석류꽃 지면/내 덧니 많은 사랑과/상처들, 걷잡을 수 없는 청춘도/알알이 여물겠지요"(4-94)라고 조용히 되뇌일 수 있는 것이 아닌가. 그의 첫번째 시집이 아름다운 것은 이 때문이다.

자연과 생명적 주체들이 산업화 시대의 오염된 삶을 비판하는 척도로 작용하기 위해서는 보다 근본적인 시각의 전환이 필요한 것은 사실이다. 자연을 실존적 해탈의 도구로 삼고자 하는 의도는 서정의 지평을 확대하는 데 도움이 되지 않는다. 시를 통해 해탈을 꿈꾸는 일은 오규원의 잠언대로 '환상'일 가능성이 높다. 어쩌면 해탈을 꿈꾸는 시 역시 그릇된 통념이 빚어낸 삶의 왜곡을 바로잡고자 하는 방법으로 선택될 수 있는 것은 아닐까. 물론 이때에도 몇 가지 경계해야 할 문제점이 없지 않다. 최근 자연과 생명을 노래하는 시가 소재적 빈곤과 문제 의식의 부재를 고백하고 있는 것은 아닌가. 혹은 한때 리얼리즘과 포스트모더니즘의 담론에 매달리는 것이 문학 권력을 행사하는 데 효과적으로 복무했던 경험처럼 자연을 노래하는 일 역시 일종의 중심(권력) 추수주의는 아닐까. 지금까지의 훌륭한 시가 그랬듯이 인간 존재의 아름다움, 사랑, 자유를 노래하지 않은 작품이 있었는지 반문할 때 시적 개성은 어디에서 찾아져야 할 것인가. '그곳'에 도달하는 과정의 치열함이 더욱 문제시되어야 하지 않을까. 원론적인 물음이지만 이러한 질문이 이 땅의 시인들 앞에 놓여 있음을 겸허하게 인정하지 않을 수 없다.

아직 해탈하기에는 너무 이르지 않은가!

서정의 논리

비유해서 말한다면 상품의 논리, 자본주의의 생리가 '빠른 것', 순환의 역동성을 생명으로 한다면, 문학 상품은 이런 구조에 편입되길 거부하면서 느리게 소비되고자 하는 욕망 구조라고 할 수 있다. 자본주의가 그 중심에 거대한 '블랙 홀'과 같은 소비, 해체의 메커니즘을 지니고 있다면, 문학 상품의 특징은 그 중심으로부터 벗어나려는 원심성을 내재적으로 지니는 것은 아닐까. 질기게 저항하면서 천천히 소비되길 원하는.

상품과 자본 논리의 전일화, 변화와 개혁, 디지털 시대의 개막으로 불려지는 세기말을 지나면서, 역설적이게도 우리는 인간 내면의 진실, 서정 미학의 본질에 대해서 다시 생각하게 되었다. 어쩌면 인간과 인간의 소통 양식은 근본적으로 아날로그적 패러다임을 벗어나기 어려운 것은 아닌가. 다만 디지털 메커니즘이란 그 '관계 양식'의 변화, 변환 방법의 새로움을 강조하는 것일 뿐. 그렇다면 우리 시대의 서정 양식이란 여전히 코드화되기 어려운 정서적 자장에 대한 반영 양식으로 유효한 수단이 될 것이란 판단이 가능하다. 여전히 시가 소비되고 있다는 것은 단순히 전통적 문화 양식이나, 고전에 대한 취미로 보기 어려운 면이 있는 것도 사실이다. 오히려 합리적 사유를 강조하는 근대적 이데올로기, 비인간화, 기호화를 특징으로 하는 문화 환경이 실존의 '틈'을 보고자 하는 욕망을 배가시키고 있다는 분석이 유효할 것이다. 문화적 사치와 비합리적 판단이 가져다 주는 폐해 또한 무시하기 어렵지만, 서구 사회에서 급속히 사라져 버리고 있는 시의 정황을 볼 때, 우리 사회는 매우 독특한 분위기에 싸여 있음을 인정하지 않을 수 없다.

여전히 시를 읽고 소비하는 행위가 멈출 수 없는 힘으로 우리의 일상 속에서 이루어지고 있는 한 시의 논리를 따라가는 것, 서정의 본질에 대해서 생각하는 것은 우직하지만, 매우 요구되는 일이 된다. 작품의 논리는 밖으로부터 주어지지 않으며 내재적인 것임을 주장하기 위해서는 구체적인 독서, 실천적 사유가 강조되어야 한다. 그것은 권력의 지형도를 그리는 것도, 중심에 대한 그리움을 표출하는 것도 아니다. 가능하다면 무인도에서의 독서를 꿈꾸는 일이 시읽기에 바탕이 되어야 한다는 생각으로 고통스럽기까지 하다. 최근 몇 권의 시집을 찾아 읽으면서 이런 생각으로 번민과 즐거움을 함께 가졌다. 이는 의미 있는 체험이자, 강조되어야 할 가치일 것이다.

1. 희망과 견인(堅忍)

이윤학의 『아픈 곳에 자꾸 손이 간다』는 '텅 빈 곳'을 응시하는 행위로 요약할 수 있다. 자신이 선 자리가 그렇고 그가 걸어온 길의 흔적 역시 지워져 있다. 하지만 그 비어 있음은 단순히 고독과 외로움을 표상하는 것은 아니다. 비어 있는 곳을 바라보는 자신의 시선에 대한 자기 인식 또한 수반되기 때문이다. 그의 이미지들은 선명한 빛깔을 띠고 있지만, 그들은 또한 그만큼의 강도로 깊은 상처를 감추고 있다. 매우 그로테스크한 이미지로 그려진 다음의 시는 어쩌면 이윤학의 초상을 가장 적확하게 묘사한 그림으로 이해된다.

삽날에 목이 찍히자
뱀은
떨어진 머리통을
금방 버린다

피가 떨어진 호스가
방향도 없이 내둘러진다
고통을 잠글 수도꼭지는
어디에도 보이지 않는다

뱀은
쏜살같이
어딘가로 떠난다

가야 한다
가야 한다
잊으러 가야 한다

—「이미지」 전문

시인이 작품의 제목을 '이미지'로 붙여 놓은 데 주목할 필요가 있다.

어떤 특정한 사물의 이름이나 말하고자 하는 의도를 함축한 것이 아니라 아주 단순하면서도 무표정한 듯한 제목을 달아 놓았다. 문제는 이 작품이 시집 전체를 관통하는 무게감을 갖고 있다는 데 있다. 즉 시인은 목 잘린 뱀의 고통, "피가 떨어지는 호스가" "방향도 없이 내둘러" 지는 모양을 자신의 것으로 환치하고 있다. 견디기 어려운 고통을 안고 그것을 잊기 위해 어디론가 가야 하는 존재, 시인은 자신을 그렇게 그려 놓은 것이다.

이윤학의 시는 "누군가를 떠나보낸/저 짝사랑의 흔적"(「꼭지들」)이라든가 "마음속에 박힌 응어리들"(「시냇물」)을 잊거나, 혹은 떠나 보내기 위한 주술이다. 고통을 내면화하는 일이 시쓰기에 늘 수반되는 일이지만 이윤학의 시가 특이한 것은 그것을 매우 적절하게 이미지화하는 데 성공하고 있기 때문이다. 상처를 달래는 그의 주술적 언어는 이미지화의 매혹으로 인해 힘을 발휘하고 있다.

말하고자 하는 바, 혹은 감정을 사물을 통해 형상화하는 그의 솜씨는 가령 마음속에 일어나는 연민을 묘사하는 대목에서 "한 마리 개미를 관찰한다//돋보기로 보는 개미/흐릿하게 확대돼어/어지러운 마음속에 사로잡힌다//얼마나 추웠을까?//초점을 맞춘다"(「연민」)라고 표현하는 것을 보면 잘 드러난다. 사물에 대한 이런 관찰력과 형상화의 힘이 그의 시를 탄력적으로 만드는 데 기여했다면, 그는 여전히 자신의 언어가 조형되는 지점, 혹은 체험의 공간을 모색하는 데 부심하고 있다.

그가 갖고 있는 시적 화두는 "이렇게 별일 없이 늙어가게 하는/힘은 무엇인가"(「겨울의 거울에 비친 창문 저편」)라는 진술 속에 모아진다. 그는 "지금/어디로 밀려가고 있는가"(「길」)라고 회의하기도 하고, "어디로도 가지 못한다, 나는/나를 버리려고 헤매고 있을 뿐!"(「눈보라」)이라고 자책하기도 한다. 그런데 이는 지상 위의 삶이라는 일종의 관성, 나아가서는 존재의 정체성 상실에 대한 위기감으로부터 기인한다. 그는 이와 같은 불안을 아스팔트 위의 고양이 시체를 밟고 지나는 바퀴의 "무서운 속도"(「길 2」)라는 표현으로 집약시켜 놓는다. 질주하는 것에 대한 공포는 심리적 대타 의식으로서 자기 소멸의 충동마저 일으키는 것이다. 그는 때로 "연기가 되고픈 순간들"(「모기」)을 경험하기도 한다. 물론 지상 위의 삶이 그렇게 쉽게 버려지거나 포기될 수 있는 것은 아니다. 가끔은 "자기 자신의/끝없이 어두운 동굴"(「무사마귀떼에게 바침」)에 숨어 보기도 하지만, 결국 삶은 오랜 견인의 시간을 통해 조금씩 피어나는 것이란 믿음을 그에게서 발견할 수 있다. 그는 가장 소박하지만 질긴 희망, 아픔이면서도 오랜 기쁨을 안고 살아갈 것이다. 그의 시는 앞으로 견인적 삶의 방식을 일구어 가는 데 바쳐질 것이란 예상이 가능한 것은 이 때문이다. 그는 이렇게 말하고 있지 않은가.

사방으로 찢어지는
고통의 연속이 생인 것을,
악몽의 연속이 생인 것을,
새겨주고 심어주는 대추나무.

—「다시 꽃이 핀다」 부분

2. 항아리 속 길

이나명은 고요하고 낮은 목소리로 삶을 이야기하는 시인이다. '침묵하는 것들의 소리' 혹은 애초에 소리를 지니지 않는다고 믿었던 사물들에게서 소리를 발견해낸다. 이는 물론 소리의 발견이자, 존재 의미에 대한 확인이기도 하다. 작은 곤충, 나뭇잎, 꽃 한송이로부터 그녀는 생의 의미와 우주의 원리를 찾아내기도 한다. 그녀의 세 번째 시집 『그

나무는 새들을 품고 있다』는 "어딘지 알 수 없는 향기로운 길"(「꽃 속의
길」)을 찾아가는 과정이 잘 그려지고 있다. "파문 많은 세상"(「환한 바
닥 1」)에서도 삶이 아름다울 수 있는 것은 작아서 없는 듯이 보이는 사
물들을 찾아내고, 그로부터 위로받을 수 있기 때문이라고 그녀는 생각
한다.

> 오, 모두가 상처투성이로구나
> 얼마나 아파서 저리 꿋꿋하게 굳었는지
> 나무들 신음소리 하나 없다
> 〔…중략…〕
> 겨우 아물어가는 발 뒤꿈치가 쓰리고 아프다고는 말하지 않겠다
> 내 몸의 작은 상처 하나가 다른 몸의 더 큰 상처들을 보게 한다
> 잘 보면 길은 멈춰 있는 듯도 한데
> 그 길이 나를 자꾸 떠밀고 간다
>
> ―「어디로 와서 어디로」 부분

　나무들의 상처는 삶을 견딘 흔적, 혹은 살아온 길의 궤적을 말해 준
다. 그들의 상처는 곧 시인 자신이 살아온 삶과 대응된다. 걸어온 길에
대한 기억은 상처를 달래며 그것을 자신의 내면적인 거울에 비추어 보
는 과정이다. 그것은 '다른 몸의 더 큰 상처'를 보게 하는 시선의 깊이
를 동반한다. '내 몸의 작은 상처'를 타인의 것으로 이해하는 과정, 그
여정이 이 시집의 아름다움이다. 따라서 그녀에게 존재란 "견디기 힘
들었을 고통"과 "아픔이" "튼튼히 자라 있"(「보기에 참 아름다웠다」)는
모습으로 곧잘 시화된다.
　이와 같이 상처의 깊이를 내면화하는 그녀의 시쓰기는 '몸'의 존재
에 대한 인식으로 연결된다. "거추장스런 옷을 홀딱 벗고" "맨살로 푸

른 시간의 물살을 가르고 싶"(「너른 풀밭」)은 욕망은 '뜨거운 몸의 길',
몸으로 가는 길의 탐구로 이어진다. 몸의 언어화, 몸의 시쓰기는 기본
적으로 "내가 있어서 세상은 있을까"(「내가 없어도」)라는 인식론적 물
음으로부터 출발한다. 자신이 세상의 중심이 된다는 것은 모든 개체가
각각 자신의 중심이 된다는 의미와 상통한다. 가령 딱정벌레가 기어가
던 "민감한 더듬이의 길"을 찾아 "천 년의 허공을 헤매이고 있다"(「딱
정벌레야」)는 진술이 과장되게 보이지 않는 것도 이 때문이다. 몸에 대
한 이해가 '나'의 실존, 개체의 존재로 읽혀지면서 '먹다'라는 술어가
반복적으로 등장하는 것은 흥미롭다. 그녀에게서 "먹고 싶어요"(「서
천」)라는 술어, 혹은 욕망은 자신과 사물, 자신과 타인에 대한 동일화
의 욕망으로 그려진다. "거미의 은밀한 식욕"이 "이제 내 눈의 세상은/
송송한 털을 곤두세우고 있는 거미 한 마리"(「은밀한 식욕」)라는 진술로
바뀌는 지점에서 이 같은 동일화의 욕망을 찾아볼 수 있다.

　추억과 아픈 사랑에 대한 기억조차 '감자와 양념을 넣고 냄비에 졸
이는 과정'(「추억에게」)을 거치면 더 깊은 자신을 바라보게 하는 힘이
된다고 그녀는 생각한다.

　　파 한 대의 시간 속
　　샛푸른 파 잎, 빳빳한 가랑이 사이로
　　오, 보이는구나
　　속 고갱이에 단단히 맺힌 꽃망울
　　투명한 막에 싸여 아직 세상 바람 쐬지 않은
　　저 아릿한 덩어리
　　오, 있었구나 바로 그 속에, 내 속에
　　숨어 있었구나
　　온 몸 서서히 열릴 때 파들파들 떨리던 속살들

내 인생도, 연애도, 오, 내 사랑도
한 순간의 떨림으로 그렇게 맺혀 있었구나

—「제8요일—파꽃」 부분

사물과 타인에 대한 관심은 몸에 대한 자기 이해로 아름답게 도달하고 있다. "상처가 아름답다고 누가 말했다/더 아름다운 건 없니?"라고 스스로에게 묻고 "그건 너, 바로 너,/땅 위에서 혀 매고 있는 너"(「제8요일—개미에게」)라고 시인은 말한다. 파 잎에 숨어 있는 "단단히 맺힌 꽃망울"과 자신을 일치시키는 위와 같은 진술 속에서 이 시집이 감동적인 이유를 발견하게 된다.

결국 세상의 삶이란 가장 작고 보잘것 없어 보이는 것에서 시작하고 있음을 깨닫게 된다. 침묵하고 있다고 여겨지던 사물들로부터 소리를 발견하는 일은 우주와 존재의 원리를 발견하는 것이며, 그것은 자신의 몸과 삶에도 내재되어 있다고 시인은 판단한다. 삶은 모든 조용한 것들로부터 시작되고 있으며, 그래서 "세상은 더없이 따뜻하다"(「세상은 더없이 따뜻하다」)라고 말하게 되는 이유, 새들을 품고 있는 나무의 경건한 아름다움을 보는 것은 그녀가 들고 걷는 작은 '세계'에서 연유하고 있다. 우리는 그녀의 그 걸음을 조심스럽게 지켜보면서 함께 걷거나 혹은 같이 기쁨을 나눌지도 모른다. 그 작고 미세한 떨림을 공유하는 일은 이나명 시를 읽는 커다란 즐거움이다.

그대도 나도 함께 담겨 있는 여기 내가 안고 있는
항아리 속 길들이 항아리 주둥이 밖으로 조금씩 흘러나가다
나도 흘러가다

—「항아리를 안고 오다」 부분

이 '항아리 속의 길'을 따라 그녀의 시는 아름답게 펼쳐질 것이기 때문이다.

3. 서정의 진실과 시의 본질

사람들은 모를 것이다
늘 보아 왔듯이 나는 언제나
담담한 모양새를 그저 그렇듯 지녀왔으니깐
아무리 혹독한 저지대의 공허가
운명처럼 할퀴고 지나간 후에도
아무 일도 없었던 것처럼 마디마디
상처를 추억하며 웃음 짓곤 했으니깐

아무도 모르리라
담담함 뒤에 감추어진 내 모든 세포의 연약함과
황폐한 감성의 끈질긴 우수 따위를
때때로 모든 것을 그만두고 싶을 때가 있다
내 깊은 허무를 사람들이
눈치채지 못하면 못할수록

〔…중략…〕

아무도 모르는 황홀한 점을 찍기 위해
화려한 허영의 저녁을 위해
아주 근사하게

그러나 조금은 유치하게
떨어지는 법을 배워야 한다

오랜 고립의 가로수 길을
날아가야 한다

—「위험한 서정」 부분

이미란의 근작 『준비된 말도 없이 나는 떠났다』는 내면화된 상처, 상처의 내면화에 대한 자각으로부터 출발한다. 그녀의 시쓰기란 상처를 '아무 일도 없었던 것처럼' 진술하는 행위이다. 자신을 "담담한 모양새"라고 그렸듯이, 그녀는 상처를 과장하거나 혹은 그로 인해 흥분하지 않는다. 오히려 '상처를 추억하며 웃음 짓곤' 하는 차분함이 그녀의 시를 깊이 있게 한다. 서정적 진실이란 자기 응시의 정직성으로부터 기인된다고 할 때, 그녀의 이런 시쓰기는 서정의 본질에 육박하는 성찰의 힘을 지닌 것이다. 서정의 '위험성'이란 단순히 계량화된 삶을 거부하거나 제도화된 문화로부터 이탈하려는 맹목적 반항을 지칭하는 것이 아니라, 그와 같은 상황 속에 놓여 있는 주체의 내면을 가장 투명하게 바라보는 시선 속에 존재하는 자유 의지를 가리킨다고 보는 것이 타당할 것이다.

한편으로 그녀의 시는 과거, 혹은 기억으로부터 산출된다.

기억의 온전한 집이 내게 있는가
기억이 기억의 탈을 쓰고
기억의 문패를 조용히 흔들고 있다

—「기억론」 부분

라든가,

> 그의 오똑한 감추어진 비극을 모르겠어
> 기억의 테이프를 아무리 재생시켜 봐도
> 모르겠어 정말 모르겠어

—「사랑, 무성영화를 보며」

라는 진술에서 명시적으로 언급된 '기억'이라는 단어는 그녀의 시가 생산되는 방법의 일단을 잘 말해 주고 있다. 그러나 좀더 중요한 것은 그녀가 무엇을 기억하느냐 하는 것인데, 대개 그것은 단절과 고독 혹은 부재하는 것에 대한 깊은 상실감으로 집중된다. 이 경험이 종종 '길 잃음'과 방황의 모티프로 연결되는 것은 자연스럽다. 가령 "고장난 시간의 거품 속에서/문득 길을 잃는다"(「길 위의 사랑—사거리」)와 같은 표현이나, "바람의 심장 속을 떠다녔다 이제 난 어디로도 갈 수 있어 모순의 눈물을 말릴 수 있어 두렵지 않냐고? 천만에 먼지가 될 거니깐"(「실종, 꿈꾸는 자의 노래」)과 같은 다짐은 부재와 단절로 인한 고통스러움을 드러내는 진술이면서 동시에 그 상처를 다스리는 시적 방법이기도 하다.

또한 그녀의 시는 언어를 다루는 솜씨의 아름다움이 돋보인다. 가장 고전적인 의미에서 시란 언어의 직조를 통해 이루어진 조형물이란 점에 주목할 때, 그녀는 이에 대해 자각적이다. 불면의 시간을 견디면서 이를 "아, 아 빛나는 애환이로군/뇌수를 떠다니는 저 꽃잎들"(「夜想曲 1」)이라거나, "먼 도시의 지붕을 울리며 오열하던 한 영혼의 촛불이 來世의 바다를 건너는 긴 그림자"(「夜想曲 2」)로 표현하는 수사의 미학을 시집 여러 곳에서 발견할 수 있다. 이런 이유 때문에 가령 "시나브로로 일삼는 타액의 끈적임"(「사이버, 킬러의 사랑」)이라는 표현의 모호함과 어색함이 상대적으로 두드러지기도 한다. 과거와 기억 속의 경험을 섬세한 언어 감각으로 펼쳐내는 이미란의 작업은 더욱 깊어진 수사와 사유를 통해 전개될 것이다.

그녀는 이제 서정의 '위험한 바다'에 처녀 항해를 시작한 것이다. 가장 반자본주의적이며 반시대적이라는 의미에서 서정적 상상력은 매우 정치적인 역할을 담당하기도 했다. 유형화되거나 제도적인 감금을 거부하는 인간 본연의 내면을 투영하는 것이 서정의 본질이라는 점에서 이제 새로운 시대는 시를 통한 자기 이해, 시를 자신의 거울로 삼아야 하는 지점에 이르렀다고 판단된다. 이미란의 첫시집에서 확인할 수 있는 미덕은 여전히 자신의 내면을 깊이 바라보고자 하는 성찰 의지였다. "추억으로부터의 정리가 필요했다"(「그리움이라는, 글자라는 의자에 앉아」)라고 말할 때조차, 그녀는 "너무도 편한" 일상의 흐름에 순치되기보다 삶을 예각화하는, 그리하여 "복수의 선인장의 가시에 찔려" 고통을 일깨우는 방법을 택하기도 한다. 그녀는 이제 "그리움이라는 족쇄"를 풀고 더 넓은 서정의 바다로 노저어 갈 것이다.

4. 적요(寂寥)한 삶의 꿈

아름다운 언어가 그리운 계절이다. 폭설에 갇히거나 때로는 눈 위에서 길을 잃더라도 그 방황이나 자리 감춤이 깊은 의미로 각인되길 기다린다. 떠도는 말이 되지 말기를, 혹은 말 속에서 방향을 상실하고, 말에 갇혀 사고의 명징성을 잃지 않기를 기원해야 한다는 사실이 때로는 슬프다. 풍요로운 언어를 통해 관계 맺고, 언어가 짓는 그윽하고 둥근 지붕 아래 모여 앉아 이야기하고 생각하고 느낌을 공유하는 일이 왜 이렇게 힘드는가. 어쩌면 그런 일은 이제 우리 주변에서 아예 일어날 것 같지 않다. 깊은 불신과 혼돈이 그 말로부터 기원하고 그 말 속으로 귀결되지 않는가. 세기말의 풍경이 이 같은 혼미함과 함께 그려진다는 사실이 가슴 아프다. 우리는 지금 '어떤' 아름다움으로부터 너무 멀리 와 있는 것인가.

이태수는 쓸쓸하고 적막한 풍경 앞에 놓이기 원한다. 차라리 너무나 고독하고 아무 일도 일어나지 않아서 삶이 지루하게 여겨지길 기다리는 듯하다. 『내 마음의 풍란』에서 시인은 늦가을의 저녁 혹은 빈 집의 고요를 그리워한다. 그는 적요(寂寥)한 삶을 꿈꾸는 것이다. 그의 꿈꾸기는 세기말에서 비롯된다. 정확히는 뚜렷한 가치관의 부재와 진실을 담을 수 없는 언어, 혹은 미궁같이 여겨지는 삶에서 그의 언어는 배태된다. 그를 둘러싼 풍경들의 일천함, 현실의 비속함으로부터 그의 언어는 비실재적인 현상에 대한 그리움을 갖게 한다.

> 적막이 감싸안은 늦가을 숲은
> 그 품속으로 낮고 깊게 잦아든다.
> 둥근 달도, 푸른 별들도
> 고요하고 쓸쓸한 그 품속으로 빨려들어간다.
> 서늘한 바람에 옷자락 날리며
> 나도 따라 들어간다. 새 한 마리가 문득
> 한 나뭇가지에서 다른 나뭇가지로 옮겨 앉는다.
>
> —「적막, 또는 늦가을 저녁」 부분

잘 재현된 듯 보이는 이 풍경은 그러나 현실에 없다. 그는 도처에서 이와 같은 풍경 그리기에 몰두한다. 왜 그는 이 같은 정밀화에 집착하는가. 그가 가장 정직한 태도로 풍경에 대한 재현을 시도할수록 그것이 갖는 실재성은 점점 무화된다. 그런 그림은 현실에 없기 때문이다.

정확히 말하면 그가 아주 자연스러운 그림이라고 우리 앞에 그려 보이는 그림은 우리에게 매우 먼 것, 낯선 것이다. 현실의 우리는 그런 경험을 하지 못했거나, 적어도 기억 속에 없기 때문이다. 이태수의 시집을 읽으면 이 같은 사실에 안타까워진다. 시인은 애써 우리의 기억과 경험 밖의 풍경을 그리고 있다. 아주 오래 전에 잊었거나 주변에서 사라진 그림 그리기를 통해 시인은 우리를 아프게 일깨운다. "가서 안기고 싶은, 그 아득한 기억"(「한겨울의 귀향」)에 대한 상실감과 "가슴에는 푸석거리는 재"(「그래도 나는 꿈꾼다」)를 안고 살아야 하는 현실 사이의 괴리를 분명하게 볼 수 있기 때문이다. 물론 기억이 모두 아름답지는 않겠지만, 그에게는 괴로움의 경험조차 결핍과 부재를 인식하는 방어기제이다. 그래서 그에겐 자주 봄이 봄처럼 느껴지지 않는다. 봄은 오지만 (그의) 봄은 오지 않거나 오다 가 버리고 마는 것이다. 때로는 그 봄에 현실의 시간으로부터 자신을 유폐적 공간 속에 가두기도 한다. '있어도 없는 것으로 돼 있는' 기이한 부재로부터 그는 자신의 현존성을 깨닫는다. 이 역설의 화법이 이 시집을 단순하게 읽히게 하지 않는다.

쓸쓸하고 고요한 삶을 꿈꾸는 그는 자신과 사물, 욕망과 삶 사이의 거리를 유화(宥和)하고자 한다. 그가 "부드러움의 힘에 대해 생각해 봅니다. 나는 언제나 조그맣고 외딴 섬이지만, 꿈꾸는 섬입니다"(「멀구슬나무」)라고 말할 때, 그 꿈은 비실재적 대상을 향한 그리움을 통해 가장 일상적인 것의 소중함과 아름다움을 일깨우는 행위이다. 시인의 꿈꾸기가 때로는 역사과 현실의 무모한 폭력 앞에서도 의연할 수 있는 것은 이 때문이지만, 이태수에게는 그것이 좀더 내성적 자기 인식, 자신을 무화하는 지점으로 향한다. 적요한 삶의 아름다움은 자신으로부터 비롯되기 때문이다.

어제는 내 마음의 불길 때문에 무겁더니
오늘은 다 타버려 깃털 같다. 세상에
보이는 모든 것들은 부드럽게 빛나고
해도 달도 그림 속의 풍경에 놓인다.

—「슬픈 우화 1」부분

진정한 삶의 아름다움은 어디에 존재하는지를 묻는 일로 새해를 맞
이하고 싶다. 문득 창 밖으로 눈 쌓인 산길이 고즈넉하게 보인다. 여름
에야 흰 꽃을 피워 올리는 풍란의 향기가 아련하다.